信長を騙《だま》せ

戦国の娘詐欺《さぎ》師

（「戦国の娘詐欺師 信長を騙せ」改題）

富田祐弘

祥伝社文庫

目次

《主な登場人物》

鶴…………若く美しい娘詐欺師《さぎし》。化粧や衣装で幼子や年増女に変化《へんげ》する。

元斎…………過去の素性がわからぬ老詐欺師。騙《だま》しの企画立案をする首領。

・

弓太郎………口八丁手八丁。言葉巧みに人を騙す。鉄釘《てつくぎ》打ちの名手。

偽三郎………元斎に付き従う詐欺師。事あるごとに騙しの手口を鶴に教える。

・

地獄の辰……元斎一味を追う男。荒くれ者だが、剣の腕は確かな謎《なぞ》の人物。

闇夜の颪……元斎一味を追う男。無口で疾風《はやて》のように走るのが速い。

火炎の世作…巨漢の元相撲取り。傀儡師《くぐつし》に育てられ、口から火炎を吐く技を持つ。

・

金造…………弓太郎の仲間。いざとなれば人を平気で裏切る男。

銀次…………弓太郎の仲間。金造の弟分。小者の詐欺師だが、信義に厚い。

権六…………元斎の部下。何かにつけて元斎に情報を持ち寄る男。
弦太…………後に詐欺師の仲間になる男。変装や形態模写が得意である。
・
道徹…………京都烏丸通りに住む検校《けんぎょう》。茶器などを扱う店や遊女屋を経営。
清右衛門……堺和泉で米問屋を営む富裕な商人。女好きで囲い女がいる。
亀……………清右衛門の妻。出入りの商人と過ちを犯し、身籠もって悩んでいる。
梅……………清右衛門の情婦。長島一揆の戦いで信長軍に殲滅《せんめつ》された生き残り。
惣兵衛………堺商人である日比屋家の遠縁の男。伊勢に流れてきた強欲商人。
・
織田信長……浅井、朝倉家を滅ぼし、足利将軍義昭を追放し、当面の敵は一向宗であると石山本願寺包囲網を敷き、兵糧攻めを敢行している。

序章

その日、七歳の鶴《つる》は赤い着物をもらえるといわれた。

今日からは少しだけ大人になるのだと母が教えてくれた。

「鬼神は赤を好むでな。か弱き童女が赤い着物を身につけておると鬼神に襲われるのじゃ」と、今は亡き祖父母から聞かされたことがある。

しかし、今日からは違う。家は貧しく新たな着物は買ってもらえなかったが、仕立て直した姉の着物を譲られると知り、鶴は喜んだ。そして、誕生日の今日からは姉たちと同じように着物の後腰《うしろごし》につける飾り紐《ひも》を垂らすことができる。飾り紐は子供のなかの大人の証《あかし》だ。母の知り合いに飾り紐を作る人がいて、鶴のために編んでくれたという。母は村寄り合いの際に受け取って帰ると約束してくれた。

鶴は父母の帰りを今か今かと待ち望みながら、蓄えておいた芋《いも》を運び、水汲《く》みをして夕餉《ゆうげ》の支度をする姉を手伝った。

だが、夕刻になっても両親は帰って来なかった。

兄の話によれば、今川家《いまがわけ》の大殿であった義元《よしもと》様が尾張《おわり》の織田《おだ》家と戦い、桶狭間《おけはざま》という処《ところ》で死んだ後、甲斐《かい》の武田《たけだ》家が次第に駿河《するが》の地を侵蝕《しんしょく》し始め、今まさに武田軍は富士川《ふじがわ》沿いを南下し、やがてはこの村を通ることになるだろうと言うのだった。

村では対策を立てるために緊急で寄り合いを開いているとのことだ。

寄り合いはすでに十日ほど続いている。

兄の深刻そうな顔を見るにつけ大変なことが起きそうな気がしていた。

「鶴、みんなの飯椀《めしわん》と箸《はし》を並べてくれ」

姉に声をかけられ、鶴は炊事場から囲炉裏《いろり》のある板場にあがった。その時だ。

カンカンカンカン！　カンカンカンカンカンカン！

村の危機を告げる半鐘が鳴り響いた。

「逃げるだ。武田の兵たちが襲って来ただ！」

男の叫ぶ声と女や子供や老人たちの悲鳴があちこちから聞こえてきた。

鶴は裸足《はだし》のまま土間に駆け下り、外へ飛び出した。表に出ると、空にどす黒い煙が漂い流れている。林の向こうに真っ赤な炎が噴き上がっている。

「鶴、家の中に戻れ！」

兄の声が聞こえたが、村寄り合いに行った父と母のことしか浮かばなかった。

鶴は裸足のまま寄り合い場である村長《むらおさ》の館に向かって走り出した。髪を乱しながら畑を突っ切り、林の小道を必死に走った。

樹々の間から家々が焼かれているのが見える。紅蓮《ぐれん》の炎を見て鶴は愕然《がくぜん》となった。秋に村荒くれ男たちが炎の上がった家を脇目に、蔵から次々と俵を運び出している。秋に村人みんなで俵に詰めた米や粟《あわ》や稗《ひえ》が奪い取られている。

あちこちで鉄炮《てっぽう》を撃つ音が聞こえた。畑の近くに血に染まった野良着《のらぎ》姿の女が倒れている。畑の真ん中にも首を刎《は》ねられた男がうつ伏せに倒れていた。

鶴は恐ろしさで足が竦《すく》んだ。

不気味な音を立てて藁葺《わらぶ》きの家が燃えている。黒い煤《すす》が辺りに充満し、焦《こ》げ臭い饐《す》えた匂いが鼻をついた。鶴は息苦しさを感じ、袖《そで》で口を押さえながら畦道《あぜみち》を走った。

突然、横手にある納屋から真っ赤な炎が噴き出し、石を乗せた板葺き屋根が凄《すさ》まじい音を立てて崩れ落ちた。火勢に煽《あお》られて火の粉が舞い襲ってくる。髪がチリチリと焼けたが、構わずに走り続けた。逃げまどう人々を追う甲冑《かっちゅう》姿の兵士が見える。

地を揺るがすような大玉鉄炮の音が聞こえ、少し先にある家の柱が破裂玉で砕《くだ》かれて倒れた。破裂玉が破裂せずに藁屋根に落ちて燃えだした家では、村人たちが水で濡《ぬ》らした布や着物を被《かぶ》せて消し止めようとしている。しかし、無駄だった。燃え盛る炎に巻き込まれ、悲鳴を上げながら火達磨《ひだるま》になって逃げ出す者もいた。

村長の館の近くには数多くの死体が転がっていた。寄り合いに集まった人たちだ。見知った顔の人が数多くいた。頭から血を流し、肩や腕を押さえながら泣きじゃくっている人がいた。脇腹から血が溢《あふ》れ出し〝南無阿弥陀仏《なむあみだぶつ》、南無阿弥陀仏〟と唱えている顔見知りの老人もいた。

鶴は父と母の姿を探し回った。

そして、村長の庭の生け垣近くに倒れている二人の姿を見つけ出した。衣服が真っ赤な血に染まっている。一目見て死んでいるとわかった。

母の手には長い飾り紐が握られていた。

それを見た刹那《せつな》、鶴の眼の前が真っ暗闇《くらやみ》になった。

どれほどの刻《とき》が経ったのだろう。意識を取り戻すと、村は地獄絵と見紛《みまが》うありさまだった。死体が累々《るいるい》と転がっている。傷つき呻《うめ》く者がいた。若い娘や子供たちが刀を持った荒くれ男たちに引きずられていた。嫌がって泣く幼い男の子が雑兵《ぞうひょう》とおぼしき男に殴られていた。鶴は身を起こしてそのありさまを茫然《ぼうぜん》と眺めた。

その時、一人の雑兵が充血した眼を爛々《らんらん》と輝かせながら鶴に迫って来た。全身が泥だらけで飢えた狼《おおかみ》のような唸《うな》り声をあげ、突進してくる。鶴にはほんの一瞬、その荒くれ男が鬼か魔物のように思えたが、狼でも鬼でも魔物でもない。頭に陣笠を被り、胸には二枚胴、腰には下散《げさん》をつけ、草鞋《わらじ》を履いた侍だ。

咄嗟《とっさ》に鶴は走り出した。館の裏は竹藪《たけやぶ》である。北側のすぐ近くに川が流れている。夏は兄や姉とよく泳いだ川だ。秋には収穫した農作物を小舟で運ぶ川でもあった。冬の水は身が凍《こご》えるほどに冷たい。幼い鶴でもそれは充分に承知していたが、躊躇《ちゅうちょ》せずに飛び込んだ。無我夢中で泳いだ。どこに行こうとしたのか、鶴自身にもわからない。恐ろしき侍から逃れたい一心で我武者羅《がむしゃら》に手足で水を掻《か》き続けた。

対岸に辿《たど》り着き、葦《あし》の繁みに身を隠した。

それ以後は覚えていない。

再び意識を戻した時、対岸の村では家も樹も畑も、すべてが真っ赤に焼けていた。

鶴はずぶ濡れの身体をガタガタと震わせた。

兄や姉たちはどうなったのだろう。

庭に倒れていた父と母の無惨な姿。母の手に握られた飾り紐が鮮烈に甦《よみがえ》る。

――飾り紐なんかいらねえ。父ちゃんと母ちゃんを返して！

鶴は声にならない叫びを発した。

その時、いきなり背後から誰かに抱きしめられた。

身を縮めて振り向くと、眉間《みけん》に皺《しわ》を寄せた男が愁いを含んだ眼差しで見ていた。

鶴を襲ってきた侍ではなかった。眼光は鋭かったが、男は鶴の身体を包み込むように抱いてくれている。温もりさえ感じられた。

だが、鶴はかたわらに脱ぎ捨てられた甲冑や置かれた剣があるのを見て男が侍だと気づき、身体の血が凍って砕けたように感じた。

そして再び気を失った。

それは永禄《えいろく》十一年（一五六八）十二月十二日のことであった。

第一章　安土城下の騙し人

一

天正《てんしよう》四年（一五七六）春、織田信長《のぶなが》は近江《おうみ》の琵琶湖畔《びわこはん》にある安土《あづち》に移った。城を築くためである。安土山は六角《ろつかく》氏の居城だった観音寺城《かんのんじじよう》の尾根続きで、琵琶湖の入り江に半島状に突き出た小山だ。山頂からは広大な湖が一望でき、麓《ふもと》には桜が薄桃色に咲き誇っている。

信長は天正元年八月、北近江の浅井《あざい》家を滅ぼし、近江の武士を家臣に取り込んでいた。越後《えちご》の上杉謙信《うえすぎけんしん》の侵攻に備えるため、また摂津石山本願寺《せっついしやまほんがんじ》の攻撃拠点とし、さらに京都に上るのにも便利な場所として、この地を選んだ。

寒村に過ぎなかった安土は築城が始まって沸き返り、商才に長《た》けた商人たちは繁栄の予兆《よちょう》をはやくも感じ取り、商売の布石《ふせき》を打っておこうと、さまざまな地から安土の山下《さんげ》町にやって来ていた。近くは五個荘《ごかしょう》、八幡《はちまん》、日野《ひの》などの商人も集まり、これらの人々は後に近江商人と呼ばれた。

こうして安土の地は、多くの人たちで溢れかえり、活気を呈していったのである。特に百々橋《どどばし》の近くは賑《にぎ》わいを見せていた。

入り江の船着場周辺には、城の普請《ふしん》に携わる堅田《かただ》の穴太衆《あのうしゅう》の石職人、土居《どい》や堀を築く工夫たちや城門や櫓《やぐら》や屋敷などを築く作事に関わる棟梁《とうりょう》とその配下の者、さらには武蔵の鐙《あぶみ》、伊予《いよ》の簾《すだれ》、美濃《みの》の紙などを津々浦々から持ち込む商人たちが行き来していた。

木地椀《わん》の材料として使われる檜物《ひもの》木、鉄、銅、鍛冶《かじ》炭、紙の材料である楮《こうぞ》、染料に使用する紺灰など手工業に必要とされる材料品が全国から運ばれてくる。野菜や魚を籠《かご》に入れ、棒で担《かつ》いで振り売りをする者もいる。さらに信仰を勧めて寺社参詣を斡旋《あっせん》し、全国を遍歴する御師《おし》などの姿もあった。鉢叩《はちたた》きといわれる念仏聖《ねんぶつひじり》や連歌師、猿楽師、声聞師《しょうもじ》など芸能に携わる者もいて、百々橋近くの渡し場は多くの人でごった返している。

入り江から出航する渡し船は沖島《おきしま》を迂回《うかい》し、南に下って西近江の坂本《さかもと》、堅田に到着する。その堅田行きの船に乗ろうとする者たちがぼちぼちと集まり始めていた。

その中に一人の娘がいた。

年の頃なら十七、八歳ほど。雨露に濡れたような艶《つや》やかな長い髪を後ろで束ね、上品な萌葱《もえぎ》色の小袖を着ている。安土近辺の商家の娘のようだ。足元に小さな葛《つづら》を置いている。お付きの者がいなそうなところから一人旅に違いなかった。百々橋近辺を行き交う人々は男も女もその娘を不思議そうに横目で見やって通り過ぎて行く。

この時代、女の一人旅は珍しい。だが、行き交う人々が思わず振り返ったのは、その娘があまりにも美しかったからだ。細身の身体からは初々しい色香が匂い立つように漂ってくる。襟元《えりもと》からわずかに覗《のぞ》いている肌は雪のように白かった。澄んだ瞳は黒真珠のように輝き、いくぶん生意気そうにみえる鼻筋は真っ直ぐに伸び、ぽってりとした唇は思わず口で触れてみたくなるほどの愛らしさがあった。

現に娘に近づいて声をかける男が幾人かいた。

だが、娘は男たちを丁重なしぐさで断っている。誰かを待っているのだろうか、娘は琵琶湖に渡る風を身に受けながら行き交う人々を眺めている。やがて娘は一人の旅姿の商人に視線を向け、笑みを浮かべながら近寄って行った。

二

「あの……どちらへお行きになります？」

蔵田《くらた》商助《しょうすけ》は背後からいきなり声をかけられて戸惑《とまど》った。

見ると、樹々の間から降りそそぐ無数の光の糸雨《いとさめ》のなかに若い娘が佇《たたず》んでいた。

商助は一瞬、若き天女が舞い降りてきたのかと錯覚した。娘の白い肌が艶やかに輝いている。娘の愛くるしい笑顔に商助は思わず見惚《みと》れた。

商いで全国を旅してきたが、これほど清楚《せいそ》な娘と逢った覚えはない。

今年、四十になった商助は歳を忘れ、胸の高鳴りを覚えて娘に釘付けとなった。

笑顔を向けてはいるが、娘の瞳は不安そうに感じられる。

商助は娘の着物の裾《すそ》から覗く白い柔肌を見ぬふりをしながら応えた。

「これから堅田に渡り、西近江路を抜けて敦賀《つるが》へな」

「私も西近江路を北へまいります」

「ほう、するとどちらへ？」

「海津《かいづ》です。母の遠縁の者がおりますので」

「あそこはよい町だ」

「まあ、御存知ですか」

娘がうれしそうに訊くと、商助は笑みを浮かべて応えた。

「こちらに出向いた時、途中の海津には必ず泊まりますからな」

「女の一人旅は心細う思います。ご一緒させていただけます？」

物騒な世の中なのにまるで警戒心を持たぬ娘だと、商助は少しあきれ返った。

「旅は道連れ……美しい娘御とご一緒できるなど光栄ですな」

「まあ」

恥じらう娘の顔を商助は遠慮無しに直視した。

「船が出るまでまだ間があるな。湖の畔《ほとり》を少し歩きますかな」

「はい」

娘は素直に頷《うなず》いた。

もって生まれた性格なのか、大店《おおだな》の娘かなにかで世間を知らなすぎるのか。

商助は京都や安土の城下はもとより津々浦々の多くの店で商いをしてきた。さまざまな若い娘を見てきた。しかし、これほど気品溢れる娘には出会ったことがない。

ふいに商助の心に疑念が浮かんだ。

馴れ馴れしく近づいて、何やら悪巧みをするつもりではないのか。親しくなった後から脛《すね》に傷をもった男が現れ、脅しをかけられたらたまったものではない。

商助は商売する上でかなり汚れた手を使ってきた。逆に騙《だま》されたことも数多い。それゆえ他人を見たらすぐに疑うという習性が身についてしまっている。

だが、黒い瞳にかすかな愁いを宿す娘を見て、すぐに思い直した。

時には見知らぬ娘に、親切をしてやってもよいだろうと考えた。同時に着物の裾から覗く張りのある柔肌にそそられている自分にも気づいていた。

――娘は海津までの旅だと言った。ことと次第によっては途中で……。

商助の心に邪《よこしま》な思いが湧いた。

渡し船が出るまでにはまだ少し時を待たねばならない。

「この先に名物の笹団子屋がある。ご馳走しようかな」

商助が言うと、娘は満面に笑みを浮かべて頷いた。

笹団子屋と言っても店の構えなどはない。四本の柱を立て、板葺きの屋根を乗せただけの吹きさらしの簡易な建物だ。笹団子は一串二銭。脇には茶釜が炉《ろ》に据えられ、抹茶は一服一銭で売られている。

穏やかな風が吹き、桜花が軽やかに揺れ、湖面の輝きが美しく流れた。

「どうして一人旅を？」

娘は俯《うつむ》いたまま応えない。

――他人には言えぬ辛い思いをしてきたのかもしれない。

商助はそう思い、詮索はやめることにした。

その時、ふいに若い男が二人に割りこんできた。

「近くに畳表《たたみおもて》を作る〝吾一《ごいち》〟という店があると聞いた。どこにあるか教えてくれ」

若い男は幾分、居丈高《いたけだか》な調子で訊いた。

「存じませんですな」

丁寧《ていねい》に応えると、若い男は商助を無視し、

「あんたに訊いているんじゃない。こっちの娘にだ」

好色な視線を娘に向けた華奢《きやしや》な体つきの若い男は、苦労を知らない商家のどら息子のように見えた。

「私も知りません。向こうでお聞きください」

娘は少し突慳貪《つっけんどん》な調子で応えた。

「なんだ、その態度は？　女の分際《ぶんざい》で無礼な奴だ。このあたりで畳表の〝吾一〟といえば、誰でもわかると聞いてきたのだ。知らないわけはない！」

若い男はいくぶん怒気の籠もった声をあげた。

「若旦那さま、おやめください」

いつ来たのか、杖《つえ》をついた老人が背後から声をかけた。小さな竹籠の荷物を背負った老人は腰が少し曲がっているものの厳《いか》めしい面構えをしている。

「爺《じい》は引っ込んでいなさい」

若旦那と呼ばれた男は老人を睨《にら》み付け、娘の前に立ちはだかる。

「ふん、小生意気な娘だ。先程から見ていれば女の一人旅の上に男を誑《たぶら》かして茶を奢《おご》らせるなど、鐚銭《びたせん》も持たぬ遊び女《め》と同じだな」

若旦那は憤然とした顔で娘に迫る。

「鐚銭も持たない遊び女ですって？　私とて銭は持っています。畳表の吾一とかいう店がどこにあるか知らないので、知らないと応えたまでです」

「その通りです。さあ、若旦那とやら、向こうに行ってお訊きなさい」

商助は気色《けしき》ばんで相槌《あいづち》を打った。

「これは失礼致しました。あなた方を地元の人と思ったもので……ご迷惑をおかけしました」

老人は商助の剣幕に少したじろいで深々と頭を下げた。

「私どもは越後の縮緬《ちりめん》問屋、加賀屋《かがや》の者です。私どもの物の訊きようは失礼でした。お詫び致します。ですが、これも一期一会《いちごいちえ》、何かのご縁です。茶屋で一杯奢りましょう。宜しいですね。若旦那さま」

老人の提案に若旦那は憮然《ぶぜん》として応えない。すると娘が微笑《ほほえ》んだ。

「ご好意はありがたいですが、ご遠慮致します」

「そうですな。見知らぬ人にご馳走していただくわけにはいきません」

商助もそっけなく応えた。

「遠慮は無用だ。団子を買う銭ぐらい施《ほどこ》しのうちに入らない。この安土での商いが殊《こと》の外うまくいったのでね。銭はたっぷりあるんだ。なあ、爺……」

若旦那が誇らしげに言うと、老人は「余計なことを」と言わんばかりの顔をした。

すると、俯き加減のまま娘が応えた。

「ではこう致しましょう。お団子をご一緒にいただきます。けれども、お代はそれぞれが払うこと。それで仲直りが出来るならうれしいです。私も天下人の信長様が治める安土の地で暮らしてきた女子《おなご》です。ゆえあって家筋を申すことは出来ませんが、このままでは引っ込みがつきません」

娘はどこぞの武家か、大商家の娘なのか、家筋に誇りを持っているらしい。

「いいや、団子代ほどならば私が全額払う」

商助は行きがかり上、口を挟んだ。

「ならばこうしよう。銭を投げて決めるのだ。表が出れば俺の奢り。裏が出たらお前が払う。それでどうだ？」

若旦那は商助を見ながら突拍子もないことを言い出した。

「若旦那さま、また賭け事ですか、お止めください」

老人は不安を感じたかのように若旦那の袖を引いて止めようとした。

「すぐにケリがつく。爺は畳表の店を見つけに行ってくれ」

「しかし、若旦那さま……」

「いいからはやく探しに行け！」

強く言われ、老人は渋々、船着場の方に向かって行った。いくぶん不自由な足で杖をつきながら去っていく。若旦那はそんな老人を気にもとめずに商助を見た。

「たった一度ではおもしろくない。勝負は十回だ。いいな」

「お待ちください。お二人の勝負、どちらが勝ち、どちらが負けても、私はご馳走になるようになってしまいます。それでは片落ちというものです。こうしませんこと？私も加わって、三人で当てあうのはいかがかしら？」

「どういうことだ？」と、商助は若旦那と共に娘を見た。

「表か裏か、一人だけ言い当てた人が勝ちとするのはいかがかしら？」

「道理がよくわからねえ」

若旦那が小首をかしげた。

「投げた銭が表だったとします。表と応えた人が一人。裏と応えた人が二人いたとします。その時は当てた人が勝ち。ただし表と当てた人が二人以上いた時は持ち越しにするのです。そして先に十回負けた人がお団子代を払うことにしては？」

「いいだろう」と、若旦那が応えた時、商助は娘に囁《ささや》かれた。

「あなたはずっと表に賭ける。そして私は裏に賭け続けます」

娘は意味ありげに笑みを漏らしたが、商助はその意図が理解できなかった。

「用意はいいかな？」

若旦那は永楽銭を取り出し、手の甲に載せて商助と娘を見た。

その時、商助は思わず苦笑した。娘が囁いた〝あなたはずっと表に賭ける。そして私は裏に賭け続けます〟の言葉の意図を察したからだ。

「いくぞ」

若旦那は空に向かって永楽銭を指で弾《はじ》き、落ちたところを手の甲で受け止め、伏せた。

若旦那が『裏』と応え、娘も『裏』と応え、間髪入れず商助は『表』と応えた。

若旦那が永楽銭を伏せた手を開く。すると『表』が出ている。『表』と一人だけ応えた商助の勝ちだ。負けは娘と若旦那である。

「二度目、いくぞ」

二度目も若旦那が『裏』。娘が『裏』。商助が『表』と応えた。

若旦那が手を開くと永楽銭は『裏』が出ている。

正解は若旦那と娘だが、二人が当たったので、勝ちにはならずに持ち越しだ。

「三度目、いくぞ」

今度は若旦那が『表』、娘が『裏』、商助が『表』と応える。

永楽銭は『裏』が出ている。正解の『裏』と応えたのは娘一人なので娘の勝ち。

負けは商助と若旦那である。

「クッ、まだ俺だけ勝てないか……四度目、いくぞ」

若旦那は苛立《いらだ》った様子で、再度、永楽銭を指で弾いた。

四度目は若旦那『表』娘『裏』商助『表』で、一人だけ『裏』の娘の勝ちだ。

若旦那の顔が少し紅潮した。そして、立て続けに五度、六度、七度と勝負した。

七度の賭けで、勝敗が成立しなかったのは二回であり、商助が二勝三敗。娘が三勝二敗。若旦那は五敗ですべて負けとなり、顔を歪《ゆが》ませている。

「こんな賭けはつまらない。団子一串のために何度も勝負するなんてケチ臭い。どうせ賭けるなら今持っている全財産を賭けよう」

若旦那は興奮気味に金切り声をあげた。

冷静に考えれば、若旦那が『表』と言おうと『裏』と言おうと、常に『裏』と言う娘と常に『表』と言う商助のどちらかと同じになってしまう。若旦那が正解を当てたとしても、勝つことはない。そんな単純な仕組みに気づいていないのだ。

――若旦那は自棄《やけ》になっている。

商助は呆れた。だが、ふいに心の片隅に不安がよぎった。

今までは常に若旦那が負け続けた。しかし、自分が今までどおり『表』と答え、最後の大一番で娘が裏切って『表』と答えたらどうなるのか。若旦那が『裏』と答え、出た目が『裏』ならば、一人だけ『裏』と答えた若旦那の勝ちになる。

――もしかしたら、娘と若旦那は事前に打ち合わせをしているのかも？

――私を賭けに巻き込み、最後で若旦那が勝つように仕組んでいるのかも？

新たな不安がよぎった。

少し離れた所には行き交う人々が多数いる。

万一、二人が私を騙したら騒いでやる。銭袋を渡さずに助けを求めればよい。人々の群れに紛《まぎ》れ込めば、乱暴などできやしないだろう。

商助はそう心に決めると、少しばかり気が楽になった。

「いいでしょう。私も敦賀の国の商人です。この賭けに乗りましょう」

商助の心に少しばかり欲が沸き上がった。

阿呆な若旦那を娘と二人で誑かし、後で銭を分けよう。旅の途中でお遊びのつもりだったが、思わぬ小遣い銭が転がり込んでくる。それも商売で得た銭ではない。女房には報告しないで済む余禄《よろく》の銭だ。すべて自分の懐《ふところ》に入る。

商助は銭袋を取り出した。

だが、実際のところは手持ちの全額を出したわけではない。銭袋の中身は稼ぎの一部にすぎない。物騒なこの時代は追剝《おいはぎ》や盗賊が至るところに跋扈《ばっこ》している。万一、追剝に襲われた場合を考え、身体のさまざまなところに銭や為替《かわせ》を隠し持っていた。

「私の手持ちの銭のすべてです」

商助は銭袋から取り出した銀二枚を見せた。

商助に続いて、娘と若旦那がそれぞれ銭袋を差し出した。

三人の銭袋に入っていたそれぞれの額は次の通りだ。

商助は銀二枚と百五十銭（約四十一万五千円）。

娘は銀一枚と八十銭（約二十万八千円）。

そして、若旦那はなんと甲州金二枚（約四百万円）と数枚の銭を持っていた。

「これはこれは……」

呆気に取られたのは商助だけではない。娘も驚いた顔をしている。

〝それぞれの持ち銭すべてを賭ける〟といえば言葉上は平等のように思える。

だが、冷静に考えれば賭け金の差が格段に違っていることに気づくはずだ。

それにもかかわらず、頭に血がのぼった若旦那にはそのあたりの道理がまったくわからなくなっているかのようだった。

「これをすべて賭けてしまってもよいのかしら？」

さすがに気が咎《とが》めたのか、娘は若旦那に問うた。

「気に病む必要はない。爺がいくらでも持っている」

若旦那は最後の勝負で勝つ気になっているようだ。

娘は笑みを漏らし、商助に合図するかのように目配せしてきた。

了解したと商助は眼で頷き返し、ほくそ笑んだ。

商助にとって娘は共犯者であり、心が通じ合った仲間になったのだ。

――この分だと、旅の途中で娘と……ふふふ……。

寝布団の上に横たわる若鹿のようにしなやかな娘の裸身を想像し、商助は思わず喉《のど》をゴクリと鳴らした。

「これが最後の勝負だ」

若旦那は放り投げ、落ちた銭を左手の甲で受け止め、充血した眼で叫んだ。

「表だ！」

同時に商助は『表』と告げた。間髪入れずに娘が『裏』と応えた。

若旦那が手を開くと永楽銭は『裏』が出ていた。娘が満面の笑みを浮かべた。

商助は安堵《あんど》した。先程、ふいに襲ってきた不安は見事に消え去ったのだ。

娘と若旦那はつるんでなどいなかった。

結果は『表』と応えた若旦那と商助の負け、一人だけ『裏』の娘の勝ちである。

若旦那は下唇を噛《か》み、悔しさにわなわなと身体を震わせている。

「私の勝ちのようですね。さあ、お二人の銭袋をいただきます」

娘は申し訳なさそうな顔をしながら若旦那から銭袋を受け取った。商助も内心ではほくそ笑みながら悔しそうな顔を作って娘に銭袋を渡した。

「畜生……とんだ不始末だ。俺はなんて愚かな賭けをしちまったんだ……」

若旦那は怒りとも後悔ともつかぬ言葉を吐き捨てながらその場を去って行った。

「楽しく遊ばせていただきましたよ。稼ぎは折半ですな」

商助はニヤリと笑って娘を見た。

「はい、金貨が二枚と幾つかの永楽銭が入っています。一枚ずつ分けましょう」

娘は若旦那の銭袋の中身を数え、その半分の額を商助に渡そうとした。

その時、船着場に向かった若旦那が振り返った。そばで従者の老人が何事か話している。遠目にも若旦那の顔がみるみる鬼のような形相《ぎょうそう》に変貌するのがわかった。

「お前ら！　いかさまをやりやがったな‼」

若旦那が怒声を張り上げながら商助に向かって走って来た。

「仲間だろ。許せねえ！」

若旦那は懐から匕首《あいくち》を取り出した。鞘《さや》を抜くと、陽光に刃先がキラリと光った。

気づくと商助の着物の袖を娘が握りしめていた。顔を強張《こわば》らせて青ざめている。

「とんでもない。私たちは先程、偶然出会ったばかりです」

娘は声を震わせながら一歩二歩三歩と後ずさりした。

「だったらなんで銭を分けようとしている？」

殺気だった若旦那を見て商助はうろたえた。

「私は……私が負けた分の少しだけ返してもらえないかと、この娘に頼んでいただけです」

「嘘をつけ！　お前たちはつるんで俺を騙しやがったんだ」

商助は若旦那に匕首の切っ先を向けられたままジリッと詰め寄られた。

「私たちは赤の他人です。この人とは渡し場で先程、初めて知り合ったのです」

娘は気丈に言うと、商助を庇《かば》うようにして若旦那の前に出た。

「お互いに納得づくで始めた賭けでしょう。これは私のものです」

娘は三つの銭袋を懐の中に入れた。

「この娘のいうとおりです。私はこの娘の名さえ知らないのです」

商助は若旦那の持つ匕首に怯《おび》えながらも震える声で懸命に訴えた。いざとなったら遠巻きに見ている人々に助けを求めようと思った。

その時、老人が息を荒らげながら三人の近くにやって来た。

「若旦那さま、ここは堪《こら》えてください。どのような賭けをしたかは存じませんが、約束は約束、致し方のないことです。刃傷沙汰になったらお店に傷がつきます。大旦那さまも歎《なげ》かれましょう。どうぞ、ここは……どうぞ、ここは……」

老人は必死に若旦那をなだめている。若旦那は振り上げた匕首をしばし握りしめていたが、クッと、舌打ちをして娘と商助を睨み付けた。

「だったらお前たちが馴れ合っていない証を見せろ。お前は渡し場の方に、女はそっちの川べりの道に帰ってもらおう。いいか、俺はここで見張っているからな」

「わかりました」

娘は素直に応え、若旦那に気づかれないよう、密かに商助に目配せしてきた。

若旦那をうまく撒《ま》いてから渡し場で落ち合おうという合図のようだ。

「いいでしょう。では、私は渡し場に……まもなく船が出る頃合いですからな」

商助はそう呟《つぶや》きながら渡し場の方に歩きだした。

娘は団子や土産物《みやげもの》などを売る出店の方へと去っていく。

商助は昂《たかぶ》る心を抑えながら歩みを進めた。振り向くと、娘は細道を進み、みるみる若旦那から遠く離れて行った。商助は続いて若旦那の方を見た。すると若旦那は桜の樹の下に佇んだまま別れていく娘と商助の姿を鋭い眼で見張り続けていた。

三

一陣の風が湖面を渡ると、湖水が扇のように波紋を描いて流れた。

「船が出るぞ～～～」

船頭が声をあげると、出航を待っていた旅人たちが次々と船に乗り込んでいく。

「遅い……まだか……」

船の舳先《へさき》で商助は娘が駆けつけてくるのを待っていた。

自分が差し出した銭袋を返してもらい、若旦那から騙し取った儲けの半分を分けてもらおうと思っていた。それだけではない。敦賀の国までは数日かかる。その間に途中の港の宿で娘と懇《ねんご》ろになる機会があるに違いない。商助は娘の着物の裾からちらりと覗いた白い肌を思い起こし、腰のあたりが疼《うず》くのを感じた。

百々橋から五町（約五百メートル）ほど西に歩き、活津彦根《いくつひこね》神社を通り越せば豊浦《とようら》港に出る。そこから少し南に歩いた所には遊女屋がある。各地を商いで旅した商助は津々浦々の港に遊女屋があることを知っている。だが、たった今、出会った娘はどこの遊女屋の女よりも欲情をそそる風情を漂わせていた。

——あの娘と懇ろになりたい。船が出てしまう。なぜ、来ない？

ふいに商助の心に新たな不安がよぎった。

——もしかしたら若旦那に捕らえられ、乱暴でもされているのではないか？

商助の脳裏《のうり》に、若旦那に殴られる哀れな娘の姿が浮かび上がった。すぐに戻って助けてやらねばいけない。そんな義俠《ぎきょう》の心が沸き上がった。しかし、思い止まった。

娘は見知らぬ男と銭で賭けをした。ひょっとすると若旦那が言っていたように遊び女のたぐいかもしれない。しょせんは旅で一時、出会った娘だ。騒動に巻き込まれるのはごめんこうむりたいものだと考え、商助は船から降りるのをやめにした。

——私の銭……若旦那から巻き上げた銭は惜しい。金一枚といえば二十貫文。下手な商売で稼ぐよりも大金だ。だが、あの娘のほうがもっと惜しい。思い起こすと、後ろ髪を引かれる思いもないわけではない。だが、クッ、まあ、いいか……。

商助は自らを納得させ、出航しはじめた船の上で諦めた。そして、百々橋の水路を通り、心地よい琵琶湖の風に吹かれながら帰路に向かった。

四

その頃、娘と若旦那と老人はカモの中年男から騙し取った銭を確かめていた。銀は銭二貫文、すなわち二千文の値打ちがある。銀二枚で四千文、それに永楽銭など小銭が百五十文、あわせて銭四千百五十文を騙し取ったのだ。最後の大勝負の時、若旦那は二枚の永楽銭を貼り合わせ、必ず『裏』が出るように細工していた。そして若旦那は『表』と応える。カモは常に『表』と応えるので、常に『裏』と応える娘が確実に勝つ。そのように仕組んでいた。

「まあ、こんなところかな」

老人は夕陽が傾きかけた空を見上げた。

「ぼつぼつ店終《みせじま》いをするか」

「最後のカモは思わぬ収穫だった。しかし、今日の賭け銭の儲けは、〆て八千四百三十文か……五人を騙したわりには少ないな」

若旦那役の若者が舌打ちした。

「贅沢《ぜいたく》を言ってる」

娘が笑った。

娘の名は鶴。化粧で大人のように誤魔化しているが、年はまだ十五歳の小娘だ。

商家の若旦那風を装《よそお》った男は二十三歳、名は通称、偽三郎《ぎさぶろう》。

そして、付き添いの老人役を務めたのは元斎《げんさい》と名乗る男だ。年は誰も知らない。本人でさえ、自分が幾つになるのか、忘れているかのようだ。

元斎一味はさまざまな手練手管を使って銭を騙し取る悪党たちだった。

五

この数日の間に元斎一味は京都の大店の商人を騙して大金を巻き上げていた。

その手口は単純だ。他人名義の土地をあたかも自分の土地のような振りをし、安土城下で売りさばいたのだ。

元斎の仲間に弓太郎《ゆみたろう》と名乗る騙し人がいる。細身の身体で足が長く、凜々《りり》しい顔つきをした男だ。頭の回転が速く、酸いも甘いも嚙み分けた苦労人を相手にしても口八丁手八丁。カモに考えさせる余裕を与えずに闇の迷路に誘い込む手腕の持ち主で、元斎の仲間のうちでもっとも巧みな騙し人だった。

その弓太郎と直属の配下の者たちは手はじめに、京都で繁昌《はんじよう》している油売り、酒売り、白布、綿などを売る商人の店に飛び込んで、手当たり次第に「安土に新たな店を出しませんか?」と、勧誘した。

それが騙しの第一段階である。

今、天下人の織田信長が安土に城を築き始めたことは知れ渡っている。やがて町が繁栄することは誰でも予測できた。しかも信長は城下町発展のために近隣街道の関銭《せきせん》を撤廃し、楽市楽座の政策を推し進めようとしている。これにより往還《おうかん》の商人は不自由を感じることなく安土に入れ、他国の商人も商売が出来るようになる。

騙し人たちの狙《ねら》いはここにあった。

「安土に新たな店を出せば更なる売り上げが望める。出店する好機である」と、弓太郎は言葉巧みに触れ回り、話に乗って来た京都の商人たちに囁いたのだ。

「好運なことに、安土城下でもっとも大きな豊浦港に土地を持つ者を知っている。この土地を格安でお譲りできるのですが……」

このように持ちかけたのが第二段階。

更に相手を信用させる第三段階に移った。売り手が土地を持つ確かな権利者であるという証として譲り状を見せたのだ。譲り状とは財産・権利を他人に譲与する際に作成された文書であり、多くの場合、ひらがなで書かれていた。弓太郎はそれを京都の商人たちの眼の前に拡げたのである。読み下せば次の通りになる。

譲り渡し
近江下豊浦池田《いけだ》町の事
右、この所は、伝六《でんろく》、重代相伝の所、領知行相違なし、一子の竹丸《たけまる》に、手継証文、代々の御下文を相添えて、残るところなく譲り渡すところ実証也。しかればこの状に任せて、永代知行すべし。相違あるべからず、よって譲り状、件《くだん》の如し。
天文《てんぶん》二年（一五三三）九月三日　　稲見《いなみ》伝六（花押）

この譲り状で池田町の土地を伝六から竹丸が得たと証明されたことになる。

その土地の一部を竹丸は売ろうと思っていると、商人たちに告げたのだ。

「信長様が安土城下町発展のため、下豊浦の一帯に商人町の区割りをすべきお触れを出したのです」と、もっともらしく話を進めた。

もちろんこれは嘘で塗り固めたでっち上げ、譲り状も贋物《にせもの》である。

譲り状は本人が自筆で書くのが通例だが、本文の端裏書《はしうらがき》に自筆である旨を記して、本物のように思わせる細工も忘れてはいなかった。さらに弓太郎は譲り状とともに、権利伝承を証明する手継証文《てつぎしょうもん》も見せた。これも真っ赤な贋物。

「路用《ろよう》はいりません。宿代などすべて私どもで払います。現地に着いたらお店になる土地を見ていただき、気に入りましたら売買のお話をさせていただきます」

無料で近江への旅が楽しめる上、新たな店舗の候補地を実際に見ることが出来る。どうせタダなら行かねば損！　結果として十数人の商人たちが招待に応じた。その中にはたまたま堺《さかい》から来ていた商人も混じっていた。

こうして旅の一行は京都からの全行程約三里、琵琶湖を望む大津《おおつ》、さらに進んで坂本で一泊。翌朝、坂本から船で琵琶湖を渡り、安土の豊浦港へとやって来た。

一方、偽三郎とその仲間たちは豊浦港池田町の荒れ地に間口二間（約三・六メートル）奥行き四間（約七・二メートル）に等間隔で杭を打ち、店を出すに充分な区画を割って待っていた。そうしてカモに「ここがあなたたちが店を出す土地です」と、舌先三寸調子よく説明した。

活況を呈している町を眼にした商人たちは、商魂逞《しょうこんたくま》しく、ここでの商いは充分に成り立つと判断したようだ。しかし、京都の商人の中には不安を抱く者もいた。

「安土にはすでに近江の商人が入っている。座を組んで独占的に商売をしている。新たによそ者が来て商いが出来るのだろうか？」

　すると弓太郎は、

「ご懸念を抱くには及びません。天下人織田信長様は、城下町発展のため、諸座・諸役・諸公事《くじ》などことごとく免許する姿勢を持たれ、ここに住む者に特権を与えられる政《まつりごと》を推し進めていらっしゃるのです。それゆえ、ご懸念はまったくご無用でございます！」

と、商人たちを煙にまいた。

とはいえ、弓太郎が話したことはまったくの嘘ではない。翌年の天正五年六月、織田信長は安土城山下町に十三条の掟《おきて》を出している。その第一条で城下町の楽市楽座を布告し、他にも普請、伝馬《てんま》の免除、町人の保護、徳政《とくせい》免除など城下町発展のための方策を掟書に定めている。

　それはほぼ弓太郎が語った内容と同じであった。

　事前に情報を手に入れ、的確な予測をし、真実を混ぜながら嘘八百を並べる。

　それが詐欺師《さぎし》の騙しの手口だ。

「ここは天下人織田信長様の城下町。皆様、ご明察の通り、町は瞬く間に賑やかになり、商売繁昌、間違いなし。遅れを取れば、この格安の区画は他国の商人に買われてしまいます。善は急げ！　と申しますでしょう」

弓太郎は更に捲《まく》し立て、さっそく土地の持ち主である竹丸と会わせる。

竹丸は四十三年前の天文二年時代の幼名。今は善左衛門《ぜんざえもん》と名乗る初老の男である。

もちろん善左衛門は騙し人元斎の変装姿。会見場所は常楽寺《じょうらくじ》の境内《けいだい》だ。寺の僧侶を装うことで真実味を倍加させるのが狙いだ。

この時代の安土の土地はそれほど高くはない。元斎たちは値を吊り上げるための工作も忘れていなかった。

善左衛門こと元斎は懐から恭《うやうや》しく一枚の奉書紙を取り出した。それは安土城の普請奉行である丹羽長秀《にわながひで》が直々《じきじき》に書いたとする豊浦池田町での商売を認める許可状だ。

定

一、町棚、二間ずつの諸商売役のこと。

一、諸役滞納のこと。

一、宿次《しゅくつぎ》の諸役のこと。

右三条の役、安土城下で商売を相勤むるの間、一切ご赦免なさるるの由、仰せ出ださるものなり。よって件《くだん》の如し。

天正四年　丙子《ひのえね》　四月十日　　　惟住五郎左衛門《これずみごろうざえもん》　奉之

この許可状は店を営む税、諸税を滞納した際の罰金などを免除すると約束されたものである。惟住五郎左衛門とは丹羽長秀のことで、ご丁寧に偽朱印が押されていた。許可状の末尾には別個に商人の名が書かれてあり、それぞれに手渡された。

この許可状があれば他国の人でも大手を振って商売が出来る。「この状をいただくために銭が必要でした」などと出鱈目《でたらめ》を言い、土地代に上乗せしたのである。

当然、京都の商人たちは全金額を払う銭は持ち合わせていない。それで手付金を払い、残りの金額分は為替《かわせ》を渡したのである。

為替とは本来は離れた土地への送米、送金に手形、証書で代用する制度で、十三世紀から見られ、この当時は為銭《かわし》、割符《さいふ》と呼ばれていた。

商人たちと京都に戻った時点で、弓太郎がこの為替証文に書かれた金額を支払ってもらうことになった。当然、これらの一連の騙しをする際、弓太郎は弓太郎と名乗っていない。すべて蓑次郎《みのじろう》という名を騙《かた》っていた。

偽書を利用した騙しが成功したのは元斎の技である。元斎は名のある武将や公卿《くぎょう》や豪商などの筆跡や花押《かおう》を熟知しており、偽文書《ぎぶんしょ》を作る才に長《た》けていた。

この当時、偽文書を作った者の罪は重い。武士ならば御家取り潰《つぶ》し、家族の無い独り身の者ならば領域内から追放。一般の者は焼いた鉄印を額《ひたい》に当てられた。

それゆえ偽書を使って人を騙す輩《やから》は、命を惜しまぬ悪党か、絶対に捕まることはないと信じている楽天家ぐらいであった。

――なにゆえ元斎さまは雲の上の人々の細部に関わることに詳しいのかしら?

鶴は不思議だった。

商人が一人頭で払う額は土地代と丹羽長秀の偽許可証代を合わせて十一貫文二百銭(約百十二万円)である。騙したのは十五人なので全額で百六十八貫文。

出費は宿泊代、食事代、船賃など約六貫文。総収入の百六十八貫文から経費六貫文を差し引くと百六十二貫文(千六百二十万円)の利益となる。

鶴は不満だった。

役どころがなくこの仕事に関わらせてもらえなかったからである。

仕事に関わらなければ分け前の報酬がもらえない。それが元斎一味の不文律だ。だが、報酬などはどうでもよい。自らの役どころが何もない。それが情けなかった。

「鶴、不貞腐《ふてくさ》れた顔をするでない。お前の出番はこれからいくらでもある」

「元斎さまの言う通りだ。お前はまだ騙しの極意を身につけていないのだからな」

偽三郎も慰めるような口ぶりで言ったが、その言葉は心に深く突き刺さった。

鶴は常々、騙しの極意の基本を教えられていた。
一、騙し人は見事な役者であるべし。
一、騙し人は騙す相手を的確に選ぶべし。
一、騙し人は相手の欲心をよく見定め、相手の弱点を突くべし。
一、騙し人は相手を孤立化させ、決断しなければという心に追い込むべし。
一、騙し人はおのれの心さえも騙すべし。
いかなる時でも騙し人はこれを心がけねばならない。

「わしたちの手口を見て数をこなすうちに鶴も騙しの極意が身につくようになる」

元斎に慰められ、鶴は次の騙しの機会を夢見て、沈みがちになる心を抑えた。

元斎一味は、老人だろうが、女だろうが、子供だろうが、裕福そうな者を標的に選んだら誰彼構わず誑《たぶら》かして銭を騙し取った。

「だけどな、鶴。年寄りや幼い児《おさなこ》には狙いをつけないほうがいいんだよ」

いつも騙しの手口を細かく教えてくれる偽三郎に諭《さと》される。

「弱い者を哀れむからじゃないぞ。人にもよるが、多くの場合、年寄りや幼い児は銭をわずかしか持っていない。貧乏人を騙しても骨折り損のくたびれ儲けだ」

偽三郎が皮肉な笑みを浮かべると、元斎は皺《しわ》だらけの顔を少しだけ歪めた。

六

夕暮れ時、鶴は偽三郎に連れられて安土山下の道を歩いていた。

偽三郎は元斎に指図されて何事かを調べているようだった。

「何を探り求めているのですか？」

鶴が問いかけると、

「無用なことを訊くな。俺と一緒に居ればよいのだ。山桜でも楽しんでおれ」

偽三郎は何も教えてはくれない。

大手口近くに来た時、何やら人だかりがあった。多くの村人が群れになっている。

見ると、百姓娘と思われる五歳ほどの幼子《おさなご》が男たちに足蹴《あしげ》にされている。

野次馬は男たちの乱暴のさまを遠巻きにして眺めていたのだ。

鶴は思わず走り出した。

「鶴、関わるな」

背後から偽三郎の止める声が聞こえたが、鶴は夢中になって人垣を掻き分け、男たちの近くに飛びだした。幼い娘のそばにはボロボロの汚れた布を纏《まと》った乞食《こつじき》が倒れている。

「乱暴はおやめください」

叫んで男たちを見た時、鶴の身体が強張った。

狼藉《ろうぜき》を働いていたのは安土城の普請をする織田家の下級武士と思われた。

身体を流れる血が凍結する気がした。

八年前、飢えた狼のような唸《うな》り声をあげ、襲いかかってきた雑兵《ぞうひょう》の姿が甦《よみがえ》った。

以来、侍の姿を見ると、鶴は身体が凍りつくような恐怖を感じてしまうのだ。

「なんだ、娘、邪魔をするな」

眼光の鋭い男が鶴に近寄ってきた。

「幼い子を足蹴にするなど……ご無体です」

鶴は幼い娘を庇うようにしながら必死に訴えた。恐れゆえに声は掠《かす》れた。

「黙れ。この乞食が道を塞いでおるゆえに退かそうとしたまでだ」

男は手にした刀の鞘で鶴を突いた。

「父ちゃんは病で倒れた。動けねえ。すぐに脇に寄せるから堪忍して……」

幼い娘が泣きながら訴えている。

「わしはどうなっても構わねえです。娘だけは許してくだせえ」

父親は地にひれ伏し、武士たちに深々と頭を下げている。

「出来ぬな。手打ちにしてくれる」

一人が刀を抜くと、傾きかかった夕陽に剣先がギラリと光った。

その時、背後から声がした。

「静まれ。何事であるか。控えろ」

見ると、小姓と思える若侍が厳しい顔をして立っていた。その後ろには数人のお伴を連れた武将が桜の小枝を持って佇んでいる。

「上様の御前であるぞ」

小姓が声高《こわだか》に言うと、

「嗚呼《ああ》、お殿様……」

下級武士たちが中央の武将を見て、慌《あわ》てて平伏した。

取り巻きの村人たちもいっせいにひれ伏している。

伴を連れた武将の小袖には桐紋と木瓜紋《もっこうもん》が描かれている。木瓜紋は織田家の家紋である。武将は織田信長に違いなかった。

生まれて初めて織田信長をじかに見た鶴の恐怖は絶頂に達した。身体がガタガタと震え、眼の前が真白になった。近づいてきた信長の眼光は伝説の龍のように鋭く、他者を寄せつけない魔物のような霊気を発散させている。

――まさに魔の化身……。

鶴の胸は恐怖で張り裂けんばかりになった。

「総じて乞食《こつじき》は居所定まらず。如何様《いかよう》の子細あるべき」

桜の小枝をもてあそびながら信長がやや甲高《かんだか》い声音で問いただした。

だが、下級武士たちは恐れを成したのか、誰も応えようとしない。

それを見た小姓が取り巻きの野次馬たちを睨《にら》み付けた。

「誰か応えよ」

すると、土地の古老と思える者が頭をあげた。

「謹みて申し上げます。昔、当所、安土の地にて京の検非違使《けびいし》を殺す者あり候。その因果によりて先祖の者、代々、半端《はんぱ》者と生まれ、かくのごとく乞食仕《つかまつ》り候」

古老が強張った口調で言うと、信長は不機嫌そうな顔をした。

「因果など片腹痛い。あり得ぬわ」

信長は百姓親子を哀れむように見ながら小姓に告げた。

「後刻、木綿、二十端《たん》をこの親子にくれてやれ」

さらに取り巻きの村人たちに命じた。

「皆の者、近くに小屋をさし、この親子に住まわせよ。隣郷の者共、春には麦を、秋には米を、年に二度、親子が餓死せざるよう取らせそうらえ」

取り巻きの村人たちが「ははあ」と、深々と頭を地に擦りつけた。

鶴は恐怖で震えながらも織田信長という武将には慈悲の心があるのだと感じた。

だが、それは束の間の思いだと知らされた。

いきなり桜の小枝を下級武士たちに振って信長は言った。

「幼子に刃を向けるとは不届きである。この者たちを成敗せよ」

狼藉を働いていた下級武士たちが蒼白となった。

「お許しください」

それぞれ懇願したが、信長は聞く耳を持たぬとばかり歩き始め、ふっと鶴を見た。

「娘、名は？」

恐れを成して声が出せない鶴に向かって小姓は怒りの顔を向けた。

「応えぬか」

「つ、鶴……と申します」

懸命に声を絞り出して応えると、

「であるか」

信長は興味なさそうにしながら目の前をゆったりと通りすぎて行った。

その後、混乱が巻き起こった。伴の侍たちが狼藉を働いた下級武士を次々と捕縛《ほばく》したのである。〝成敗せよ〟とは〝処刑せよ〟という意である。

鶴は信長の非情さを知る思いがした。

「鶴、危ない真似《まね》を……肝《きも》が潰れる思いがしたぞ」

近寄った偽三郎に叱《しか》られたが、鶴は意に介さなかった。織田信長という武将の心のうちを知りたい。その思いだけにとらわれていた。だが、雲の上の天下人である。二度とそばに近寄るなど出来ようはずがない。それでも何故か織田信長と再びめぐり逢うような予感がした。

恐れている侍、しかも天下を治めようとする織田信長に脅《おび》えながらも、いつの日か相対する機会があるならば、さまざまなことを聞いてみたい。

夜桜を楽しむ逍遥《しょうよう》なのだろうか、浮かれるように去っていく信長たちを見送りながら鶴は逸《はや》る思いを抑えられずにいた。

第二章　忍び寄る黒い影

一

弓太郎は背後に得体のしれぬ不気味な人影を感じた。

――誰かにつけられている。

四日前、京都の商人たちと一緒に大津路を通って坂本、安土に向かった時と同じように、弓太郎は京都三条《さんじょう》を出発した。気分は爽快だった。京都の商人たちを騙《だま》して得た純利益は百六十貫文ほどで、弓太郎の取り分は二割の三十二貫文になる。しばらくは贅沢《ぜいたく》が出来る。将来の夢を成し遂げるための蓄えも出来る。喜びを感じつつ三条大橋のたもとまでやってきた。

初めに異変を感じたのは三条大橋を渡っていた時だ。ふいに突き刺すような視線を感じ、弓太郎は思わず腰に巻いた銭袋を手で押さえた。

銀八十枚ほどが入った銭袋はずっしりと重い。

――どこぞのならず者が俺の銭を狙っているのかもしれない。

弓太郎は緊張した。だが、気づかぬふうを装い、橋を渡り切ったところで草鞋《わらじ》の紐を結ぶ振りをして周囲をうかがった。だが、おかしな兆候は何もない。

――勘違いか？　久しぶりに大金を手にしたからな。

弓太郎はあらぬ心配をした自分に対して苦笑いした。

だが、粟田口《あわたぐち》を通り、鬱蒼《うっそう》と樹々の繁る路を進んでいる時、二度目の不吉な視線を感じた。ここで襲われたら逃げ場がない。不安を抱きながらすばやく振り向いた。

しかし、異常は感じられない。

――銭をすべて銀に代えていてよかった。

永楽銭一枚の重さは一匁《もんめ》（三・七五グラム）。千枚で一貫（三千七百五十グラム）である。

今回、京都の商人から騙し取った銭のすべてを永楽銭で運ぶとなったら荷車に積んで運ばなければならない。ましてや目立ちすぎて盗賊に襲われる危険もある。それゆえ弓太郎はすべて銀で払ってもらっていた。

——やはり気のせいかも……だが、警戒するに越したことはない。

弓太郎は粟田口の山路を足早に進んで行った。

二

弓太郎の不安は当たっていた。

手前の森の繁みに一人の若者が隠れ潜んでいたのだ。闇夜《やみよ》の風《かぜ》と呼ばれる男だ。

薄暗い繁みの中で眼を爛々《らんらん》と輝かせている。蒼氷色の瞳は冷徹に光っていた。狙った獲物は絶対に逃がさない。闇夜の風は細くしなやかな身体で鋭い動きをする。

弓太郎が三条大橋で止まった時、闇夜の風は一瞬たじろいだ。だが、すぐに知らぬふうを装い、わずかな邪気も発散させることなく弓太郎の脇を通りすぎた。

その後は距離を置きながら繁みの中を縫うように後を追った。粟田口の林道で弓太郎が振り向いた時は笹の繁みにすばやく身を隠した。弓太郎が再び歩きだすと、闇夜の風は後方で待っていた他の仲間、地獄《じごく》の辰《たつ》と火炎《かえん》の世作《よさく》のもとに戻った。

「気づかれたか？」

待機していた地獄の辰が舌打ちする。

「それはない」

闇夜の風は自信ありげに呟《つぶや》いた。

「やはり臭えな」

地獄の辰が鼻をもぞもぞと動かしながら言う。

「何か匂うだか？　俺には若葉の匂いしか感じられねえだがな？」

愚かな問いかけをしたのは火炎の世作だ。

「莫迦《ばか》者、蓑次郎って奴のことを言ってるんだ。奴は俺たちと同じ匂いがする。あの輩《やから》、ただのネズミじゃなさそうだ。悪党に違いない」

地獄の辰が言うと闇夜の風は黙ったまま頷《うなず》いた。

この三人は京都の商人に雇われた男たちだった。

十五人の商人は安土で店を出す土地を買った。大半の商人たちはこれで安土に新たな店を出せると喜んだが、数人は蓑次郎たちに疑念を抱いたのである。

「土地の譲り状や手継証文が本物かどうか疑わしい。もしも偽物だった場合を考え、当面、あの蓑次郎という男を見張る必要がある」

堺商人が言うと、多くも同調し、蓑次郎の動きを監視することになったのだ。

この時代の京都は町が集合し、町組を作っていた。これらの町組が結合して上《かみ》京《ぎょう》、下京《しもぎょう》などの惣町《そうちょう》を形成していた。上京の町組は川西組、立売組、中筋組、小川組、一条組。そして下京は丑寅《うしとら》組、三町組、中組、川西組、巽《たつみ》組から成っている。京都で犯罪が起これば、各町の町組が犯罪者を追って捕まえる。処罰も町にゆだねられ、各町内ごとにいわゆる自治組織を持っていた。もしも一つの町組が犯人を追って捕まえることができない場合は、惣町が協力して捜査を行なう。それでもなお手に余る時には京都所司代のもとへ注進する。だが、余程の大事件でないかぎり、京都所司代が犯罪者を追捕《ついほ》することはほとんどない。

それゆえ惣町では事件処理として屈強な若者を任命した。時には町内に住む者ではなく、外部の荒くれ者たちを雇う場合もあった。

地獄の辰、火炎の世作、闇夜の風の三人はまさに銭で雇われた男たちだった。

「構うことはねえ。悪党に違えねえなら、一気に取っ捕まえるだ」

火炎の世作が気色《けしき》ばんだ。

「いや、待て！」

地獄の辰は抑えた。

「奴を追うための銭は雇い人から充分にもらっている。焦ることはねえ。悪党なら隠れ家を突きとめて一網打尽《いちもうだじん》にする。それまで泳がせておこう」

「まどろっこしいことは性にあわねえだ。取っ捕まえて半殺しの目にあわせるだ。そうりゃあ、悲鳴をあげて仲間のことでも何でもしゃべっちまうに違《ちげ》えねえだ」

火炎の世作が太い指をボキボキと鳴らした。相撲好きの織田信長の前で八番取って六番勝ち、褒美《ほうび》をもらったこともある。それが数少ない自慢話のひとつだ。

「てめえは相変わらず頭の悪い野郎だな」

地獄の辰が吐き捨てるようにいう。

「うるせえ！　そういう言い方はやめるだ！」

火炎の世作は口から紅蓮《ぐれん》の炎を吹き出し、地獄の辰に浴びせかけた。

世作は口から炎を噴射する特技を持っている。怒った時など決まって口から炎を吐く。とはいえ化け物ではない。世作は幼い頃、傀儡師《くぐつし》に育てられ、いろいろな芸を叩き込まれた。そのひとつが火炎吹きの技だ。油をしみ込ませた綿を口に含み、上歯と下歯に火打ち石を詰め、歯と歯で擦って点火させ、息を吐き、炎を噴射させるのだ。

それが今、役立っている。

地獄の辰はすばやく身体をひねって炎をかわした。

「いいか、世作、奴らが持っている大量の銭を俺たち三人で横取りするんだ」

「なんだと？　だけんど、雇い人たちには？」

「莫迦！」

地獄の辰が軽蔑《けいべつ》の眼《まなこ》で火炎の世作を見た。

「莫迦だと？」

火炎の世作が地獄の辰の胸倉を掴もうとすると、

「やめろ、仲間割れは見苦しい」

と、闇夜の風が制した。

「闇夜の言う通りだ。今は奴ら組織の多量の銭を奪うことだけを考えろ」

地獄の辰は火炎の世作の腕を払いのけながら吐き捨てた。

「わかっただよ。蓑次郎って奴の悪事を暴いたところで、駄賃は雀《すずめ》の涙だ。確かに隠れ家を突き止めて銭をすべて巻き上げるほうがええ。ゲッへへへ、うまくすれば一生涯、好きなものを食い放題、贅沢して暮らせる銭が手に入るってわけだ」

火炎の世作はやっと納得できたように頷いた。

「だったらあいつを見失わないようにしねえといけねえだな」

と、林道の先を見て、

「だけんど俺は足が遅い。すぐには追いつけねえだ」

巨体を持て余し気味に揺らしながら火炎の世作は呟いた。

「莫迦、追うのは闇夜だ。俺たちは後からのんびりと道中を楽しめばいいんだ」

地獄の辰が言うと、「莫迦莫迦って言うな！」と、火炎の世作は再び憤った。

その時、闇夜の風はすでに走り去っていた。

三

夜明け前、鶴は元斎、偽三郎と舟で琵琶湖を渡らずに浜街道へ出た。

浜街道は後に朝鮮人街道と呼ばれ、東山道《とうさんどう》と平行に走る琵琶湖寄りの道である。

そこを南下し、近江八幡を経て日野川を渡り、川辺で昼食を取った。

元斎は一人だけ街道筋に立っていた。鶴が干飯《ほしいい》を元斎のもとに届けようと近づいて行った時、ふいに見知らぬ男が元斎に話しかけてきた。

「畳表の吾一を見つけることは出来ませんでした。企てはしくじりました」

鶴は畳表の吾一の名が出たので訝しげに木の蔭から男を見た。

元斎も男も鶴が近寄ったことに気づいていないようだ。

「まあ、止むを得まい。好機はいくらでもある。焦ることはない」

元斎が応えると、男は続けた。

「吾一はまもなく安土を発つと思われます。すでに荒木摂津守《あらきせつつのかみ》、長岡兵部大輔《ながおかひょうぶたいふ》、惟任日向守《これとうひゅうがのかみ》、原田備中守《はらだびっちゅうのかみ》の四人を大坂に送って、各所に砦を築いたようです」

荒木摂津守とは荒木村重《むらしげ》、長岡兵部大輔とは細川藤孝《ほそかわふじたか》、惟任日向守とは明智光秀《あけちみつひで》、原田備中守とは原田直政《なおまさ》であり、織田信長麾下《きか》のすぐれた武将たちだ。

鶴は畳表の吾一とは織田信長のことなのかと、身を震わせた。安土の大手口前で出逢った鬼神のような信長の姿が眼に焼きついている。

「いずれにせよ吾一が京都に着きしだい、動きを探ってくれ。私も向かう」

指示を出す元斎の声が聞こえる。

鶴の身体が突然、固まった。鶴は時として元斎の立ち居振る舞いに侍を感じることがある。

——元斎さまは元は侍なのか？　いいえ、違って欲しい。

自らに言い聞かせた時、男は元斎に軽く頭を下げ、足早に去って行った。

その後、鶴たちは野洲《やす》を通り越し、守山から東山道をさらに南に進んだ。

春の日はうららかだ。上空で雲雀《ひばり》が鳴いている。

鶴は途中の路傍で石仏を見つけた。

「これは青面金剛《しょうめんこんごう》を彫ったものじゃな」

元斎が教えてくれた。

舟の形に削った石に金剛像が浮き彫りされている。金剛像は髑髏《どくろ》の帽を被り、邪鬼《じゃき》を踏みつけて立っている。手足には蛇を巻き付け、四つの手で太く長い棒、車輪の形をした武器、悪い心を縛《しば》る羂索《けんさく》と呼ばれる縄などを持っている。

「青面金剛はな、疫病神《やくびょうがみ》を退散させるといわれておるのじゃ」

元斎はかたわらに杖を置き、石仏に手を合わせた。

「村人や旅人に災厄《さいやく》がないよう祈願のために作ったのじゃ。鶴も一心に祈るがよい。路傍の石仏はいずれ鶴にも幸いをもたらすかもしれぬ」

鶴は頷いて石仏に手を合わせた。

この時、鶴は元斎の言葉の裏にひそむ真の意味がまだわかってはいなかった。

「鶴、いつまで手を合わせているのだ。行くぞ！」

偽三郎が急かした。偽三郎は石仏などに興味がないようだ。歩きながら鶴の傍に寄って元斎に聞こえない小さな声で囁いた。

「幸せはな、自らの手で摑むものだ。それが俺の信念だ。神や仏に念じても幸せなどにはなれない。現《うつつ》の世はすべて自力で生きる。死んだ後は地獄に落ちようと構うものか。この世で楽しく暮らせればそれがもっとも幸せなのだ」

偽三郎はそう囁いて鶴から離れ、元斎に従った。

東山道を西に向かい、草津《くさつ》の町に着いてから常善寺《じょうぜんじ》という名の境内《けいだい》で着替えた。杖をついた元斎は藍色に染めた木綿晒《もめんざらし》の水干《すいかん》姿。商人の出で立ちである。腰に巻いた組紐、吊るした印籠《いんろう》、象牙《ぞうげ》細工の根付《ねつけ》などは値打ち物である。物の価値のわかる目利《めき》き人が見れば、元斎老人を大店《おおだな》の隠居と判断するに違いなかった。

偽三郎は袖の細い直垂《ひたたれ》を身につけ、麻の荷袋を背負った。杖をついた元斎の使用人と誰もが見間違うような姿だ。

「一夜の宿をお願いしたい」

めざす草津屋の入り口で元斎が声をかけると、

「これはようこそ、お疲れさまでございます」

宿の主人は元斎の衣服を見て値踏みをし、丁寧に頭を下げた。それから人形を抱いた鶴の蝶々模様の赤い小袖に眼を細めた。相当に高価な物だと見切ったようだ。

今日の鶴は誰が見ても十二歳ほどにしか思えない。背はそれほど低くはないが、細い華奢《きゃしゃ》な身体と小さな顔である。着るものによっては十歳にもなれる。

「私どもは若狭《わかさ》から来ました。お取引きさせていただいております井筒屋《いづつ》さんという大切なお客様が三名、後ほど京都からお見えになります」

元斎は最高級の部屋を二つ頼んだ。

「一部屋は後からお見えになられる取引先の井筒屋さんのためです」

「かしこまりました。これ、誰かおらぬか」

主人が声を掛けると、奥から赤ら顔の下働きの女が出てきた。

その際、偽三郎が永楽銭三枚をそっと手渡しながら女に告げた。

「後からお越しになる方は大切なお客様です。粗相《そそう》のないようにお願いしますよ」

「かしこまりましたでございます」

案内された楓《かえで》の間は広い。床の間には梅の枝に止まった鶯《うぐいす》の絵の掛け軸が飾られ、やや大きめの素焼きの壺に花が活けられていた。

「ここの湯は桃の葉、菖蒲《しょうぶ》の葉を入れた薬湯《やくとう》でございます。汗をお流しくだされ」

女に誘われて鶴は湯殿《ゆどの》に向かった。

湯殿の前に来ると、白い衣と布が畳まれて置いてある。女が湯に入る時、衣として着る湯帷子《ゆかたびら》と男が下腹部に巻く白い晒《さらし》の褌《ふんどし》だった。

鶴は用意された麻布の湯帷子をすばやく身に羽織って中に入った。

湯殿内は湯気が立ちのぼっていた。京都の町湯は蒸し風呂がほとんどだが、ここは違っていた。端に鉄製の湯釜が備えつけられ、中央に湯槽があった。板塀の向こうから樋《とい》が通され、それを伝って外から湯釜に水が流れ込んできている。湯釜に溜まった水は程よく沸かされているのだろう、細い竹筒を通って湯槽に注がれている。

鶴にとっては初めて見る珍しい湯殿であった。

「鶴、湯は熱くないか」

湯褌をつけた元斎と偽三郎が入ってきた。

この時代、湯に入るのは男が先という習わしがあったが、元斎も偽三郎も鶴をまだ女として見ていないのか、気にとめていないようだ。

「はい、良いかげんで……心が安らぐ思いが致します」

湯帷子を身にまとっているので肌は露《あら》わになっていないが、鶴はこの頃、男と一緒に湯に入る時、ふっと恥ずかしさを覚えることがある。特に身近な偽三郎などに膨《ふく》らみ始めた乳房を見られていると感じた時などは居たたまれない思いがした。

十三歳の時、元斎は鶴を大人の女と認める裳着《もぎ》の儀式をしてくれた。着物の後腰《うしろごし》に短い褶《しびら》という布をつけ、髪を結い上げて、

「今日から鶴は大人の女の仲間入りじゃ」と告げたのだ。

　しかし大人になった実感はなかった。たとえば多くの娘は十三歳にもなれば初潮を迎える。だが、鶴には十五歳になった今でもそれがなかったのだ。

「湯はありがたい。心と身体を癒《いや》してくれる。一切の罪を流してくれるようじゃ。はっははは……鶴、ゆったりと浸《つ》かるがよい。安土より歩きづめであったからな」

　鶴の恥じらいなど気づかないかのように元斎も湯槽に浸かった。

「今夜はのちのち大いに走らなくちゃいけないからな」

　にやりと笑う偽三郎を横目で見て、鶴は元斎に問いかけた。

「元斎さま、鶴はためらってしまうのです。これからすることを……」

　元斎は鶴の心中をすでに察しているかのように語りだした。

「よいか、鶴、人はな、嘘をつかずに暮らすことなどできぬのじゃ。尻込みしてはならん。お前がひとりで生きていくために騙しは欠かせぬのだ。世の中にはな、わしたちよりもはるかに悪い者がおる。民を戦《いくさ》に駆り立て、殺す侍たちじゃ」

　やや紅潮した顔で元斎は立ち上がった。

「鶴、迷いを持つのはわかる。人は常に迷い続けて生きていくものじゃからな」

　偽三郎は元斎が湯槽から出た後、小声で鶴に囁いた。

「昔、元斎さまは侍に嫌な思いをさせられたに違いない。なぜか嫌うようだ」

——私も侍は嫌い……いいえ、怖い……。

鶴は侍に対する心の傷が癒せずにいた。だが、別の言葉が口に出た。

「元斎さまは、いかなる嫌な思いをしたのでしょうか?」

「俺にもわからない。昔のことはいっさい語ってはくださらないからな。まあ、人の過去などどうでもいい。今をどう暮らして行くか、お前はそれだけを考えろ」

偽三郎はそう言って湯槽から出て行った。

確かに偽三郎の言う通りかもしれない。父母も兄姉もなく、生きる当てもなく、天涯孤独の身にとって、ただその日を暮らすだけの日々である。漂泊《ひょうはく》の旅を続けながら楽しく過ごせれば、それが幸せというもの。何が正しく何が悪しきことなのか、その違いを区分けして悩むなど愚かだ。

鶴は手にすくった湯をバシャッと顔に叩きつけた。

四

弓太郎は鶴たちが草津に着く一刻ほど前、琵琶湖を望む山間《やまあい》の地まで来ていた。

眼下に広がる琵琶湖の水面が夕陽に輝いていた。だが、山には湿気を含んだ風が渡っている。雨を呼ぶ風だ。そう思いつつ弓太郎は谷川沿いの道を下った。

どこかから馬の嘶《いなな》きが聞こえた。近くで農民が畑作業でもしているに違いない。そう思った時、後方に人の気配を感じた。

──俺をつけ狙っている奴だ。

弓太郎は谷川に掛かった木橋の下に身を隠した。

その時、激しく巻く谷風を一直線に切り裂くように男が走り来た。

弓太郎は橋の上に跳んで着地し、相手の行く手を遮《さえぎ》った。

「ふふふっ、長い道のりをご苦労さん。やっと姿を見せてくれたな」

だが、追手の男は応えない。

相手は渋染めのたっつけ袴《ばかま》に同色の脚絆《きゃはん》、筒袖上衣を着、手拭《てぬぐ》いで顔を深く包み、目と鼻だけを出していた。典型的な細作《さいさく》、いわば忍びの装束である。

「お前、何者だ？　なぜ、俺をつけて来る？」

無駄だと知りながら弓太郎はあえて続けた。

「いまさら隠してもしょうがねえ。俺はさ。他人に恨みをかう真似を数多くやってきた。誰かにいきなり襲いかかられても文句は言えねえ。ところがお前は三条大橋あたりからずっと俺をつけ回してるだけで、襲おうともしねえ。いったい何なんだ？」

弓太郎はいつものごとく饒舌《じょうぜつ》にしゃべった。

「なあ、俺は本音をぶちまけたんだ。一言ぐらい何かしゃべってくれねえか」

「……」

「まったく喰えねえ男だな。殺《や》るなら殺る。はっきりしてくれ」

弓太郎は小剣を抜いて左手で摑み、高く振り上げた。その刹那《せつな》、弓太郎は右手で五寸ほどの長さの鉄釘《てつくぎ》を放った。小剣を振り上げたのは相手の注意を左手に向けさせるための誘導作戦だ。その一瞬の隙《すき》を突き、右手で五寸釘を投じたのである。

ビュッ！　と、鉄釘は宙を切り裂くように飛んだ。

五寸釘投げは弓太郎の得意技だ。心の臓に突き刺されば殺すこともできるが、弓太郎は人を殺したことはない。騙し人は人を殺さない。それが不文律であった。それゆえ相手の肩口に向けて鉄釘を放ったのだ。負傷させ、怯《ひる》んでいる隙を突いて一気に逃げる。それが狙いだ。だが、予測に反する事態が起きた。真一文字に飛んだ鉄釘を相手はすばやく身をかわして避けたのだ。

——すばやい！　俺よりも……。

弓太郎は驚きとともに相手を褒めたたえてあげたい気分を抱いた。

ビシュッ！　ビシュッ！　ビシュッ！　ビシュッ！

三撃、四撃、五撃と鉄釘を放つ。その度に右や左に避けられた。だが、七撃目を放った時、相手は鉄釘は避けたものの体勢を崩し、木橋から落ちた。

その隙を突いて弓太郎は走り出した。

捕まえて自分を追うわけを確かめたかったが、あれほどの手練《てだれ》の者だ。捕らえても口を割りはしないだろう。この場は逃げようと決めた。

その途端、ブオォォ～ッ！　と、おびただしい量の火炎が襲ってきた。

焼けつくような熱さに弓太郎は思わずたじろいだ。振り向くと巨漢が仁王立ちしていた。男の形相《ぎようそう》は憤怒《ふんぬ》の不動明王《ふどうみようおう》のように見えた。不動明王は火炎を噴射すると聞いたことがある。悪霊や邪鬼を調伏《ちようぶく》する大日如来《だいにちによらい》の使者として知られている。

俺は邪鬼か！　と、弓太郎は鼻で嗤《わら》った時、さらに別の一人が現れた。

そいつは不敵な面構えの男だった。

「こうなったら容赦《ようしや》はしねえだ。死んじまいやがれ！」

巨漢は鉄の固まりのような拳を握りしめて吠えた。

危険を感じ取った弓太郎は横っ跳びして山路から谷川の河原に飛び下りた。

そのまま河原を下流に向かって走り出す。

「待つだ！　待ちやがれ！」

巨漢が怒りの声をあげた。待て！　と言われて止まる莫迦はいない。かなり頭の血のめぐりの悪い奴だと、小馬鹿にしながら弓太郎は一気に河原を駆け下った。

地獄の辰が火炎の世作に声をかけた。

「世作、カッカッするな！」

すでに橋下に落ちた闇夜の風も合流している。

「あの野郎、痛めつけなければ気がすまねえだ」

「俺たちの狙いを忘れるな」

「いつまでまどろっこしいことを言ってやがるだ。あいつは大銭を持ってるだ。それをぶんどるだけで充分だろうがぁ！」

火炎の世作は息巻いた。

その時、間近でドボン！　と、大きな水音がした。

見ると、少し先に滝があり、淀みから水しぶきがあがった。

「あの野郎、滝壺に飛び込みやがっただ！」

火炎の世作が叫んだ。

「違う、あれを見ろ！」

闇夜の風が一方を見て叫んだ。眼下の谷川沿いの路を裸馬が走っている。眼を凝《こ》らすと、馬の腹に人がしがみついているように見えた。

「あれを追うんだ！」

地獄の辰が叫んだ。

「だったら滝壺の水しぶきはなんなんだ？　あの野郎は滝壺に飛び込んだだ」

「莫迦、眼眩《めくら》ましだ。おおかた大石でも投げ込んで、俺たちを騙そうって魂胆《こんたん》だ」

「ケッ、汚ねえ野郎だ」

その時、すでに闇夜の風は疾駆する馬に向かって走っていた。

「世作、行くぞ！」

地獄の辰も走り出した。

「おい、なんであんな野郎に振り回されなくちゃならねえだ。取っ捕まえてギタギタに痛めつけてやるだ。まずは奴が持ってる銭をぶんどっちまうだ」

火炎の世作は不満の声をあげながら地獄の辰に続いた。

三人が走り去ると、滝壺の周囲はもとの静寂が戻った。

聞こえるのは滝壺に落ちる水と谷間に吹く風の音だけだ。

薄暗くなった空から雨粒が落ちはじめ、それが滝壺に溶け込んでいく。その水面がかすかに揺らぎ、水中から弓太郎が顔を出した。滝壺の中に潜っていたのだ。

つい先程まで弓太郎は河原を走っていた。

途中で農作業を終えて馬を牽《ひ》く農夫と出くわした。農夫に銀三枚を渡して馬を譲り受け、雀追いの藁《わら》人形を腹に括《くく》った。その後、滝壺に大石を落した。追手が水しぶきの音に気づいて駆けつけた時、弓太郎は水辺の葦の中に隠れ、事前に打ち合わせたとおり、農夫に馬を走らせてもらったのだ。馬こそが眼眩ましだった。

それから弓太郎は密かに滝壺の中に身体を沈め、三人が立ち去るまで待ったのだ。

咄嗟《とっさ》にひらめいた騙しの裏の裏をかいた作戦だった。

——動きのすばやさでは負けた。しかし、騙しの技は俺の勝ちだ。

谷風が吹き荒れ、雨がいちだんと激しくなってきた。

しかし、滝壺で全身を濡らした弓太郎には関わりのないことであった。

五

鶴が湯からあがると、店先の方で元斎や偽三郎の話し声がしていた。

見ると全身ずぶ濡れになった弓太郎が立っている。

「お待ちの京都のお客様の使いの人だそうです」

宿の主人が紹介すると、元斎は初めて会ったかのような素振りで、

「お身体が濡れておりますが、いかが致しました」と、弓太郎に尋ねた。

「山を下りる半ばの路で雨にあいましてございます」

弓太郎は丁寧な口調で応えた。

「それはご難儀な。はて……井筒屋さまは？」

「はい、主人は途中で雨宿りを致しまして、お約束の刻限より遅れてしまいます。大変申し訳ございません。私が一足先に駆けつけました。お先に食事をお取りになられますようにと、主人に仰せつかってまいりました」

「いいえ、井筒屋さんが見えるまでは食事を取れませんな」

元斎が言うと、弓太郎は困った顔をした。

「私が叱られます。お願いでございます。どうぞ先にお食事を！」

元斎と弓太郎が押し問答をしていると、宿の主人は見かねたように口を挟んだ。

「失礼ですが、井筒屋さまは後どれほどでお着きになりますでしょうかね？」

「主人が申しますには、草津に着くのは戌《いぬ》の刻（午後八時）になるだろうと……主人

はあいにく草津に来るのは初めてでして不案内。ですが、一緒に来る番頭が幸いにも近くの常善寺を知っており、戌の刻に私が常善寺に迎えに行く手はずになっております」

これは事前に打ち合わせした筋書きだ。それと知らぬ宿の主人は元斎を見て、

「いかがでしょう？　戌の刻までお待ちするのではお孫様が可哀相《かわいそう》です。ここは井筒屋さまのお言葉どおり、お先にお料理を召し上がっては？」

宿の主人の言葉に元斎は渋々ながら納得したふうをみせた。

楓の間にはすでに膳が三つあった。床の間を背に元斎。そばに鶴。使用人の偽三郎の膳は少し離れて並べられていた。下働きの女が給仕係として控えている。

「当宿の自慢でございます本膳料理をご用意させていただきました」

膳の上には盃に注がれた酒と汁物と熨斗《のし》が載せられている。

下働きの女はひとつ咳《せき》をしてから厳《おごそ》かな口調で語り始めた。

「本膳料理とは……今を去ること百五十年以上も昔、室町幕府の儀式、作法の道から生じました献立に基づきます饗応《きょうおう》の儀礼でございます。これは京ばかりではなく地方の諸大名、有力な国人にまで拡がりました。私ども草津屋はその習わしを培《つちか》い、伝

えようと、宿を始めた時より、多くのお客様に喜んでいただくべく、独自の本膳料理をお出ししているしだいでございます」

流暢《りゅうちょう》な語り口で話しているが、いつまで続くのかと鶴は辟易《へきえき》した。

「もうよい。それより井筒屋さんのお使いの方の料理を用意してください」

元斎は苦笑しながら下働きの女を制した。

「あれあれ、すぐにご準備を」

女は慌《あわ》てて立ち上がろうとしたが、弓太郎が制した。

「いえ、遅れてみえる旦那さまより先に食事をいただくわけにはまいりません」

弓太郎はあくまでも京都の商人の使い走りを装っている。

「わかりました。その間、湯に入って来てください」

「ありがとうございます。お言葉に甘え、湯をいただいてまいります」

弓太郎は素直に応え、その場を辞した。

本膳料理の初めは式三献《しきさんこん》と呼ばれる。眼の前の膳に載せられた盃の酒と汁物と熨斗は式三献のうちの初献である。鶴は酒が飲めないので汁物から手をつけた。その間に新たな料理が運ばれてくる。式三献の二献は鯛《たい》。三献は鮑《あわび》と蛸《たこ》。それらが亀の甲羅を型どった器に盛られ、次々と運ばれてくる。

「鶴、式三献にはな、必ずお目出たい熨斗と鯛と鮑を並べるものなのじゃ」

元斎が教えてくれた。

鶴は元斎が武将たちの好む贅沢《ぜいたく》な料理をいつどこで知ったのか、不思議だった。折に触れ、鶴は剣の技を元斎から教えられた。元斎の太刀捌《たちさば》きは見事だった。護身のためにと鶴は小刀を渡され、扱い方もいろいろ伝授された。それゆえ元斎は昔、侍だったのではないか。鶴はそう感じたことが幾度もあった。

偽三郎は食事の間も下働きの女に「今、何時だ？　井筒屋さまがお見えになる戌の刻になったら教えてほしい」と、尋ねた。

式三献に続いて本膳料理が出てきた。

初めの本膳は湯漬《ゆづけ》、木の芽汁。鱧《はも》の汁物、蒲鉾《かまぼこ》、香の物。

二膳はカラスミ、海老、貝鮑、玉子料理、蜆《しじみ》汁、鯛の汁物だ。

三膳は鯉《こい》、栄螺《さざえ》など。四膳は水母《くらげ》と鯨《くじら》。五膳は鯖《さば》の鮨《すし》、鶉《うずら》、鯒《こち》。六膳は赤貝。七膳は鮒《ふな》などだった。

後から出てきた串柿、打栗、胡桃《くるみ》などは贅沢なお菓子である。

すべてを食べきれないほどの豪勢な料理を鶴は次々と賞味した。

宿の主人は元斎と孫娘の衣装を見て、大きな商いをする有徳人と思ったようだ。それで豪勢な料理を出し、宿代をふっかけて高額な銭をむしり取るつもりなのだ。

「そろそろお約束の戌の刻になる。井筒屋さんをお迎えに行かねばならぬな」

元斎が呟くと、

「私が迎えにまいります。みなさまはこのままおくつろぎくださいまし」

湯から戻った弓太郎は部屋を辞して表に向かおうとした。

「いや、それでは申し訳が立ちません。私どももまいりましょう。これ、仕度を」

元斎は偽三郎を見て顎《あご》をいなした。

偽三郎は箸を置いて立ち上がり、部屋を出ようとする。

「愚か者！」

いきなり元斎が大声を張り上げた。驚いたように偽三郎が立ちすくむ。それ以上に驚いた顔をしたのは下働きの女だった。穏やかで終始笑顔を絶やさなかった元斎のいきなりの怒声である。下働きの女は何ごとかと目を見開いている。

「大切なお客様をお出迎えするのにその姿で行く気か。着替えるのじゃ。鶴もじゃ。愚図愚図するな。はやく仕度をするのじゃ」

鶴も偽三郎も慌てたふうを装ってそそくさと宿に来た時の着物に着替え始めた。

下働きの女は一流の商人の心意気を感じたかのように元斎を眺めていた。

仕度を終えた鶴、元斎、偽三郎、そして弓太郎が宿の帳場に出てきた。

宿の主人は下働きの女から事情を聞いたのだろう。腰を低く四人を出迎えた。

「ご苦労さまでございます。常善寺は宿を出た通りの先でございます」

その時、鶴ははっとしたような顔をして元斎を見た。

「お爺さま、人形をお部屋に忘れてきました。取りに戻ってよいですか？」

「お客様はすでに常善寺に着いていらっしゃるかもしれん。置いて行きなさい」

「でも……抱いてゆきたい」

「私が持ってきてあげましょう」

下働きの女が部屋のほうに行こうとすると、元斎は止めた。

「結構です。わがままを許しているとくせになります。よいか、鶴、大切なお客様を待たせてはいけないのだよ。人形はお部屋に預けておけば安心じゃ。井筒屋さんを出迎えたらすぐに戻ってくるのだ。聞き分けのないことを言ってはいかん」

鶴は淋しそうな顔をつくって頷き、宿の外に走り出た。

「こらこら走るでない。転ぶぞ、転ぶぞ」

走る鶴の後ろから元斎が声をかける。

「お嬢様は早く宿に戻って、お人形と遊びたいのでしょう」

弓太郎は元斎に向かって言った。

「私たちも急ぎましょう」

偽三郎は鶴を追って足早に歩きだした。それに元斎と弓太郎も続いた。

「お足元が暗うございます。灯を！」

宿の主人に背後から声を掛けられたが、元斎たちは構わずに先を進んで行った。


草津屋を出ると、夜空には月も星も出ていない。

足元のおぼつかない小路を鶴たちは走った。

そして草津屋から少し離れたところまで来た時、四人はさらに走りを速めた。

いよいよ本格的な食い逃げの開始である。鶴たちは常善寺まで一気に走った。

常善寺境内の裏庭で衣をすばやく着替え、隠し置いた荷物を持って再び走る。伯母《おば》川にかかった橋を渡ると立木《たちき》神社が見えた。立木神社を右手にしながら東山道を駆け抜け、途中で右折し、矢橋道《やばせみち》を進む。この頃になるとさすがに鶴は息が切れた。

「早朝より終日の間、歩き走り続けた。疲れたか？」

「いいえ、湯に浸《ひた》り疲れは取れました。美味しいご馳走も食べました」

鶴は息が乱れて苦しかったが、弱音は吐かなかった。

「少々酒を飲みすぎたようじゃ。わしも胸が苦しいぞ」

元斎は息を荒らげながら苦笑した。

「鶴、人形を忘れて取りに戻りたい。そう言いだした演技、見事だったぜ」

弓太郎が笑い転げた。

「弓太郎さんだけ料理が食べられずに可哀相……」

「なあに、その分は元斎さまに銭で払ってもらうさ」

麻の荷物袋を帳場に預けたが、万が一、食い逃げされるのではないかという猜疑心《さいぎしん》を持たれるかもしれない。それで鶴の人形の話を差し込んでダメを押したのだ。

四人は矢橋へ続く道をひた走りに走り、鞭崎《むちざき》神社で一息ついた。

「あの主人、今頃は気づいたかな？　下働きの女は荷物袋の中を見て〝あれあれあれ！〟と驚くに違いない。宿に残した荷物袋の中は木切れと草。それに安物の人形だけだからな」

安堵《あんど》からか偽三郎が大声をあげて笑った。

この時、鶴はふいに身体に奇妙な冷たさを感じた。心の臓がみるみる凍りついていく感触を覚え、捉《とら》えどころの無い虚《むな》しさに襲われた。

――このもの寂しい思いはいったいなんなの？

助けを求めて元斎たちを見た。

しかし、三人は鶴の心の異変に気づいてはいないようだ。

「ここまで来れば、もはや追手の気がかりはないだろう」

笑みを浮かべる元斎に、鶴はただ黙って頷くしかなかった。

六

元斎、偽三郎、弓太郎、鶴の四人は琵琶湖畔の矢橋の町にある石津寺《せきしんじ》に一夜の宿を頼んで泊まり、朝を迎えた。

鶴は昨夜、鞭崎神社で感じた寂寥感《せきりよう》に戸惑《とまど》い、一晩中寝つけなかった。

気づくと御堂の中が薄明るくなっていた。

「三人の追手か……いずれの者か、話の限りでは正体がわからんな」

ふいに元斎たちの声が聞こえてきた。

「追手の三人は安土で騙した商人たちの雇われ者かもしれません」

「うむ、いずれにせよ用心せねばならぬな。気を抜くな」

「わかってまさあ」

弓太郎が応えて、その話は終わった。

「安土での報酬じゃ」

元斎は弓太郎から受け取った銭袋から銀を取り出した。

「儲けは百六十貫文ほどだったな」

そう言って弓太郎には儲けの二割の報酬三十二貫文で銀十六枚。それに今回の手腕を見込んで銀二枚を上乗せした。偽三郎にも二割の三十二貫文で銀十六枚を渡した。後の約六割の百貫文弱は元斎が懐《ふところ》に納めた。これは三人の取り決めである。詐欺を働いて得た純利益の六割は元斎、偽三郎と弓太郎はそれぞれ二割を得る。もともと騙しの立案は元斎であった。また元斎の背後には数多くの部下が全国に散っている。元斎の取り分には、騙しのカモを探して来たりする部下たちへの報酬も含まれていた。

それがわかっているので偽三郎も弓太郎も不満は言わない。

鶴には決まった報酬は払われない。銭が必要な時には一緒に旅をする元斎がいつも払っていた。万が一、鶴が一行とはぐれた場合を考え、元斎は銀五枚と永楽銭二十枚ほどを持たせてくれている。しかし、鶴はそれを使ったことはほとんどなかった。

「ここからは別行動を取る。四人が一緒では目立ちすぎる。油断をするな」

草津屋の主人に四人一緒の姿を見られたら万事休すだ。一つの仕事が終わった後、騙し人たちはすぐに散り散りとなって別々の行動を取る。それが身を守る安全な方策なのだ。元斎の言葉はその定石を踏まえたまでのことである。

「弓太郎、お前は讃岐《さぬき》に向かって欲しい」

「讃岐？」

「金比羅宮《こんぴらぐう》に行けば向こうにいる仲間から指示がある」

「わかりました」

「わしらはひとまず京都に向かう」

元斎はすでに新たな騙しの手口を考えているようだ。

鶴は不安を抱きつつも、その一方で次はどんな騙しをするのか、興味を抱いた。

夜明け早々、四人は石津寺の僧侶に礼を言い、一人ずつ散り散りに境内を出た。

鶴も周囲を気にしながら一人で矢橋の船着場に向かった。

すると、小道の木陰からひょっこりと弓太郎が現れ、近づいて来た。

「鶴、日に日に色っぽくなってきたな」

好色な眼で身体を舐めるように見られて鶴は後退《あとずさ》った。

「もう男を知ったのか？」

「……まだ」

「嘘をつけ、偽三郎には許してるんだろ」

「ありえません」

「一度、俺にも抱かせろ」

「……いくら銭をもらえるの？」

「クッ、生意気な口を叩きやがって。似合わねえぜ。まだ生娘《きむすめ》だってことぐらいわかってるよ。俺が必ずお前を女にしてやる。それまで綺麗《きれい》な身体でいてくれよな」

弓太郎はにやりと笑い、鶴から離れて行った。

第三章　狙いは欲望の隙間

一

京都の上京油小路《あぶらこうじ》を北に進むと一条《いちじょう》通りにぶつかる。百万遍《ひやくまんべん》を通り越せば革堂《こうどう》。そこを左に折れ、堀川沿いをさらに北へ進むと一条戻り橋がある。

鶴が新たな騙しの舞台となる旅宿に向かっていると、背後に人の気配を感じた。

「そこの美しき娘御、とんだことになっておりますよ」

背中の肩ごしに何かが触れたので振り向くと町人風の若い男が立っていた。

「着物《きりもの》の背に鳥の糞《ふん》がついてますよ」

鶴は驚いたように顔をひねって、肩ごしに着物の背中を見ようとした。

「拭いてあげましょう」

町人風の男が懐紙《かいし》を取り出し、鶴の背中から着物を拭《ぬぐ》ってくれた。

「どなたか存じませんが、ご親切にありがとうございます」

「小袖の背に、ほれ、こんなに鳥の糞が！」

町人風の男は懐紙にべったりとついた鳥の糞を見せた。

「助かります。一刻の後に人と会わねばなりません。汚れた着物に気づかずにいたら恥をかくところでございました」

「どういたしまして。どうやら綺麗《きれい》になりました」

「ありがとうございました」

鶴が丁寧に礼を述べている間に男はそそくさと去って行った。

その男の後姿を眺め、鶴はかすかな笑みを浮かべながら堀川通りを進んだ。

逆に町人風の男は路地の蔭で鶴の背中を見送りながら不敵に笑って呟《つぶや》いた。

「まんまと引っかかりやがった。世間を知らぬ愚かな娘だ」

この男は掏摸《すり》を得意とする詐欺師《さぎし》であった。

男は近づいた時、すばやく鶴の着物の背に鳥の糞をつけたのだ。そして鳥の糞を拭き取っている間、鶴の心を背に集中させておき、その隙に懐《ふところ》から銭袋を掏摸盗ったのである。騙す言葉も、掏摸の手腕も巧みさが必要であり、生半可《なまはんか》な未熟者には出来ない技だ。この手口は『鳥の糞つけ』と呼ばれる悪行であった。

男は掏摸盗った銭袋の重さを手に感じて満足した。

――高価な小袖を着ていたぜ。いかほどの銭が入っているのかな？

男は銭袋の口を縛った紐を解《ほど》いて中を調べた。途端に驚きの声を発した。それも無理はない。銭袋の中は小石だらけであったのだ。

「こりゃあ、どういうことだ？」

しばし茫然《ぼうぜん》と立ちすくみ、男は訝《いぶか》しげに小首を傾《かし》げた。同時に「あっ！」と、叫んだ。気づくと自分の懐に入れていた銭袋がない。

「な、な、なんなんだ？」

男は絶句し、茫然と天を仰いだ。

その頃、鶴は男から逆に掏摸盗った銭袋の中身を調べていた。

「三十二銭しか持っていないのね……貧しい人……今どき鳥の糞つけなどの騙しに引っかかる人がいるものですか」

鶴は懐の奥に納めていた銀貨入りの銭袋を出し、臨時収入となった三十二銭を入れた。それから小石を拾い、男から掏摸盗った銭袋へ入れて懐の中にしまった。

「思わぬ稼ぎをさせていただきました。これが吉と出るか凶と出るか天が知るのみ。

今頃、偽三郎さんはうまくやっているかしら?」

鶴はぺろっと舌を出し、騙しの舞台となる旅宿の堀川屋《ほりかわや》へと足を急がせた。

二

烏丸《からすま》通り六角堂《ろっかくどう》の近くで茶の湯道具を扱う道徹《どうてつ》は堀川通りを進んでいた。

——ことによっては大儲けが出来る。

道徹は懐に入れた銭袋を着物の上から撫で回した。

数日前、どこぞの名のある武将の家臣と思われる老侍が足しげく店に通って来て、見込みに二羽の鶴が飛ぶ天目《てんもく》が欲しいと言った。

天目とは抹茶茶碗の一種である。すり鉢形で口のところが少しくびれているのが特徴だ。唐の国浙江省《せっこうしょう》天目山の仏寺から伝来したと言われ、日本では瀬戸でも模倣した物が作られていた。

茶碗の内側に二羽の鶴。しかも底に描かれているのがよいと老侍は言った。

「ぜひとも所望したい。優れ物ならば金五枚でもよい」

だが、道徹は湯溜まりに二羽の鶴が舞う絵つけの天目など見たことがない。

「ゆえあって家名を名乗れぬがな、殿のご息女の婚礼がある。殿は三河《みかわ》の地で二羽の鶴の天目を見たことがあり、いたく気にいられた。鶴は吉事を表す。どうしても同じような茶碗が欲しい」

金五枚は銀五十枚、銭に換算すれば百貫文である。見つければ大儲けが出来る。道徹は仲間うちに聞いてみたが、知らないと言われた。儲けをみすみす逃してしまうのは残念だが、無いものは無いのだ。そう諦めかけた。

「見つけるまでは国元には帰れぬ。また明日来る」

老侍はその後も足しげく店を訪れた。道徹はその執拗《しつよう》さに呆れ返った。

そんな折、店の前で男二人が立ち話をしているのを小耳に挟んだ。

湯溜まりに二羽の鶴が舞う天目を売りたい者がいる。二十二歳ほどの若侍で今は亡き今川義元に仕えていた武将の家柄に生まれ、今川家が落ちぶれた後、食い詰めて仕方なく家宝の茶碗を売りに掛川《かけがわ》から京にやって来たらしい。

「その若侍とやらはどこに？」

「一条戻り橋近くの堀川屋に泊まっているようですよ」

男の一人が興味なさそうに応えた。

「安茶碗を高く売って米に代えたい。食い詰め侍の成れの果て」

「関わらないほうがいいですよ」

二人の男はそう言い捨てて去って行った。

しかし道徹の胸は高鳴った。

銭袋に入れた数枚の銀貨を確かめた後、逸《はや》る気持ちを抑えながら店を出た。

途端、出会い頭に老侍とぶつかった。

「まだ見つからんのか？」

老侍は苛立ちを隠せないようすで道徹を詰《なじ》った。

「しばらくお待ちください。心当たりがございます」

「なに？　心当たりが？　ならば拙者も一緒に行く」

「いいえ、確かな報《しら》せではございませんので、わざわざご足労いただくわけにはまいりません。私がこの眼で確かめてまいります」

「拙者は一刻も早くこの眼で見たい」

老侍は食い下がった。

しかし、一緒に行かれては困る。老侍に直接買われてしまったら元も子もない。

道徹はふいにある考えが浮かび、探るような眼で老侍を見た。

「私が戻るまでの小半時、京の女とお遊びなされて時を過ごしていただくのは？」

「京のおなごだと？」

「はい、室町《むろまち》通りと四条《しじょう》の角に私の息のかかった遊び所がございます」

遊び所とは遊女屋である。洛中《らくちゅう》の室町・西洞院《にしのとういん》の娼家《しょうか》は、平安《へいあん》、鎌倉《かまくら》、室町の時代を通じて存在していた。

京都の幾つかの遊女屋は、遊女職なる職業権を認められた者が仕切っている。

金と権力を有する者は寺社権門に働きかけ、遊女稼業の専売の権利である遊女職を得る。その見返りとして寺社の祭礼に遊女や白拍子《しらびょうし》を送り込み、音楽を奏したり、武家役人の会合の席で茶の給仕や夜伽《よとぎ》をさせた。冥加金《みょうがきん》である脂粉銭を納めなければならなかったが、ひとたび遊女職を得れば、かなりの銭が懐に入る。

道徹も遊女職を持つ一人だ。表向きは検校《けんぎょう》をなりわいにしているが、室町・西洞院の遊女屋の収益権を握っていた。さらに京都の各所に土地を持ち、武具や茶の湯道具の販売、銭貸し業など手広く商いをしている。

「選《よ》り取り見取り、お好きなおなごをご自由に……」

道徹は老侍に告げて店内の奥を見やった。小間使いの女が働いている。

「店の者にご案内させます。お代は私どもでお支払いさせていただきます」

「見てのとおり某《それがし》は老いた身。じゃが、京の遊び女がいかなる様態かを見るのも悪くはないかもしれぬな」

——なにを気取ってやがる。しょせんは女好きのくせに……。

道徹は肚《はら》の中で罵《ののし》ってみたが、

「そうなさいませ」

と、笑顔で促《うなが》すと、老侍は意気揚々と向かって行った。

三

一条戻り橋の近くにある旅宿、堀川屋に二人の兄妹がいた。

道徹が部屋に入ると、奥に若侍姿の男と小袖姿の娘が座していた。

開いた襖《ふすま》から陽光が差し、小袖三枚を襲《かさ》ね着した娘は輝いて見えた。

表着《うわぎ》は萌葱《もえぎ》色の地に笹の葉を散らした清楚《せいそ》な紋様だ。

いかにも名のある武将の娘であるかのような気品を漂わせている。艶《つや》やかな黒髪には高価な櫛《くし》が飾られていた。道徹は娘を見た瞬間、竹林で光を浴びながら生まれ出た竹取物語のかぐや姫を思い描いた。だが、美しい夢物語に浸ったわけではない。娘の小袖を剝がして素っ裸にしてみたい。淫靡《いんび》な欲望がむらむらと湧き上がった。

「天目をお持ちとのこと、お見せ願えませんか？」

道徹は娘への欲望を抑え、本題に入った。

若侍が紫の袱紗《ふくさ》を解くと、桐の箱が現れた。若侍は丁寧なしぐさで蓋《ふた》を開け、両手で茶碗を取り出した。白天目だった。だが、道徹は一目見て瀬戸で作られた天目もどきの安物だと目利《めき》きした。高く見積もってもせいぜい銭二百文程度の茶碗だ。

「拝見させていただきます」

道徹は茶碗を受け取り、湯溜まりを見て思わず心のうちで叫びをあげた。

茶碗の底には小さな二羽の鶴が羽ばたいていたのだ。この茶碗が見つかるなど奇跡としか言いようがない。予想だにしなかった出来事に二の句が継げず、

――俺のような悪党にも神仏のご加護があるのか？

通常、銭儲けをする際、数々の悪事を働いてきたと道徹は自ら認識している。他人を騙《だま》し、銭を巻き上げ、それを元手に銭を貸し、高利の利子を掛ける。時には借金のカタに土地を奪い、その土地に新たな店を出して稼ぎまくった。そして膨大な銭を使って寺社権門に働きかけ、遊女稼業の権利である遊女職を得た。

「それで……この天目をいかほどで売りたいとおっしゃるのですかな？」

道徹はさっそく交渉に移った。

「十貫文いただきたい」

若侍はふてぶてしい態度で応えた。

「冗談《てんごう》を言ってはいけません。失礼ですが、この茶碗は瀬戸で作られた物ですよ。ご存知でしょうが、天目でも曜変《ようへん》、油滴《ゆてき》、建盞《けんさん》などでしたら高値がつきます。ですが、これは市井《しせい》の人々に広く行き渡るように作られた瀬戸製の天目もどきです。せいぜい銭五百文というところです」

道徹は初めは二百文程度と安く見積もったが、よくよく見るとそれほど粗雑な作りではない。七百文の値で取引き出来る茶碗だと値踏みした。

「しかし、これには番《つが》いの鶴が飛ぶ珍しい絵が描かれている。この絵染めは世にも稀。よくご覧くだされ。二羽の鶴を！　これが貴重なのだ」

若侍は道徹を商人と侮《あなど》ってか見下すように言った。

道徹は考えた。老侍は〝金五枚までは払う〟と言った。

「わかりました。失礼ですが、お宅様もお困りのご様子。清水《きよみず》の舞台から飛び下りたつもりで一貫文で買い上げましょう」

「一貫文⁉　とんでもない、十貫文だ」

「我が家に伝わる家宝です。十貫文で売れなければ国元にいる父上が歎《なげ》かれます」

娘も兄に同調した。

——何を言ってやがる。こんな茶碗など一貫文で売れれば御《おん》の字だ。

肚のうちではそう思ったが、道徹は作り笑いをしながら二人を見た。

「困りましたな。私どもは長年、茶の湯道具をお取引きさせていただいております。この茶碗を店に置いても一貫文で売れるかどうか。ですが、遠路はるばる掛川よりお越しになったご様子。しかも大切にお持ち続けた御家宝とのこと。わかりました。一貫五百文までならお出ししましょう」

「いや、十貫文でなければ父に申し訳が立たぬ」

「三貫文」

「十貫文」

「三貫五百」

この時、娘が苛立たしげに叫んだ。

「兄上、これは我が家の大切な宝です。落ちぶれ果てたといえ、このような屈辱を受けては父上に申し訳が立ちません。この無礼なる者には帰っていただきましょう」

「そうであるな。致し方ない。なかったことにしてもらおう」

若侍は茶碗を箱に戻し、袱紗で包もうとした。

道徹は心のうちで計算した。老侍は金五枚を出すと言った。瀬戸製の天目なので金三枚ほどに値切られるかもしれない。だが、必死に探していた。金三枚は銀三十枚、銭に換算すれば六十貫文。十貫文で買っても五十貫文（約五百万円）の儲けだ。

「わかりました。五貫文で手を打ちましょう」

巧みな道徹は相手の要求する半額を提示した。

「この掛け合いは終わりだ」

若侍は箱を袱紗で包んで大切そうに抱えた。

――だから気位《きぐらい》が高い侍は嫌いなのだ。融通の利かないこの世間知らずめ。

道徹は苦虫を嚙みつぶした。

「仕方ありませんな。清水の舞台から二度飛び下りたつもりになりましょう。十貫文でお引き受けします。ですが、あいにく手元には八貫文、銀四枚しか持ち合わせがございません。後はお店の方に取りに来ていただきましょう」

兄妹は思わず顔を見合わせたが、間髪入れずに兄が応えた。

「わかりました。後ほど参りましょう」

「そうですか、私はこれから人と会う約束があります。夕刻にお出でくださいますようお願い致します」

道徹は店で老侍と兄妹が鉢合わせになってはまずいと思い、時刻をずらした。そして店のある道を教え、袱紗で包んだ天目を入れた箱を抱きしめた。

——哀れな奴らだ。

堀川通りを戻りながら道徹は独りごちた。

あの兄妹は今川家に仕えた武将の家柄と聞いた。桶狭間の戦いで織田家に敗れた今川家はその後、徳川家、武田家に領国を侵された。死んだ今川義元の嫡男である氏真《うじざね》は今、徳川家の庇護《ひご》を受けて恥を晒《さら》している。それでも兄妹の家は今川家に忠節を誓っているのに違いない。家宝として大切に持っていた茶碗を売らなければならないほど暮らしに窮している。安物茶碗にもかかわらず十貫文が手に入る。だが、いかにつつましい生活をしても十貫文などはすぐに使い果たしてしまう。銭を使い果たしたら野垂《のた》れ死《じ》にするだけだ。そうだ。残りの銭を取りに来た時、俺が営む遊女屋の話をしてやろう。あの娘なら多くの客がつく。多くの銭が稼げる。国元に充分な仕送りが出来る。そんな話をしてやろう。気位の高い兄妹だ。嫌な顔をするに違いない。それでもいい。国元に帰った後、貧窮にあえぎ、俺の話を思い出すかもしれない。そして遊女屋で働きたいと頼みに来るに違いない。いや、遊女屋で働かせるより、俺の世話をさせるのもよい。あの娘なら月々の手当てを幾ら渡しても不足はない。

――人の美徳などというものは、ほとんど仮装した悪徳にすぎないのだ。

心のうちで娘との卑猥《ひわい》な交わりを思い描きながら道徹は店へと戻って行った。

鶴と偽三郎は道徹が去るのを確かめ、ほくそ笑んだ。

今回の騙しの手口は単純だった。

老侍となった元斎が湯溜まりに二羽の鶴が舞う天目が欲しいと道徹の店を訪ねる。幾らでも銭を払うと言う。それから男二人を銭で雇い、道徹の店の前で同じような茶碗を見たと話させる。そうすれば勝手に道徹が動いてくれる。後は食い詰めた若侍と妹を偽三郎と鶴が演じる。もちろん老侍役の元斎は道徹の店に戻ることはない。

件の茶碗は元斎が瀬戸に旅した時、二百文で五つ作らせた物の一つであった。市場で五百文、気に入った者がいれば七百文の値で売れる茶碗に仕上がっていた。

「鶴、新たな騙し、ぬかるでないぞ」

次の騙しのために着替え終えた偽三郎は早々に旅宿を飛び出して行った。

四

京都三条にある飾り職人の店にこざっぱりした身なりの色白の若者が嬉々として駆け込み、早口でまくしたてた。

「喜んでください。妹が……妹が見つかったのです」

挿頭《かざし》や櫛などの飾り物を作って商いする店主は首を傾げた。

「落ち着いてください。いったい何事です？」

「行方知れずになっていた妹が見つかったのです」

「ほう、それで私どもの店にお越しになられたのは、どのようなご用件で？」

「突然、お店に駆け込み、失礼致しました。私は北近江、小谷《おだに》の城下町で米の商いをする家の伜《せがれ》で忠兵衛《ちゆうべえ》と申す者です。ご存知と思われますが、小谷は以前より浅井久政《ひさまさ》様、長政《ながまさ》様が治めておりました。私どもは浅井家のお殿様の庇護を受け、お蔭様をもちまして、米の商いをして暮らしておりました。ところが忘れも致しません、三年前の天正元年八月二十七日、織田信長様の軍勢に攻められまして……」

若者はみるみる涙声になった。

「久政様、長政様もご自害し、浅井家は滅びました。しかも……」

若者はボロボロと涙を流して唇を嚙みしめた。

「しかも、どうなされました？」

いつまでも泣いている若者を見て、店主はうんざりし、話の先を促した。

若者は溢れ出る涙を袖で拭って切れ切れに語りだす。

「妹の茶阿《ちゃあ》が……虎御前山《とらごぜやま》に陣を張っていた羽柴秀吉《はしばひでよし》様の雑兵《ぞうひょう》たちに……」

店主は若者が何を話そうとしているのか、おおよその内容は予測できた。

「お妹さまが雑兵たちに襲われたのですね？」

「はい、私たち家族は裏山に続く道を逃げたのですが、気づいた時、妹の姿がありません。九歳になるたった一人の妹は雑兵たちに連れ去られたに違いないのです」

凶作と飢餓が慢性的だったこの時代、雑兵たちにとって戦場は魅力溢れる稼ぎの場であった。田畑を懸命に耕《と》しても暮らしていけない農民たちは、戦場に無理やり駆り出され、傭兵として命を賭して戦わなければならない哀れな人々とも言えた。

しかし、戦場に出向く魅力がないわけでもない。味方の軍が勝った時、雑兵たちは敵地の商家や豪農の屋敷に押し入り、米、食料、銭、家具、牛馬、貴重品などありとあらゆる物を強奪し、稼ぎを得ることが出来るからだ。それゆえ飢えに見舞われる冬から春、夏への端境期《はざかい》に戦争が起これば、進んで戦場に参加する者もいた。これは農民だけではない。生活に困る次男坊、三男坊はもとより、混乱に乗じて銭稼ぎをもくろむ悪党、山賊、人買い商人なども濫妨狼藉《らんぼうろうぜき》に及んで人狩りをした。

人狩りは人取り・乱取りと呼ばれる戦場でのいわば奴隷狩りである。

生け捕りにした者に家族があれば、二貫文、三貫文、五貫文、十貫文などの高値を付けて買い戻させる。引き取る銭がない貧しい家、また引き取る家族がいない場合には奴隷市場で売りつけたりした。平穏な時に人を攫《さら》えば重罪となる。だが、戦場では人攫いは野放しだった。それゆえ雑兵たちは先を争って男女を奪い、奴隷にし、身代金を取り、人買いに売ったのである。

若者の妹も雑兵たちに攫われた。だが、若者は「妹が見つかった」と言った。三年後の今日、この京都の町で見つかったに違いないと、店主は確信した。

やがて若者はボソボソと話し始めた。

「浅井家が滅びた後、幸いにも羽柴様が領内を治めるようになり、私どもは今までどおり米の商いを許されました。お蔭様で以前にも増して商売は繁昌《はんじよう》致しておりま す。唯一の心残りはかどわかされ、行方知れずの妹の茶阿のことです。ところが七日ほど前、店に出入りする若狭の魚を商う一人から〝京都で妹らしい娘を見かけた〟と教えられたのです。両親も祖母も私も大いに喜びました。〝間違いでも構わない。すぐに京都へ行き、娘を探すように〟と、父に言われ、いいえ、言われなくとも私は京都に走るつもりでおりました。そして、小谷を旅立ったのでございます」

若者はここまで一気に話し、幸せを嚙みしめるように大きく息を吐いた。

「すると、あなたのお妹さまが？」

「はい、上京で見つけました。紙問屋で働いていたのでございます」

「それはようございましたな」

「はい、さっそく紙問屋の主人に妹を返してくださるようお願いしたのです」

「それで？」

「紙問屋のご主人がおっしゃるには、妹の茶阿を高い銭で買い求めた、しかも三年間も不自由なく育てたのだ。それなりの銭を払ってもらわねば返せない。と……」

「それは道理と言えますね」

「祖母や両親の喜ぶ顔が目に浮かびました。妹が国元に帰れるなら私どもは幾ら銭を払っても構いません。紙問屋のご主人にそう言ったのです」

店主はフッと鼻を鳴らした。いよいよ核心の話になると踏んだのである。小谷城下の米を商う大店《おおだな》の息子と偽って、妹を身請《みう》けする銭が足りない。国元に帰り次第、すぐに返すから足りない分の銭を貸して欲しい。情に訴えながら話をでっちあげ、銭を借りるふりをした単純な寸借詐欺《すんしゃくさぎ》のたぐいに違いない。そう読み取った。

「紙問屋が示した額は銭六十貫文（約六百万円）でした」

「ほほう、それは法外な額ですな」

店主は〝読みが当たった、騙されんぞ〟と、心のうちで毒づいた。

象牙《ぞうげ》、鼈甲《べっこう》、黄楊《つげ》の櫛作りで名人と言われた職人である。今も鍍金《めっき》銀の枝に貝の花をつけた髪飾りの挿頭などの注文を受けて製作の最中だ。長々しい話を聞かされ、揚げ句の果ては銭を貸して欲しいと、言い出されたらたまったものではない。

ところが若者は意外なことを言いだした。

「確かに銭六十貫文は高いと思いましたが、そのくらいの銭は用意しておりました。私は即刻、銀三十枚で支払い、妹を身請けしたのでございます」

店主は自らの予測が外れたので面食らった。

忠兵衛と名乗るこの若者、いったい何の用で店に来たのか？　と、見当がつかずに戸惑《とまど》っていると、若者は店に飾ってある櫛の棚に眼を移した。

「妹は三年の間、なみなみならぬ苦労をしたことでしょう。それゆえ国元に帰る前に喜ぶ物を何か買ってあげたいと考え、思い悩んで京の町を歩いておりましたところ、ふいに思いつきましたのが櫛でございます。それで一目散にお宅様の店に走って来たのでございます」

若者は懐に手を入れ、銭袋から銀貨を手づかみで取り出して店主に見せた。

「拝見させていただいたところ美しく見事な櫛ばかり。一枚買い求めたいのです。値は問いません。ですが男の私ではいずれを選べばよいのか、さっぱりわかりません。それでご主人様にお願いがございます。何枚かを妹の泊まる宿までお持ち願えないでしょうか。店で最高級と思われる高価な櫛を十枚ほどお持ちいただき、その中から妹に好みの物を選ばせてあげたいのです」

「なるほど、そういうことでしたか。お妹さまもお喜びになるでしょう。さっそく手前が何具かを選び、お持ち致しましょう。それで旅宿は？」

「一条戻り橋、革堂近くの堀川屋でございます」

「承知致しました。一刻ほど後にそちらへ伺いましょう」

「ご足労ですが、宜しくお願い致します」

若者は何度も頭を下げて店を出て行った。

飾り物屋の店主はニヤリとほくそ笑んだ。

忠兵衛と名乗る若者が銭袋から出した数多くの銀貨を見た瞬間から櫛を高く売りつ

けてやろうと思ったのである。しょせんは北近江小谷の田舎者。花の都の京で作られた櫛の値打ちなどわかるわけがない。高く吹っ掛けてやろう。通常の倍の値段。成り行きによっては三倍、四倍の値に吊り上げても構わないだろう。一度、小谷に帰ってしまえば、京に来ることは滅多にない。思わぬカモが舞い込んだものだ。そう思いながら店でも高値で出来の良い櫛と安手の櫛を混ぜて十枚ほどを選び始めた。

五

一条戻り橋の川沿いの先に旅宿の堀川屋がある。

飾り物屋の店主がこの界隈《かいわい》に来るのは数週間ぶりだった。

一月ほど前、一条にある万里小路《までのこうじ》邸で象牙細工の櫛を売った。公家《くげ》とは名ばかりで質素な暮らし振り、気位ばかり高く娘のためと櫛を買い求めてくれたが、さんざんに値切られた苦い思い出がある。

——今日は貧乏公家ではない。有徳人の田舎者だ。大いに儲けてやろう。

懐に納めた十枚の櫛に触れながら堀川屋に着くと、宿の前に赤い毛氈《もうせん》の敷かれた縁台があり、そこに忠兵衛が腰掛けていた。

「やあ、わざわざご足労ありがとうございます」

「いえいえ、こちらも商売でございますから。で、お妹さまは？」

「疲れが出たとかで臥《ふ》せっておりましたが、おっつけ姿を現すでしょう」

そう言っている間に宿の中から年は十二、三歳ほどの色白の少女が現れた。

「ほう、これは愛らしい。親御さまが可愛がっていらしたのも道理というもの」

飾り物屋の店主の言葉は世辞ではなかった。蝶々《ちょうちょう》模様の赤い小袖を着た少女は誰が見ても、思わずため息を漏らすような清楚な初々しさを漂わせている。だが、この三年間の苦労のやつれからか、かなり青白い顔をしていた。

「お妹さまの着物《きりもの》はあなたさまが？」

「はい、身請けした後、すぐにこの近くのお店で買い求めました」

堀川通りを南に少し下れば大舎人《おおとねり》町がある。ここは織物職人が多く、後に西陣《にしじん》の着物で有名になった区域だ。

店主は少女の着る小袖と組紐を一目見て、高価な物だと値を踏んだ。

「では、お持ちしました櫛をご覧ください」

店主は懐から袱紗を取り出し、赤い毛氈の上に櫛を広げて見せた。

「まあ、かぐわしき！」

少女はか細い声で叫び、瞳を輝かした。

「これも、これも、これも、これも、これも！」

少女は次々と五枚の櫛を手に取った。

それを見た店主は肚の中で舌打ちした。田舎娘と思っていたが、櫛を見る眼を充分にそなえている。十枚の櫛のうち五枚は安手の物を持ってきた。あわよくば安手の櫛を高く売りつけようと思っていた。それにもかかわらず少女はすべて材質も出来ばえもよい櫛を選んだからだ。他の五枚の櫛も安物だとはいえ、派手な絵つけが施されている。見た目には豪華だ。目利きならいざ知らず、素人の町娘なら派手な絵つけを施した櫛を喜ぶ場合が多い。それにもかかわらず、たかが十二、三歳ほどの小娘が良いものを選り分ける眼を持っている。飾り物屋の店主は内心苦り切ったが、一方で少女の審美眼に敬服した。

「さあ、茶阿、どれにするか早く決めなさい」

兄の言葉に少女は五枚のうちの三枚を選び、他の二枚を毛氈の上に置いた。

「この三枚のうちのどれか一枚を……」

途端、兄の肩ごしに弱々しく体を傾け、数度、激しく咳き込んだ。

「どうした？　茶阿？」

「気分が悪くて……」

青白い顔をして弱々しく言った。

「それは大変、すぐに部屋に戻って休んでいなさい」

「でも……」

「後は私が考える。さあ、さあ、部屋にお戻り」

兄が説得すると、少女は小さく頷《うなず》き、よろよろしながら宿の中に入って行った。

「大丈夫ですかね？」

「少し疲れただけでしょう。しばらくしたら治るに違いありません。それより、この三枚の櫛はいかほどになりましょう」

店主はそれぞれ三倍から四倍の値を吹っ掛けて櫛の値を告げた。だが、若者はふんふんと頷くだけで、高いからまけてくれとは一切言わずに納得している。

「わかりました。この三枚のうちのいずれかにします。部屋で休んでいる妹に決めさせます。妹が迷ったら二枚いただくこともありましょう。ですので少々ここで待っていてください」

若者はそう言って縁台から立ちあがり、宿の中に入り、帳場にいる宿主らしき者に何事か親しげに話しかけた。宿の主人は笑顔で応対している。飾り物屋の店主はその様子を見てから残りの七枚の櫛を袱紗に納め、ふてぶてしい笑みを浮かべた。

三枚のうち一枚は三倍、二枚は四倍の値を吹っ掛けた。

しょせんは田舎者だ。あわよくば一枚だけではなく、二枚買ってくれるかもしれない。あの若者には母親がいると言っていた。母親にも土産に一枚買って行こうと兄と妹で話すかもしれない。そう言えば祖母もいると言った。婆さんにも一枚ということがあるかもしれない。いや、いくらなんでもあの派手な櫛を婆さんに買って行くことはないだろう。別の櫛を高く売りつける手はないものか。

飾り物屋は買わせるさまざまな手を考えながら若者が戻るのを待っていた。

しかし、いくら待っても戻って来ない。不安を感じ、慌《あわ》てて中に駆け込み、先程、若者と親しげに話していた宿の主人に声をかけた。

「ここに泊まっている北近江の忠兵衛さんと妹さんはどちらのお部屋に？」

「はあ？」

「先程、あなた様が話していらした若いお方と蝶々模様の赤い小袖を着た……」

「あの人たちは先程、宿をお引き払いになりましたが」

「やられた！」

飾り物屋の店主は腰の力が抜けて、その場に座り込んだ。

兄と妹と名乗る二人は宿の裏口から三枚の櫛を持って逃走したのだ。

カゴ脱け詐欺である。「カゴ抜け」とは軽業のひとつで、身を躍らせて籠の中をくぐり抜ける曲芸から出た言葉だ。また駕籠《かご》や建物の一方の口から入り、他の口から抜け出て逃げることを意味している。

堀川屋の出入り口は表だけではない。裏にも通路があったのだ。そのことを飾り物屋の店主は改めて思い知らされ、悔しさと腹立たしさで地団駄《じだんだ》を踏んだ。

六

鶴と偽三郎は櫛三枚を手に意気揚々と戻ってきた。

「あの飾り職人め、俺を田舎者だと思って法外な値をつけやがった。ひどい奴だ」

「あら、身勝手なことを言って……」

鶴はクスッと笑った。

「身勝手だと? 俺は些細《ささい》な騙しなどやりたくないのだ。すべてはお前のためだ」

「私の?」

「そうだ。京都の商人たちに安土の土地を騙し売った。俺と元斎さまは顔を知られている。その危険を承知で京都に来たのはなぜだと思う。お前にいろいろな騙しの術《すべ》を身につけさせるためだ。京都には種々の職を商う者がいる。臨機応変、騙しを学ぶには絶好の町だ。それでわざわざやって来たのだぞ」

「そうでしたか……」

鶴はけなげに頭を下げた。しかし、元斎が危険を承知で京都に来たのには別のわけがあると、思っていた。旅の途中で元斎が見知らぬ男と話していた光景が甦《よみがえ》る。織田信長は四月の晦日《みそか》に京都に入り、今、妙覚寺《みようかくじ》に泊まっているらしい。元斎がわざわざ京都に来たのはそのことと関わりがある。鶴はそう見当をつけていた。

――元斎さまはいったい何を探ろうとしているのか？

鶴にはわからなかった。

「お前はさまざまな騙しの術を会得せねばいかん。〝実践で手口を学ばせてやるように〟と、俺は元斎さまに言われた。だからカゴ脱けの片棒を担《かつ》いでやったのだ」

「非礼はお詫びいたします」

「わかってくれればいい。それよりも鶴、お前、弓太郎になにか言われたのか？」

「はい？」

「矢橋の船着場に行く途中で弓太郎が話しかけていたじゃないか」

「取り立てて言うほどのことではありません」

「嘘はいけないな。あれからお前は弓太郎に対してぎこつなき素振りをしていたぞ。何か嫌なことを言われたのなら包み隠さず俺に話して欲しい。相談に乗るぞ」

弓太郎には確かに矢橋の道で茶化された。しかし、他愛のない戯《ざ》れ言《ごと》。鶴は気にしていなかったので、あえて口には出さなかった。すると偽三郎は声をひそめて、

「弓太郎には気をつけろ。あいつは信用出来ない。元斎さまもそう思われている」

「元斎さまも？」

「いいか、鶴、俺たちはな、騙しの仕事で暮らしている。だから誰も信じてはいない。人を見たらまずは疑う。たとえ仲間でもだ。信じられるのはおのれだけと思え。とりわけ弓太郎は平気で仲間を裏切る奴だ。それを心にとめておけ。忘れるな」

「でも、弓太郎さんは京都の商人から得た多くの銭をきちんと持ち帰りました」

「確かに持ち逃げしなかった。元斎さまを裏切れない次第があるからだ」

そこまで語って偽三郎は一呼吸した。

「四年半ほど前のことだ。仲間で勘太《かんた》という男がいた。お前も覚えていよう」

鶴は当時、まだ十一歳ほどであったが、勘太という男を覚えていた。

「勘太はな。口が達者で元斎さまに重宝がられていた。騙しの手口も巧みだった。仲

間うちでも一目置かれ、元斎さまは一仕事終えた後の報酬を俺たちよりも多めに渡していた。ところがだ。ある時、大きな仕事が終わった後、大金を他の仲間と持ち逃げしたのだ。これには俺も弓太郎も大いに怒り狂った。しかし、元斎さまは恵比寿《えびす》様のような快活な笑みを浮かべながらも淋しげにこう言ったのだ」

「どのように？」

「哀れな男じゃのう。やがては仕事に失敗し、惨めな暮らしをするに違いない」

「それで？」

「元斎さまの言う通りになった。一月後、奈良の商人を騙そうとして失敗し、捕まって半殺しの目にあったのだ。そして二度と平穏に暮らせる身体ではなくなった」

「……」

元斎の予言が当たってしまったのかと、鶴は勘太を哀れんだ。

「勘太はたやすく失敗するような男ではなかった。騙しが途中でバレたのはな、誰かが密告したからだ。勘太の騙しの企みを知らせた張本人は……元斎さまだよ」

「え？」

「お前も知ってのとおり、元斎さまの仲間は全国各地に大勢いる。俺たちが会ったこともない配下の者がな。だから裏切り者の騙し作戦は手下がすべてカモに密告してしまうってわけさ。これじゃあ、成功はしない。だから元斎さまを裏切ったら世で暮らしてはいけなくなるんだ」

鶴は穏やかで優しい元斎がそのように恐ろしい人だとは信じたくなかった。

「しかし、俺は違う」

偽三郎は急に真顔になった。

「俺はな、鶴。いかなることが起きようと元斎さまを裏切ることなんてできないんだよ。恐ろしい人だからではない。元斎さまは俺にとっては命の恩人なんだ」

涙に潤《うる》んだ眼で偽三郎はポツリポツリと語り始めた。

「俺はどこで生まれたのか、親は誰なのか、まったくわかっちゃいない天涯孤独な男なんだ。物心ついて気づいた時には、悲田院《ひでんいん》で暮らしていた」

悲田院は身寄りのない幼子《おさなご》、貧窮の病人、孤独な老人を収容する救護施設だ。

「俺はずっと悲田院で過ごしてきた。肌が白いので白丸《しろまる》と呼ばれて育った。ある日、雪の降る寒い冬、俺は兄貴分に誘われて町に出た。目ぼしいカモを探して歩き、上京の商人の懐から銭袋を掏摸《すり》盗ろうとしたんだ。だが、失敗した。町の若い衆に捕まって袋叩きにあった。その時、助けてくれたのが元斎さまだ。元斎さまは空腹だった俺に湯漬《ゆづけ》を馳走してくれた。そして〝二度とこのような真似をしてはいけない。悲田院に戻って怪我を治しなさい〟と諭してくれた。だけど俺は離れなかった。やがて元斎さまは願いを聞き届けてくれたのだ。当時、そばにはいつも勘太と弓太郎がいた。それで元斎さまは三番目の俺に三郎と名をつけてくださった。ただの三郎じゃ面映《おもは》ゆい。俺は偽の字をつけて偽三郎と名乗り始めたんだ。繰り返すが、命の恩人の元斎さまに何があろうと、俺は一生つき従っていく気でいるんだ」

偽三郎の生い立ち、そして元斎との出会いを鶴は初めて知った。

「恥ずかしい話だが、俺は稼いだ銭のわずかを悲田院に届けている。もちろん人を騙して稼いだ銭だとは言っていない。幼い頃、身寄りのない俺を育ててくれた、せめてもの恩返しのつもりなのだ。騙しの稼業をしている罪滅ぼしの思いもある」

偽三郎は眼を潤ませながら語り終えた。

この時、鶴は瞳に溢れる涙を見て、偽三郎は嘘を言っていないと思った。

七

応仁《おうにん》の乱で焼け野原となった柳《やなぎ》ノ馬場《ばんば》に茂る草が風で激しく揺れていた。

そこに老侍姿の元斎が待っていた。

「首尾は？」

「美しい櫛を三枚」

鶴は櫛を見せる。

「五つで二百文の茶碗ひとつを十貫文で売りました。だから騙しは止められない」

偽三郎が笑って元斎に応えると、間髪入れずに鶴が制した。

「八貫文です」

「鶴、細かいことを言うな。お前はまた一つ手口を学んだ。それが大切なんだ」

偽三郎は鶴を睨《にら》み付けながら元斎に銭袋を差し出した。

元斎はそれを受け取りながら、

「鶴、茶の湯道具を長年扱って来た商人がたやすく騙される。なぜかわかるか？」

と、問いかけてきた。

「人は誰でも欲心という煩悩《ぼんのう》を持っているからですね」

鶴が応えると、元斎は目尻の皺《しわ》を幾重にも深く刻んだ。ご機嫌な証である。このような時、元斎はともすると饒舌《じょうぜつ》になることが多い。

「人は誰でもささやかな欲望や欲求や願望を心に秘めておる。多くの才覚を得たい。少しでも豊かな暮らしをしたい。望む相手と婚姻したい。人はそれを心の拠《よ》り所として昼夜を厭《いと》わず学び、身を粉《こ》にして働き、心を磨く。望みを遂げるために必死に励む。じゃがな、励みを怠り、欲心だけが強く表に出てしまうと、人の心に隙《すき》ができる。その隙が騙される要因となるのじゃ」

元斎はさらに続けた。

「人の欲望がわしら騙し人に付け入る隙を与えてくれるのじゃ。よいか、鶴。これからも騙そうとする相手の欲心がどこにあるのか、よく見極めるのじゃ。欲深き悪人はもとより、いかなる善人にも必ず欲心がある。それは銭や名物茶器のごとく『物』の場合もあり、美しくなりたいと思う『心』の場合もある。その隙間を見抜き、盲点をくすぐり、相手の心に欲の種を植え付け、心地よく酔わせる。その後、一気呵成《いっきかせい》、果敢に攻める。それが騙しの極意なのじゃ」

鶴は自分には欲心などないと思っていた。銭も美しい着物もいらないからだ。しかし、思いを巡らせば心のうちに幾つかの欲求や願望があった。

鶴は近頃、自らを女だと意識することがあった。美しくなりたいと思うことがあった。この歳になっても月の物がない。同い年ほどの女が可愛い赤ん坊を抱いている姿を見てうらやましいと思ったりもする。はやく一人前の女の仲間入りがしたい。また騙しを上手に手伝って元斎に褒《ほ》めたたえられたい。偽三郎や弓太郎に愚かな奴だと莫《ば》迦《か》にされたくない。何よりも退屈な日々を送りたくない。夢のある生き方をしたい。そして最後の願いは無理だろうとは思ったが、やはり地獄に落ちたくはない。死ぬときは極楽に行きたいとの願いも強かった。

これらは騙しの稼業をしている限り、身勝手な話であったが、考えてみると、鶴にも多くの欲心があった。

ふいに心の臓に奇妙な冷たさを感じた。草津で食い逃げをした後、鞭崎神社で抱いた思いと同じ感触を覚えたのだ。心の臓がみるみる凍りつき、何もなくなったような捉《とら》えどころの無い虚しさに襲われた。

――このまま人を騙し続けていてよいのかしら?

鶴は戸惑って陽の傾きかかった空を仰ぎ見た。

その時、彼方から馬のひづめの音が聞こえてきた。すると瞬《また》く間に一頭の馬が走り来て、馬上の侍が声を張り上げた。

「どけどけどけ~い、上様のお通りだ!」

鶴は馬上の甲冑《かっちゅう》姿の侍を見た途端、身体が硬直して動けなくなった。

幼き日、雑兵に追いかけられた記憶がまたもや甦ったのだ。甲冑姿の侍を見ると金縛りになってしまう。幼い日の恐怖はいまだに心の傷となって癒《い》えずにいる。

偽三郎が慌てて鶴の手を取り、元斎と共に道の端に下がった。

人々も道端に退き「織田さまだ。信長さまだ」と呟きながら平伏《へいふく》した。

十数頭の馬群が地響きを立てながらみるみる近づいてくる。その中央の馬上にはビロード地の陣羽織を身につけた武将がいた。陣羽織には金糸《きんし》で龍と木瓜紋《もっこうもん》が描かれている。葦毛《あしげ》の馬に乗った武将は織田信長であった。

鶴は気を確かに保とうとした。だが、出来ない。安土での時と同じように身体がガタガタと震え、眼の前が真白になった。失神しそうになって元斎にしがみついた。

近づいてきた信長の眼光は、相変わらず恐ろしき伝説の龍のように鋭かった。

信長は取り巻きの侍たちから孤立し、他者を寄せつけない殺気を発している。

――やはり魔の化身に違いない……。

信長の身体すべてから残忍さ、冷酷さが溢れるように沸き上がっている。

鶴の胸は恐怖で張り裂けんばかりになった。

一瞬、めまいを覚え、ただひたすら元斎にしがみついていた。

馬群が瞬く間に通りすぎる。

「鶴、何を震えている。信長様は去ったぞ」

偽三郎の声に鶴は我に返った。土埃《つちぼこり》を上げながら彼方に去っていく信長たちの馬群が見えた。気づくと元斎は顔を強張らせ、刀の柄を強く握りしめ、今にも刃を抜き放とうとする姿勢で身構えていた。普段は見せない殺気が漲《みなぎ》っている。鶴は元斎に侍の匂いを感じ取り、恐れを抱いて飛びのいた。

もしも私がしがみつかなければ元斎さまは剣を抜いていたのかもしれない。

一瞬、思ったが、それから先は考えられなかった。

恐れている侍、しかも天下を治めようとしている織田信長の威圧感に怯《おび》え、鶴はいつまでも平常心を取り戻すことが出来ずにいた。

その夜、宿に入っても織田信長や侍の姿が甦り、鶴は震えがおさまらずにいた。

夜更けに元斎の許へ男が一人やってきた。

男は元斎と一刻（二時間）ほど話した後、鶴と偽三郎に挨拶《あいさつ》もせずに去って行った。

「元斎さま、新たな仕事ですか？」

偽三郎が尋ねる。

「讃岐に行った弓太郎は無事に瀬戸内《せとうち》の島に渡ったようじゃ」

「瀬戸内の島で何をしているのですか？」

次に元斎が何を企んでいるのか、偽三郎も知らないようだ。

「うむ、のちのち話そう。いずれにせよ弓太郎は首尾よく動いておるようじゃ。わしらは大坂へ向かう。鶴、お前にもそろそろ役割を与えてもよいかもしれぬな」

新たな仕事とは何なのか、いつ、どこで、誰を、どのような手口で騙すのか、弓太郎は瀬戸内で何をしているのか、まるでわからなかったが、大きな役割を与えられそうな予感がした。

「新たな騙し、今度は何に化ければよいのでしょうか？　楽しそう」

不安を抱きつつも、鶴は勇み立つ心を抑えきれずに言った。

「生意気な。だが、お前も少しは騙しのおもしろさがわかってきたようだな」

偽三郎に鼻で笑われたが、鶴の胸は高鳴っていた。

第四章　熊野絵解き比丘尼

一

鶴たち一行は京都より桂川《かつらがわ》沿いの道を南下し、淀川《よどがわ》を下って大坂へと向かった。枚方《ひらかた》、鳥飼《とりかい》の町で商人たちを騙《だま》し、少しばかりの路銀を稼いで江口《えぐち》に着いた。

町は騒然となっていた。

織田信長は逆らう石山本願寺を攻めているという。

土地に根付いた土豪や草の根の庶民たちが治める本願寺勢力が封建領主を標榜《ひょうぼう》する戦国大名に逆らうのは当然である。

山城《やましろ》の国一揆、加賀《かが》の一向一揆が『百姓のもちたる国』をつくり、三河一向一揆などが大名と戦うのは端的な現れだった。

それを消滅させるべく襲いかかったのが天下統一を急ぐ織田信長であった。

まさに風雲急を告げる天正四年（一五七六）五月七日。

鶴たちは大坂・石山本願寺の近くに宿をとった。

信長軍は各武将を至る所に配置し、石山本願寺を包囲して経済封鎖、いわゆる兵《ひょう》糧《ろう》攻めによる持久戦に持ち込んでいる。

石山本願寺は一向宗の総本山で寺院というよりは城と呼んだほうがふさわしく、五万石の米を生む耕地を内包した広大な寺域に八つの寺内町を擁し、五十一か所の城《じょう》砦《さい》を構えていた。

本坊の石山御坊は寺域内の一番の高みに建っている。

周囲には濠《ほり》を巡らせ、各所に櫓《やぐら》を配し、狭間《はざま》には弓、銃眼《じゅうがん》には鉄炮が備えてある。たやすく攻め落とせる城ではないようだ。

織田軍の多くの侍たちのざわめきが鶴のいる旅宿の部屋に聞こえてくる。

戦乱に巻き込まれた市井の人々が悲惨な思いをしているのにもかかわらず、戦いは激しさを増していく。戦《いくさ》を止めるために神や仏は地上へ降りてくれないのか。

鶴は悩んだ。

偽三郎は夕暮れ前に外出した。遊女屋に行ったことは鶴にもわかった。

平安・鎌倉の時代から江口と近くの神崎《かんざき》は色里として名高い。

「鶴、お前は迂闊《うかつ》に外を出歩くでないぞ」

警告した元斎自身は密かに宿を出て行ったきり戻って来ない。

何をするためにどこへ行ったのか、鶴にはわからなかった。

丑《うし》三つ時（午前二時）になった頃、元斎は眉《まゆ》を曇らせ、厳しい顔をして戻ってきた。

「まだ起きていたのか」

「元斎さま、人はなぜ争いあうのでしょうか？」

「欲じゃ。欲を満たすために戦うのじゃ。人の心に欲があるかぎり戦は止まぬ。未来永劫《えいごう》、永遠に続く。鶴、明日は早くに出立する。少し眠っておけ」

鶴は眼を閉じながら思いを巡らせた。

人は夢や望みを達成するために争うのか。天下統一という夢や望みを抱いた織田信長は市井の人々の苦しみを顧みず、激しく戦いあっている。誰もこれを止めることは出来ないのか。

堂々巡りを繰り返しながら鶴は朝まで眠りにつくことが出来なかった。

翌朝、偽三郎は陽が上る前に江口の遊里から戻ってきた。

今、まさに一触即発の戦闘が繰り広げられようとしている状況にもかかわらず、我関せずとばかり遊女を買いにいく偽三郎の心は理解しがたい。しかし、吹けば飛ぶような騙し人にとって、戦いなど興味がないと思う気持ちはわからないでもない。

鶴も同じようなものだ。だが、なぜか元斎だけが、刻々と変化する戦闘状況に興味を抱いているようだった。時々、権六《ごんろく》と呼ばれる男が元斎に何ごとか伝えに来る。

話の端ばしに木津川《きづがわ》河口で大きな戦いが起こるらしいとか、毛利《もうり》水軍が石山本願寺に兵糧米を運ぶらしいとかの言葉が聞き取れた。

偽三郎が帰って来ると、元斎はすぐに旅立つと言った。

「鶴、愚図愚図するな。旅支度を急げ」

偽三郎は自らのことは棚に上げて鶴を急かした。

鶴たちは海岸沿いの道を南へ進み、やがて堺に着いた。

堺の町も織田軍の兵で溢れかえり、騒然となっている。

鶴は偽三郎に仁徳陵《にんとくりよう》を見に行かないかと誘われたが、侍に逢うのが恐ろしく終日、宿に閉じこもっていた。その間、元斎は一日中、町を散策しているだけだった。

五日後、例の権六という男が現れ、元斎に何ごとかを告げた。

それでようやく元斎は動きだした。堺より熊野《くまの》参詣道を進み始めたのだ。

元斎はこれから何をしようとしているのか、どこへ行こうとしているのか、鶴にはいっさい話してくれない。偽三郎は知っているのか、それも判然としなかった。

やがて、目的地と思われる和泉《いずみ》に着いた。

二

朝霧に煙る森は刻一刻と潤いを増し、六月の風は爽《さわ》やかに吹きぬけていく。

夜通し歩き続けたが、疲れはない。

鶴は全身にしっとりと朝露を感じて心地よさを満喫していた。

「夜が明けてきたようじゃな」

山の端《は》にうっすらと薄日が差し、暗い空がみるみる白く染まってくるのを眺めながら元斎が息をついた。田に育った早苗《さなえ》が朝風にそよいでいる。道端に小さな石仏があった。稚拙《ちせつ》な彫りの石仏は風雨に晒《さら》され、白緑《びゃくろく》の苔《こけ》に覆われていた。近くに寄って見ると、顔の半分が欠け落ち、悟りを開けぬまま苦悩しているようでもあり、哀しみを秘めて泣いているようにも見えた。

この時、ふいに風の流れとは異なる気配を感じ、見ると森の奥に女の姿があった。

早朝なのに何をしているのかと鶴は訝《いぶか》しく思った。

女は木箱に乗って立ち、枝に何かを結びつけている。

鶴は不安を感じて女の方に向かって走り出した。

「鶴、どうした？」

背後から偽三郎に声をかけられたが、一目散に森の奥に分け入った。

不安は当たった。女は木の枝に縄を結わえ付け、首を括《くく》ろうとしていたのだ。

「いけません！」

鶴は叫ぶと同時に懐《ふところ》に忍ばせた短剣を抜き放ち、ひらりと飛び跳ねて、枝にぶら下がった縄を切った。女は奇妙な声を上げ、ドサッと草地に倒れ落ちた。

歳の頃なら三十歳程か、趣味の良い着物を身につけていたが、髪は狂女のように乱れている。大店《おおだな》のお内儀のようだ。小太りで健康そうに思われるが、顔の色つやは悪く、小皺《こじわ》も浮き出て、窶《やつ》れたふうであった。

「なぜ、自ら命を絶つような真似を」

「死なせてください」

女は悲しげに呻《うめ》くだけだ。

駆けつけた偽三郎が竹筒に入れた水を女に飲ませる。鶴が草地に揃えられた草履《ぞうり》を渡すと、女は深々と頭を下げ、その場を走り去って行った。

「また死ぬ気になるかもしれん。無事に家へ戻るかどうか、気がかりじゃ」

元斎が呟《つぶや》くと、偽三郎は一呼吸を置いてから女の後を追った。

それからかなりの時を過ぎても偽三郎は戻って来ない。

鶴は次第に心配になった。

一刻ほど後に偽三郎はようやく戻ってきて告げた。

女の名は亀《かめ》。大蔵屋清右衛門《おおくらやせいえもん》という商人の内儀だ。なぜ死のうとしたかはわからない。だが、偽三郎は大蔵屋清右衛門に関する噂《うわさ》を数多く集めてきていた。

大蔵屋清右衛門は和泉の町では大店の商人である。米問屋で近郷から米を安く買いたたき、蔵に貯蓄しておき、高くなった時に売る商売上手な男だ。土倉《どそう》も営み、人々に銭を貸し付け、返済の滞る者には情け容赦《ようしゃ》なく元金と利子を厳しく取り立てる。

偽三郎は歯切れよく語った。

「噂のかぎりでは強欲な商人のようじゃな」

「はい、評判はすこぶる悪うございます。誰にたずねても、金にいやしく、取り立ては情け容赦なしのひどさだそうで、返済出来ぬ家に若い娘がいれば肩代わりに連れていき、売り飛ばす。自ら命を絶った娘もありますそうな。約束期限を一日でも遅れ、返済が滞れば、大蔵屋の男たちを送り込み、家の前で大声で罵詈雑言《ばりぞうごん》を喚《わめ》き散らし、鍋、釜、椀や皿は言うに及ばず、台所にわずかに残っている米、味噌《みそ》、香の物まで取り上げていく始末。その悪辣《あくらつ》ぶりは目を見張るばかりだと噂されております」

するとと元斎は真顔で応えた。

「銭を借りたら返すのは当たり前。大蔵屋を責めるのは片落ちというものじゃ」

鶴の予測に反し、元斎は大蔵屋の肩を持つような口ぶりだ。

「大蔵屋のご内儀はなぜ命を絶とうと？　わけを知りたいです。救ってあげたい」

「鶴、お前は何ごとにもすぐに首を突っ込みたがる。悪い癖だぞ」

偽三郎が制すると、元斎は顔を崩して笑った。

「そのとおり。じゃがな、鶴、たまには人助けをするのもよいかもしれんぞ」

「元斎さま、煩《わずら》わしい他人事に関わっていてよいのですか？」

偽三郎が非難めいた顔をする。

「まあ、よいではないか、大蔵屋のお内儀のお亀さんは死ぬ気じゃった。なぜ死にたいのか、それを突きとめるのじゃ。鶴と亀、おもしろい取り合わせじゃ。何かの縁《えにし》かも知れぬ。お亀さんに生きる望みを与えてやるのじゃ。それが成し遂げられれば、わしらも善行を施したことになる。ひょっとすると、鶴のおかげで死後は地獄ではなく極楽に行けるかもしれんぞ」

元斎は屁理屈《へりくつ》を捏《こ》ねながら高笑いした。

「次のカモを急いで探さねばならないのです。戯《ざ》れ言《ごと》はお止めください」

偽三郎は珍しく逆らうように言い放った。

「もちろん、お亀さんを救った見返りとして、それに見合った幾ばくかの銭は頂戴する。まずはどうするか、飯でも食おう。腹が減ってはよい考えも浮かばぬからな」

鶴は川辺に下りて食を取る仕度をした。仕度と言っても河原で火を熾《おこ》し、小袋に入れた干飯《ほしいい》と梅干しを食べるだけである。前もって干飯を作っておくのは鶴の役目だった。

数刻後、元斎の配下の権六が荷袋と大きな文箱《ふばこ》を担《かつ》いで現れた。

元斎は権六に用がある際、どのように連絡をするのか、鶴は手だてを二つだけ知っている。

ある時、元斎は鷹の足に何ごとか書き付けた紙を括りつけて飛ばしていた。ある時は小筒に火薬を詰めた狼煙《のろし》を打ち上げたこともある。

「これで宜しいでしょうか」

権六が荷袋から衣を見せると、元斎は満足気に頷《うなず》き、偽三郎と連れ立って川辺の葦の茂みに紛《まぎ》れ込んだ。

待つこと小半刻、鶴は茂みの中から現れた二人を見て驚いた。

元斎と偽三郎は黒い絹の頭巾《ずきん》をかけ、加賀笠をかぶり、浅黄色の布子《ぬのこ》に中幅帯《ちゅうはばおび》を前に結び、顔に白粉《おしろい》を塗って、手甲《てっこう》をはめ、比丘尼《びくに》姿に変貌していたのである。

偽三郎は色白の肌でのっぺりした顔立ちである。女に化けるのはお手の物だ。

まさか元斎までが見事に女に化けるとは想像出来なかった。どこから見ても老婆の比丘尼だ。手には短い旅の杖をつき、そこはかとない威厳を漂わせている。

唖然《あぜん》としている鶴を見て、元斎は叱咤《しった》した。

「比丘尼の衣を身につけるのじゃ。そして、これを唱えられるよう励むのじゃ」

渡されたのは熊野の勧心十界曼荼羅《かんじんじっかいまんだら》だった。

三

翌日、比丘尼姿に身を変えた鶴たちは大蔵屋清右衛門宅に向かった。

それぞれが一升柄杓《びしゃく》を腰に差し、偽三郎は大型の文箱を小わきに抱えている。清右衛門が屋敷を出て、留守にしたのを見計らい、店の裏の中庭に入って行った。

「お内儀殿を救うためにまいりました」

比丘尼元斎が声をかけると、下働きの者が奥に引っ込み、しばらくしてお亀が現れた。お亀は訝しげに三人を眺めたが、鶴を見て身を硬くした。

「熊野の勧進比丘尼の鶴女と申します。それに連れの阿古女《あこめ》と松女《まつめ》でございます」

鶴が丁寧に頭を下げると、阿古女こと元斎と松女こと偽三郎もそれに続いた。

「そうでしたか……」

お亀は林の中で水を飲ませてくれた偽三郎には気づいていないようだ。あの時は錯乱状態にあり、よく顔を見ていなかったのかもしれない。かりに顔を見られたとしても気づかれないほどに偽三郎は見事に熊野比丘尼に化けていた。

元斎は長い歳月、勧進を続けてきた遊行巫女《ゆぎようみこ》、あるいは苦行尼のように見える。

「鶴女さまから伺いました。あなたの苦しみを救ってさしあげたい」

比丘尼元斎は流暢《りゆうちよう》に語りだした。

「阿波《あわ》と土佐《とさ》の境にあたる海中の島にすぐれた霊験《れいげん》を示す観世音菩薩《かんぜおんぼさつ》の像が祀られております。鶴女さまはその観世音菩薩に出会い、自らの苦悩を消し去ろうと数カ月、願いを込めました」

阿古女こと比丘尼元斎は厳《おごそ》かな口調で語り続ける。

「ところが霊験はなかなか現れてはくれませぬ。それゆえ鶴女さまは一切の食事を断ち、自らの腕に香を置いて焚き、誓願の清らかさと切実さを明かす焼身供養を三、七の二十一日間、必死の覚悟で祈願を行ないました。すると二十二日目の明け方、ついに観世音菩薩の尊像が微かな光を放って、鶴女さまに苦悩の源が何であるかを語りかけてきたのです。この時より、鶴女さまは苦悩を克服し、熊野の比丘尼として人々を救済すべく流浪の旅を重ねられるようになりました」

一呼吸を置いて比丘尼元斎は炯々《けいけい》と光る眼でお亀を見据えた。

「お内儀さま、心の苦悩を吐露《とろ》しなされ。鶴女さまが必ず救済してくださります」

お亀の顔に逡巡《しゅんじゅん》の翳《かげ》りが浮かんだ。

「苦しみを内に秘めてはなりません」

比丘尼鶴は静かに語り始めた。

「私にはあなたの心が見えます。あなたは今まで誰に対しても真心を込め、誠実に生きてきましたね。それにもかかわらず他人に思い違いをされ、理不尽な扱いをされたりしましたね。それゆえ今、あなたは大いなる悩みを抱えているのですね」

鶴の言葉は自殺しようとした者の誰にでも当てはまる内容だ。それにもかかわらず、お亀は比丘尼鶴が自らの悩みを瞬時にして見抜いたかのように錯覚したようだ。

鶴は偽三郎が持ち寄った大蔵屋清右衛門の情報を頭に叩き込んでいた。

吝嗇《りんしょく》で身勝手で外に囲い女が二人いることも知っていた。

「あなたはご主人のことで悩んでいますね。ですが、あなたが心を開きさえすれば、観世音菩薩様が救ってくださいます」

お亀は黙ったまま俯《うつむ》いている。

「お内儀さま!」

比丘尼元斎は小さい声だが、相手の心を揺るがすような強い口調で促した。

それで決意したのか、お亀は奥の部屋に三人を招き入れた。

部屋に入ると、比丘尼偽三郎が手早く大型の文箱から一幅の熊野観心十界曼荼羅の画を取り出して広げ、壁に吊るした。

画の中央には仏が立っている。下には『心』の文字があり、左右に二菩薩が描かれている。それより下はおぞましい阿鼻叫喚《あびきようかん》の絵ばかりであった。

左端には閻魔《えんま》大王。不産女《うまずめ》地獄、針の山、三途の川、火車《かしや》、火柱、賽《さい》の河原、寒地獄と連なっている。罪を犯したと思われる人々が餓鬼《がき》道から畜生道、修羅《しゆら》道、八熱《はちねつ》地獄の総門で恐ろしい鬼などの亡者に迎えられている。素足を血だらけにしながら針の山を歩く者。火車に乗せられて焼け焦げている者。刃物で腹を突き裂かれた者。大岩に挟まれて身を潰された者。猛獣怪鳥に喰われて眼をついばまれる者。地獄の釜で煮られる者。闇穴地獄に落ちていく者。血の池地獄で溺《おぼ》れる者。さまざまな所で責め苦にあい、のたうち回る亡者たちが描かれている。

観心十界曼荼羅の下半分は無慈悲で酷薄の場としての地獄絵だ。

お亀は身の毛のよだつ恐ろしさを感じたのであろう。固く眼を閉じている。

「自ら命を絶とうとすれば地獄に落ちます。その業罰から救われたいならば、自らの思いを吐露して苦しみを解き放つのです」

比丘尼元斎が静かに語りかけると、お亀はぽつりぽつりと話し始めた。

「私は大蔵屋清右衛門の妻で亀と申します。私は罪深い女です」

そこまで言ってお亀は唇を固く閉じた。

「すべてを話して楽になりましょう」

比丘尼鶴が促すと、お亀は顔を小刻みに震わせながら口を開いた。

「五カ月前に知り合った……旅の行商人と……不義を犯し、やや児を身籠もってしまったのです。やや児はすでにここに……」

お亀は腹部を手のひらでさすりながら成り行きを話しだした。

行商人の男は京都から来た反物《たんもの》売りの蓑次郎と名乗った。公卿《くぎょう》家や名のある武将とも取引きをする大店の跡取り息子だと言った。お亀は蓑次郎と不義を犯すつもりはなかった。夫の清右衛門は富豪であるにもかかわらず、吝嗇でお亀に銭を遣わせてくれない。そればかりか贅沢《ぜいたく》のし放題、しかも外に二人の女を囲っていた。清右衛門とお亀の間には子がない。それゆえ清右衛門は困った女に子を生ませようとしている。お亀はそれが不満だった。行商人の蓑次郎に優しい言葉をかけられ、その気になってしまったのだ。一夜の契《ちぎ》りであるはずだった。だが、ずるずると逢瀬が続き、ついに身籠もってしまった。

お亀は蓑次郎を愛おしむように語った。

だが、お亀が身籠もった後からは騙しの常套《じょうとう》手段が続いた。

蓑次郎は言ったそうだ。

清右衛門から逃げて一緒に暮らそう。京都の父母へ嫁にする人が出来たと文を書いた。そうして京都に帰るという前日、暴漢に襲われて銭を奪われ、困っていると告げた。こちらの取引き先に払わねばならない三貫文の銭が要ると。

お亀がへそくりの銀三枚を渡すと頭を何度も下げられ「京都に戻って必ず迎えに来る。それまで待っていてくれ！」と言われた。それからすでに数カ月が過ぎている。

鶴は話を聞いて驚いた。蓑次郎とは騙し人仲間の弓太郎かもしれないと思った。

「お亀さま、あなたが救われる手だてを共に思い巡らせましょう」

比丘尼鶴はやさしく声をかけた。

「迷いを断ち切るのです。蓑次郎という男は稀代《きたい》の騙し人です」

比丘尼元斎と比丘尼偽三郎が訝しげに鶴を見た。

「あなたは裕福な商人のお内儀です。銭を持っている。そして日々の暮らしで満たされないものがあった。騙し人は女の風情やささいな言の葉のやりとりで、暮らしに飽いているか、不満を感じているか、何か新たな夢が成されることを待ち望んでいるかを見抜くのです。蓑次郎は騙すに相応《ふさわ》しいと甘い言葉であなたに近づいたのです」

興奮気味に話す鶴を見て、比丘尼元斎と比丘尼偽三郎は啞然となった。

それに気づきながらも鶴はやめなかった。

「京都の老舗《しにせ》の呉服屋。これは真っ赤な嘘です。この世には公卿や武将や豪商人の名をあげて、親しい間柄だと吹聴《ふいちよう》する輩《やから》がいます。ともすると私たちは権を威《おど》す人に弱い。それゆえ騙し人は高名な僧侶や公卿、名だたる武将と親しいかのように振る舞うのです。これは相手を騙すありふれた手だてです。お内儀はその騙りの壺に嵌《は》まってしまったのです」

「鶴女さま！」

比丘尼偽三郎が鶴を睨《にら》んだ。しかし、鶴は舞い上がっていた。

「騙し人は広い才知を身につけ、巧みな話術を使いこなします。相手の話をよく聞く術も心得ています。騙し人が信用を得るための技なのです。悩みを聞いてくれる優しい人だと思わせ、その機を逃さず、物を贈ったりしてさらに信用を植え付け、騙す相手の心を取り込んでしまうのです。そうして最後に安心させる証を見せるのです。その証こそは百の疑いを打ち消してしまう極めつけの嘘なのです」

「両親に宛てて書いたという文が極めつけの嘘だったと……」

お亀は弱々しい声で独りごちている。

「でも、あの人は自ら『銭を出して欲しい』とは言いませんでした。『銭を渡す』と言いだしたのは私のほうからです」

「それも巧みな手口のひとつです。騙し人は自ら求めたりしません」

鶴は一喝《いっかつ》し、諭すように語った。

「もともと蓑次郎はあなたを愛してはいなかった。あなたは今、それがわかっています。それにもかかわらず子を身籠もったまま蓑次郎を信じ続け、迎えにくるのを待っています。信じなければあなた自身が惨めになるからです。自らの愛を信じたい。それは詮《せん》ないことです。相手は手練《てだれ》の騙し人です。哀れには思いますが、災難にあったと思って諦めなさい」

「それでは生まれてくる子が不憫《ふびん》です」

「不憫と思うなら清右衛門殿の子として生むのです」

「ええ？　……」

「嘘も方便」

鶴はきっぱりと言い切った。

四

大蔵屋清右衛門は囲い女の所から戻る道すがら大いに悔いていた。

――約束などしなければよかった。

チッと舌打ちし、道端に唾《つば》を吐き捨てた。

今朝方、京都で鋳物《いもの》を扱う男が商売の話を持ち込んできたのだ。

成り行きによっては大儲けが出来る。清右衛門はそう直感した。

「昼過ぎまで忙しいので、後でまた来ます」

鋳物師《いもじ》にそう言われ、辰の刻に会う約束をした。

——そうでなければ梅《うめ》をもう一度抱けたものを……。

梅は越後の出身であるらしい。年は十八歳と聞いた。肌はつきたての餅《もち》のように粘り気があった。陽が高いのに三度も交わった。裸身を弓反《ゆみぞ》りにして激しく身悶えした梅の痴態を思い起こすと、またしても下腹部に熱い痺《しび》れを感じた。

それをグッと抑えて清右衛門は店に戻った。

米問屋の店はいつも通り多くの客が出入りし、雇い人たちも忙しく働いている。

銭を借りに来た者もいる。清右衛門は客たちに愛想を言って裏に回った。

すると中庭に三人の比丘尼がお亀と何やら話をしている最中であった。

「お亀、何をしている?」

声をかけると、老婆の比丘尼が腰に差した一升柄杓を差し出した。

「わずかで結構です。熊野大社に施しをお願い致します」

中に銭を入れろと言う比丘尼たちに清右衛門は嫌悪を感じた。

——たかが熊野の比丘尼、歩き巫女のたぐいではないか。気に入らん。

清右衛門は探るように比丘尼たちを見やった。三人のうちでもっとも若い比丘尼は思いの外、可憐な娘だ。雅《みやび》な香りを漂わせている。顔立ちも端正だ。

——後二年もすればいい女になる。

鶴女と名乗る比丘尼を舐め回すように見ながら嗜虐《しぎゃく》的な妄想を巡らせた。

その時、朝に約束していた鋳物師がやって来た。お付きの者を連れている。

「今朝方は失礼致しました。私は水野四郎左衛門《みずのしろうざえもん》と申し、畿内一円の鋳物師を統括している者です。私の長兄は水野太郎左衛門《たろうざえもん》という鋳物師でして、今から遡《さかのぼ》る永禄十一年（一五六八）二月に織田信長様より尾張の国中の鐘、塔九輪、鰐口《わにぐち》の鋳造権を与えられた名人ですが、末弟の私は鋳物造りは苦手。それゆえお客様の商いに少しでもお役に立てればと、畿内を起点に全国を飛び回っている次第でございます」

四郎左衛門と名乗る男は立て板に水、舌も滑らかに語り始めた。

「私どもが扱う品は梵鐘、塔九輪、鰐口など寺院で必要な鋳物はむろんのことでございますが、茶釜、火鉢、平鍋《ひら》、汁鍋などの日用雑貨から鋤《すき》、鍬《くわ》などの農具にいたるまでさまざまでございます。大蔵屋様はお米を手広く扱っていらっしゃる。また土倉を営み、近隣のお困りの多くの人に銭をお貸しして徳を積んでいらっしゃる。和泉でも評判の有徳人と噂をお聞きしました」

歯の浮くような世辞を言われたが、清右衛門は当然だとばかりに胸をそらせた。

「私はね、銭は人の道を築き、徳心や才知を得る道具と考えております」

四郎左衛門は大きく頷いた。

「その通りでございます。地獄の沙汰も銭次第と申します。大蔵屋様、私どもの造りました鋳物をお宅様の店で扱っていただけませんでしょうか。私ども水野家は織田信長様より課役《かえき》、棟別銭《むねべつせん》の免除を得て、京都の鋳物師を支配下に置き、尾張、安土、大坂、堺などで手広く商いさせていただいております。実を申しますと、天正元年（一五七三）七月に織田信長様が将軍足利義昭《あしかがよしあき》様を追放した後の八月六日に天皇様より裏菊の紋をいただきました。このとおり綸旨《りんじ》を賜わっております」

四郎左衛門は正親町《おおぎまち》天皇から発せられた綸旨を見せた。

天正元年八月六日の日付があった。

「ここに鋳物師の由緒書《ゆいしょがき》がございます」

四郎左衛門は懐から由緒書なるものを取り出して、唐の国の鋳物師の起源、わが国では天児屋根命《あめのこやねのみこと》が初めて鋳物の器を使った言い伝えなどを語った。

「その昔、都に悪しき風が吹きまくり、宮中内の灯火がすべて消え、天皇がご病気になられたのでございます。多くの高貴な僧が祈りましたが、効き目はまったくございません。その時、領内の鋳物師が鉄灯炉《てつとうろ》を献上しました。すると驚くことに、さすがの悪しき風も鉄灯炉に灯った火を消すことが出来ず、この灯炉の光によって、天皇のご病気はたちまちのうちに平癒《へいゆ》したのでございます。これが鋳物師のいわれである由緒書でございます」

四郎左衛門は由緒書を丁寧に折りたたみ、威厳あるふうを装った。

「鋳物師は神々の司《つかさど》る自然と人々の暮らしの間を駆けめぐり、特別な能力を有するのです。その中でも織田信長様に見いだされた水野太郎左衛門の造る鋳物は極上の品ばかりです」

「おもしろい。銭は人の世の菜種油のようなもの。明かりを灯すこともあり、斧《おの》や鍬などの錆《さび》を落とすことも出来ますからな。四郎左衛門さん、お宅が明かりを灯す鉄灯炉や斧や鍬などを造る鋳物屋ならば、私は喜んで菜種油になりましょう」

清右衛門は笑った。

「商いで成功した人はおっしゃられることが違います。それでは、さっそくご契約に移らせていただきましょう。これは私どもが扱っております鋳物の品書きです」

四郎左衛門は品書きを見せた。

「何を幾つとご記入くだされば、ただちにお届けにまいります。初めてのお取引きでもありますので、格安で納入させていただきます」

その時、比丘尼元斎がいきなり割って入った。

「大蔵屋清右衛門殿、騙されてはいけません。この男はいかがわしい！」

四郎左衛門は比丘尼姿の元斎に怒りの目を向けた。

「いかがわしいですと？　鋳物師は火によって暗黒の闇に立ち向かう厳かな霊力を秘めているのです。朝廷とも結びついた聖なる職。天罰が下りますよ」

「鋳物師を騙《かた》って誑《たぶら》かすあなたをいかがわしい輩だと言っているのです」

「なんだと、俺をいかがわしい輩というには、その証を見せろ」

四郎左衛門は詰め寄ったが、元斎は動じない。

「そもそも織田信長様が鋳物師の水野太郎左衛門に尾張の国中の鐘、塔九輪、鰐口の鋳造権を与えられたのは永禄十一年の時ではない。永禄五年二月のことです」

「何を言うか、信長様が京都に入った年だ」

「まだシラを切るおつもりか、ならば天皇から拝領した綸旨を見せなさい」

「これがどうした？」

四郎左衛門は懐から綸旨を取り出した。それを元斎は広げて見せた。

「これは真っ赤な偽物！」

元斎の一喝に四郎左衛門はうろたえた。清右衛門は茫然《ぼうぜん》としている。

「そもそも綸旨は年号など書かないもの。ただ八月六日と書くだけです。この綸旨は天正元年八月六日と書かれている。これが偽物の証。さらにこれは安手の鳥の子紙。朝廷はこのような紙は使いませぬ。使うのは漉《す》き返した薄墨色の宿紙です」

元斎はいちいち例証をあげて綸旨を偽書《ぎしょ》と看破《かんぱ》した。

「鋳物師の由緒書も後代に捏造《ねつぞう》したものでしょう」

四郎左衛門は負けていなかった。

「な、ならば、お前たちが真の熊野の比丘尼であることを示してみよ。どうせ比丘尼の名を騙って小銭を稼ぐ小悪党だろう。そこに立つ若い比丘尼は身体を売って、幾ばくかの銭をせしめる遊女、立ち君もどきに違いない。この乞食比丘尼め！」

比丘尼姿の鶴は四郎左衛門に睨み付けられた。身体などは売っていないが、付け焼き刃で比丘尼に化けた偽者であることには違いない。鶴は一瞬、たじろいだが、

「そもそも極楽往生の、雲の台《うてな》に法《のり》〈乗り〉の花、上品蓮《じょうぼんれん》に浮かぶ事、此の世のこの身このままに、取りも直さず成仏す。去此不遠《こしふおん》とは説かれたり。かばかり近き極楽も、つくりし罪が鬼となり、心の剣、身を責める。一百三十六地獄、無間叫喚、阿鼻永沈、この世の色はあだ花の、情けの涙流れても、焦熱《しょうねつ》の火は消えやらず……」

鶴は熊野勧心十界曼荼羅の絵解きを唱えた。

すると、元斎は鶴に恭《うやうや》しく一礼してから四郎左衛門を睨み付けた。

「鶴女さまへの暴言、許しませぬぞ。この御衣《おんころも》をご覧あれ」

元斎が合図すると、偽三郎は大型の文箱を開けた。中に入った絹の包みを解き、真っ赤な礼服を取り出して見せる。礼服の両袖には上り龍が描かれていた。

「こ、これは!」

四郎左衛門と連れの男が小さな叫びを発した。二人とも驚愕《きょうがく》している。

「この御服をなんと心得まするか?」

元斎は清右衛門とお亀の顔を見据えた。問われた夫婦は皆目、見当もつかないとばかり顔を見合わせ、元斎の次の言葉を待った。

しばしの沈黙が続き、たまらなくなったのか、清右衛門が尋ねた。

「いったいどういう服なのでしょうな?」

「そもそもこの御衣こそ……帝より賜わりました御礼服ですぞ」

「帝より?」

「や、やはり!」と、四郎左衛門が驚きの声をあげた。四郎左衛門は上り龍の刺繍が施された赤い礼服がどのような物なのかを悟ったようだ。

「そのようなことが……?」

四郎左衛門の連れの男も信じられないという顔をした。

「帝、すなわち天皇と言えば、天下を治める雲上人であり、神に等しいお方です」

元斎は上り龍が描かれた真っ赤な礼服に拝礼した後、厳かに語りはじめた。

「去る秋のこと……帝さまご一行が熊野へのご参詣のおり、ここにおられる鶴女さまが熊野権現の社殿で絵解きをなされ、帝さまのご子息、誠仁《さねひと》親王さまの御感にあずかり、後日、後宮の女御より直に賜われましたのが、この貴重な御礼服です」

信じられないとばかり清右衛門が唸《うな》り、四郎左衛門と従者も唖然としている。

「古来より『礼服』は五位以上の朝臣が即位、大嘗祭《だいじょうさい》などに際して着用するもの」

元斎は流暢に語り始めた。

「ここに賜わりました御礼服は今は遡ること大宝元年（七〇一）正月、大極殿に於ける元朝の盛儀の際、左右に日像清龍朱雀の旗を立て列《つら》ねられ、『文物の儀、是れに於いて備われり』と、続《しょく》日本紀にも記された御時に、天子さまが着装されましたものでございます」

相手を煙に巻くのが元斎の常套手段である。

「この袞服の『袞《こん》』は『巻』に通じますが、天子さまの衣には昇り龍・降り龍が刺繡されるのが常となり、その昇降の龍は巻曲《けんきょく》しておりますので、天子さまの衣は巻龍、すなわち袞龍《こんりゅう》の衣、袞衣《こんえ》と称されます。なお、袞衣は天子さまの礼服のほか、上公の礼服の意もございますが、上公のそれには昇り龍はございません」

元斎は礼服をパッと広げ、比丘尼姿の鶴の肩に羽織らせた。

赤地の両袖に見事な昇り龍の刺繡が施されている。

差し込んだ夕陽に生地が赤々と映え、青い龍が今しも天にも昇る勢いだ。

途端、中庭一帯に圧倒的な威厳と高貴な香りが満ち満ちたように感じられた。

清右衛門たちは息を飲んで見ている。

「袞衣の文様は十二種ございます。

一、《日》は太陽、

二、《月》は照臨無私を象徴いたします。

三、《星》は北斗、左袖に北斗七星、右袖に織女星《しょくじょせい》、四方を治める政《まつりごと》と農事を表し、

四、《山》は鎮定、雲の湧き出るさま、雨露《うろ》の恵みの象徴です。

五、《龍》は神変不可思議の霊物、

六、《花蟲》とは雉《きじ》の意で、その羽の美麗さを表し、

七、《宗彝《そうい》》は祭器であり、そこに描かれた虎の勇気と猿の知恵を、

八、《藻》は清らかさを、

九、《火》は光の輝きを、
十、《粉末》は民を養い、
十一、《黼《ふ》》は白と黒で斧の形の模様を意味し、決断を、
十二、《黻《ふつ》》は青と黒の糸で弓の字の模様。悪に背く善の象徴です。
この十二種は君主にとって至高の文様。このうちの五番目の《龍》の文様の礼服を天子さまより賜わりましたのは、ここにおわします鶴女さまが神変不可思議の霊物を司るに相応しいお方と天子さまがお認めくだされたゆえんなのです」

清右衛門は無知蒙昧《むちもうまい》を見抜かれまいとしてか相槌《あいづち》を打った。

「なるほどなるほど、十二の文様のことは噂で聞き及んでおります。そのひとつ、龍の文様の御礼服を賜われたとは、あまりにも信じ難きことです。驚きの至りですな」

驚いたふうを装いつつも肚《はら》の底では疑うような清右衛門の口振りである。

いかなる時でも心の片隅に猜疑《さいぎ》を宿していると、鶴には思えた。

だが、お亀は違った。礼服の生地の素地がわかったようだ。

「手触りはまさしく上質の絹ですね。龍の刺繍も素晴らしい。京でも指折りの縫い師の技と思われる見事な出来ばえです」

一方、そばにいた四郎左衛門の顔はみるみる青ざめていった。

「ま、まさか、帝さまと関わりのある御方とは……ええい、逃げろ！」

四郎左衛門は連れの男とともに転げるように逃げ出した。

茫然と佇む清右衛門の様子を元斎はちらりと見やった。

熊野参詣の際、正親町天皇や誠仁《さねひと》親王がいかほど鶴女に感激したからと言って、皇室の大切な礼服を下し賜わるわけがない。

疑われるのは先刻承知の元斎である。

「これからお話しすることはご内密にお願い致します。知れますと朝廷にご迷惑がかかります。鶴女さまが礼服を賜わりましたのは、わけがございます」

元斎は探るような眼をして清右衛門に告げると、

「私は口の堅い男と言われた商人です」

清右衛門は頷いた。自ら口が堅いという者はもっとも信用が出来ない。それを承知で元斎は清右衛門のそばににじり寄った。

「お名は明かせませんが、鶴女さまはさるやんごとなきお方のご落胤《らくいん》です」

「やんごとなきお方？」

清右衛門の眼がかすかに輝きを放っている。

比丘尼姿の鶴の年齢は十六歳ほどに見える。話の展開からすれば、天皇家、或いは公卿《くぎょう》の近衛《このえ》家、一条家、勧修寺《かんしゅうじ》家など従三位以上の公卿の娘に違いない。上手く取り入れば商売に箔《はく》がつくと、清右衛門は考える。それを元斎は見越していた。

「そして……」

元斎は口籠もり、しばらく逡巡した素振りを見せた後でぽつりと言った。

「熊野参詣のみぎり、誠仁親王さまが鶴女さまをお見初めになられ、お慰めくださったのです。それゆえ後に大切な御礼服を下し賜われたのです」

鶴は仰天した。元斎がこれほどまで根も葉もない嘘をでっちあげるとは思いもしなかった。鶴は恥ずかしさで顔を真っ赤に染め、いたたまれなく立ちすくんだ。

女好きな清右衛門は元斎の最後の言葉で納得したようだ。

「まさに麗しき巫女さまです。親王さまがお手をつけられるのも道理」

下卑《げび》た笑いをする清右衛門に見つめられ、鶴の身体は嫌悪で鳥肌がたった。

それからの元斎の対応はすばやかった。

朝廷と関わりのある本願寺の話をし、今、石山本願寺は織田信長に包囲されている状況を語った。本願寺の末寺は兵糧米を石山に送り込みたいが、信長軍の包囲で届けられない。それゆえ多くの米が積まれたままになっている。それを買い求める商人を探すよう朝廷と本願寺に頼まれ、和泉にやってきた。出来れば大蔵屋に買って貰えないかと持ちかけたのである。

「現物の米を見せてくれれば買いましょう」と、清右衛門は応じた。

話し合いがまとまると、元斎は鶴と偽三郎を促して大蔵屋を辞した。


帰りの道々、偽三郎は感心したように元斎を見た。

「元斎さま、大蔵屋のお内儀を救うと言いながら、実は初めからカモを決めていたのですね」

昨日、偽三郎が大蔵屋清右衛門の噂を聞いて来た時、すでに元斎は次の大仕事の標的を大蔵屋清右衛門と決めていたのだ。

「それにしても予期せぬこととはいえ、うまい具合に偽の鋳物師が現れてくれたものですね。元斎さまが正体を暴いたので清右衛門は私たちを信用してくれました」

偽三郎が好運を喜んでいると、元斎は平然と言ってのけた。

「あの者はわしたちの仲間じゃ」

「え？」と、鶴と偽三郎は顔を見合わせた。

「カモになる清右衛門を信じさせるために仕組んだ方便じゃ。それにしても鶴、お前は話のうえではすでに生娘ではなくなったわけじゃな」

元斎は詫びるような眼をした。

礼服が真っ赤な偽物であることは鶴も知っている。元斎が京都の織物職人に大枚を叩《はた》いて作らせたものだ。もちろんこのような偽物を作ったら大罪に処される。

だが、元斎にはバレないという確信があるようだ。清右衛門がこの事実を周囲に話すことはない。朝廷と密接な関わりを持つ比丘尼の鶴女と自分だけが接触しようと考えるに違いない。せっかく摑んだ秘密の特権を他の商人に侵されてたまるものか。そう考える清右衛門の欲心を元斎は読み取っていたようである。

「私はお亀さんに約束しました。清右衛門の心がお亀さんに戻ると……」

「鶴、煩うな。清右衛門はすぐに囲い女を捨てる。その手はすでに考えてある」

元斎は悪童のような笑みを浮かべた。

五

翌日、清右衛門は梅の家に向かった。

他に一人の囲い女がいたが、その女は三十路《みそじ》を過ぎている。鶴女という比丘尼を見てから無性に若い女が抱きたくなった。それで昨日に続いて若い梅を選んだのだ。

清右衛門は家に入り、梅の姿を見つけるなり、いきなり背後から抱きついた。

囲炉裏の前の竹床に押し倒し、部屋の隅に畳まれた布団を広げる。

梅は少しだけ抗《あらが》った。そうすると清右衛門が喜ぶことを知っているかのようだ。清右衛門は梅の衣を荒々しく脱がした。上半身が開けて肌が露《あら》わになり、張りつめた乳房がわなわなと震えている。梅の身体は下肢《かし》に薄紅色の布が巻かれているだけになる。この布はポルトガルから伝わった襦袢《じゅばん》であった。この頃、素肌に襦袢を身につける女はほとんどいない。清右衛門は布を買い求め、染物屋に薄紅色に染めさせ、梅の身につけさせていた。いわば清右衛門が考え出した特有の肌着なのだ。薄紅色の長襦袢を身につけた梅の裸を見るのが好きだった。一糸まとわぬ全裸の姿よりも色気を感じ、露わになった乳房を握りしめて揉《も》み上げると、梅は熱い吐息を漏らした。薄紅色の長襦袢を剝《は》ぐ。すると、梅のむっちりとした下肢が露わになった。清右衛門は梅の足首を摑み、大きく開こうとした。その時、思いもかけぬ異変が起こった。

「母ちゃん、母ちゃん」と、二人の幼い男の子がいきなり乱入してきたのだ。

何ごとかと、清右衛門は慌《あわ》てて梅の身体から離れた。梅も驚いて身を硬くした。

「母ちゃん、母ちゃん」と、梅にしがみついた二人の子は五歳と四歳ほどだ。

清右衛門は状況が呑み込めずに面食らった。

その時、鍬を持った一人の百姓風の男が現れた。

「梅、こんなところにいただか」

百姓風の男は大声を張り上げた。

「なんなのよ、あんたたち？」

梅は二人の子を突き飛ばし、全裸のまま叫んだ。

「ずっと探してただ。まさか、こんな醜態を晒《さら》していただとは許せねえ」

百姓男は鍬を振り上げた。

「待て、待ってくれ！　これはいったいどういうことだ？」

清右衛門は床を這《は》いずりながら喚いた。

「どうもこうもねえ。梅はオラの女房だ。ある時、いきなりいなくなりやがった。どこぞの野郎に連れ去られたと思ってたが、悪党はお前だっただか」

清右衛門は慌てた。

「違う、違う。私はこの女をかどわかしたりはしていない。和泉の町で知り合って、困っていたようすなので、世話をしていただけだ」

「うるせえ。言いわけなど聞かねえ。お前はオラの女房とまぐわってやがっただ」

「オラはあんたの女房なんかじゃない」

梅が金切り声をあげた。

「ふざけるな。こんなめんこい子がいるだに、その言いぐさはなんだ」

途端に二人の男の子が「母ちゃん、母ちゃん」と、梅に抱きついた。

「梅、お前は子を二人も産んでいたのか？」

清右衛門は啞然となって梅を見た。

「オラの子ではありませんってば！」

「梅、お前、年は十八だと言ってたな。見たところその子たちは五歳と四歳。すると
お前は十三歳で子を産んだのか？」

切羽詰《せっぱつ》まった時なのに冷静な算術をする。そんな自分に清右衛門は呆れていた。

「違うってば！　何かの間違いだってば！」

梅は懸命に否定した。

「お前は年まで偽っていただか。二十三歳のくせして、ふてえ女郎だ」

百姓男は眉間《みけん》に皺《しわ》を立て、物凄い形相《ぎょうそう》で梅を睨み付けた。

「こうなったら二人ともぶっ殺してやるだ」

「待て、落ち着け！　銭なら幾らでもやる。人を殺したらお前は大罪人になるぞ」

清右衛門が諭すように訴えると、百姓男はにやりと笑った。

「オラは罪人になどならねえだよ。あんただって知ってるだろう。夫ある女と妻ある男がまぐわったらどうなるかをな。女の夫がそれを目の当たりにした時は……」

百姓男は、獣のような叫びをあげて鍬を振り下ろした。

「うひぁぁぁぁ〜っ！」

清右衛門は転げ回って振り下ろされた鍬を避けた。鍬がガキッと床に刺さる。

それを引き抜いて、再び、百姓男は振り上げた。

「オラを莫迦《ばか》にするな。オラは知ってるだよ。奥州《おうしゅう》の伊達《だて》家が発布した『塵芥集《じんかいしゅう》』っという分国法にあるだ。『密懐すなわち密通した男と人妻を夫はともに殺害せよ』ってな。この法はこの国でも用いられるって聞いただ。この法がある限り、お前たちを殺しても罪人にはならねえ。梅と一緒に死んでもらうだ」

百姓男が鍬を持ち上げたまま迫って来た。と、その時、体当たりする女がいた。

「わっ！」と、叫び声をあげて百姓男はのけぞった。

飛び込んできたのはお亀だった。

「お願いです。堪《こら》えてください」

お亀が百姓男の前に跪《ひざまず》いて頭を下げた。

「お前は誰だ？」

百姓男は思わぬ闖入者《ちんにゅうしゃ》にたじろいだ。

「大蔵屋清右衛門の女房です。亀と申します。夫を殺さないでくださいませ」

お亀は清右衛門を庇《かば》うようにして百姓男に訴えた。

「清右衛門は私の大切な夫です。少しばかり吝嗇で、欲深いところはありますが、私と長年連れ添ったかけがえのない夫です。私は清右衛門の子を身籠もっています。清右衛門が死んだらお腹の子が不憫です。あなたにも二人のお子がいらっしゃる。今、あなたが怒りに任せてお梅さんを殺してしまったら、母を失う二人のお子が可哀相《かわいそう》です。ここは耐えて、二人のお子のためにもお梅さんを許して上げてください」

お亀はなおも両手を床について、頭を深々と下げ続けた。

百姓男は思案の素振りでお亀と梅と二人の子を眺めている。

そこへ比丘尼元斎、比丘尼偽三郎、比丘尼鶴が入ってきた。

「これはまた血なまぐさい場に来てしまったものですね」

比丘尼元斎は花畑でも眺めるようなのどかな口調で呟いている。

「お前たちはなんだ？　比丘尼風情が余計な処《ところ》に出てくるでねえ」

百姓男は比丘尼姿の三人を睨み付けた。

「そう気色《けしき》張らずに。まずは鍬を下ろしてください。お子たちが見ていますよ」

　比丘尼元斎に促され、百姓男は我に返ったごとく鍬を下ろした。

「こちらのご内儀さまのおっしゃるとおりです。密会をお役人に知られたらお梅さんは打ち首になりましょう。それではお子たちが哀れです。この場は眼をつむっていただけませんか。お梅さんは、あなたの許に帰します。子たちのためにそれがもっとも懸命だとは思いませぬか」

　比丘尼元斎が柔らかな声で百姓男に語りかけた。

　清右衛門は不機嫌だった。梅が夫持ち、子持ちとは知らなかった。騙されていたのだ。被害者は自分のほうだと思った。だが、低姿勢な態度で両手を揩り合わせた。

「知らぬこととは言え、私も悪かった。銭で片をつけようとは思いません。ですが、あなたの望みを出来る限り叶えたいと思います。私は和泉でも名のある米問屋、大蔵屋清右衛門です。逃げも隠れも致しません。こちらの比丘尼さまの言う通り、のちのちじっくりと話し合いまして、後の処理をさせていただきたく思います。どうか、どうかお許しください」

　常に不遜《ふそん》な清右衛門もこの時ばかりは低姿勢、猫撫で声になった。

　百姓男は何ごとかぶつぶつと呟いたが、やがて床にどっかと座った。

「ええい、失《う》せろ。清右衛門、いつまでもここにいると、またぶっ殺したくなるだ。あとでお前の店に行く。今はとっととここから立ち去るだ」

清右衛門はホッと安堵の胸を撫で下ろし、比丘尼元斎たちに三拝九拝《さんぱいきゅうはい》した。

お亀は救われる思いだった。

流れ者の蓑次郎という騙し人に身も心も許した浅はかな自分を後悔していた。密通がバレれば家を叩き出される。夫に深い愛を感じていたわけではないが、叩き出されるのは怖かった。身ひとつで追い出されたら路頭に迷うだけである。野垂《のた》れ死《じ》にする以外にない。それでは腹の子が不憫だった。やや児が生まれる前に死のうと決意した。その切羽詰まった時に思わぬ助け船が現れたのだ。神のご加護だ。お亀にとって熊野の霊験《れいげん》があらたかであろうが、そうでなかろうが関わりない。孕《はら》んでしまったやや児が清右衛門の子であると、思わせればそれでよかった。それで比丘尼元斎が命じるままに大芝居を打ったのだ。お亀は心の中で安堵の胸を撫で下ろした。この大嘘は一生涯、黙り通して生きようと心に誓った。

ふいにお亀は手を摑まれた。清右衛門の腕だった。

お亀は清右衛門に手を引かれながらその場を立ち去った。

鶴は去っていくお亀の後ろ姿をいつまでも見ていた。

――お亀さん、これでよかったのですね。幸せな家庭を築いてください。

鶴の家は貧しい農家だった。それにもかかわらず祖父母が生きている時も、また亡くなった後でも父母と兄と二人の姉と六人家族は明るく楽しく暮らしていた。

春三月には新たな収穫を望みつつ家族総出で嬉々として蔬菜《そさい》などの種を蒔《ま》いた。旱《かん》魃《ばつ》などで実りが少なくても収穫時はそれなりの歓びがあった。収穫が少なく飢えた時でも収穫物をすっかり食べてしまうことはない。次の季節のための種を残しておかなければならないからだ。少しの種を見つめながら「これが食べられたらいいのにね」と空腹に耐えつつ家族みんなで笑い転げたものだった。

四人目に生まれた赤子が女だったので喰い減らしのために裏山に捨てたという家があった。鶴も四番目に生まれた児だったが、捨てられずに大切に育てられた。

大人になったら好きな男と結婚し、貧しくてもいい、やや子をたくさん生んで幸せな家庭を築きたい。幼いながらも将来の夢を抱いていた。だが、そのささやかな願いは一瞬にして砕かれたのだ。あの日、鶴はすべてを失い天涯孤独となった。元斎と共に放浪の旅を続けている際、同じ年齢ほどの女が赤ん坊を抱いている姿を見るにつけ、鶴の心は痛んだ。

鶴は十五歳になってもいまだに月の障《さわ》りがない。村が雑兵《ぞうひょう》たちに襲われたあの日、父母の死や村人たちの無惨な姿を見た瞬間、身体に流れる血が凍りついて固まったように感じた。その衝撃の所為《せい》なのか、それとも身体に欠陥があるのか、わからない。いずれにせよ、月の回りのない自分は子供の生めない身体なのだ。

鶴はそれが悔しくもあり、恥ずかしくもあった。

「そろそろ茶番も終わりですね。餓鬼どもに駄賃をあげてください」

百姓男が元斎を促した。百姓男は元斎の部下の権六だ。

元斎が銭三文ずつを手渡すと、「母ちゃん、母ちゃん」と遊ぶように声をあげながら二人の子供は喜んで帰って行った。

鶴は惚《ほう》けたように床に座している梅を哀れに思った。

今日を限りに清右衛門から日々の手当てをもらえなくなる。住み慣れた家からも出なければならないのだ。鶴は梅の衣の襟元を合わせてあげながら、誰にも気づかれないように、銀五枚の入った銭袋を懐に隠し入れた。いざという時のために元斎が渡してくれた鶴の全財産だ。

――お梅さん、ごめんなさい。あなたに罪はないのに……。

梅はまだ若い。十八歳だというのは嘘ではないだろう。若いうちは清右衛門の囲われ者として日々の暮らしに不自由はしない。だが、年を取ればいつかは捨てられてしまう。その時では遅い。今のうちにやり直したほうがよいかもしれない。梅がその気になれば、銀五枚を元手に何かの商いが出来るはずである。銀五枚ではわずかな足しにしかならないけれど、地道に働けば過ごしていける。男に頼らずに新たな暮らしをして欲しい。そのように鶴は願った。

「大嘘つき！　お前たちに何がわかる！」

いきなり梅が叫んだ。

「お前たちは何もわかってない。比丘尼などに田で働く者の苦労がわかるものか」

鶴たちが振り向くと梅は唇を嚙みしめて泣いていた。

「オラが生まれ育った河内長島《かわちながしま》は豊かな田畑に恵まれていた……」

長島の地は木曽《きそ》川、長良《ながら》川、揖斐《いび》川の三つの川が伊勢《いせ》湾に流れ込む河口であった。それゆえ河内と呼ばれている。梅はその地に住んでいたらしい。

「長島は作物がよく実り、誰もが穏やかに暮らせる村だった。それでも農作業は苦労ばかりだ。四月に早苗を植え、五月にすくすくと育って喜んだのも束の間、旱魃に襲われる。六月に稲が大きくなり、穂ばらみしたと思ったら長雨が続き日が照らず、寒さが続いて冷害となる。わずかに残った稲があれば、多くのいなごに喰い荒らされる。九月の刈り入れ時は暴風雨、風水害に見舞われる。飢饉《ききん》が起こって餓死者が出る。たとえ生き残っても飢えで身体の弱った者は、疫病でばたばた倒れる。お前たちは見たことがあるか。数多くの死体がそこら中にごろごろと転がっている無残なありさまを……死んで埋葬されなかった人の眼や臓腑《ぞうふ》をカラスが餌として啄《ついば》んでいるありさまを……」

梅は髪を振り乱し、鶴たちを睨んだ。

「今年は豊作だ。そう安堵したと思ったら、今度は戦だ。他国の兵たちが村を襲ってくる。やっとのことで収穫した米や粟《あわ》や稗《ひえ》が奪い取られていく。お前たちにこの惨めさがわかるか！」

梅の眼は、怒りと憎悪に満ちていた。

「オラの村は戦った。寺を砦にして攻めてきた信長軍と戦った。オラたち女や幼い子や年老いた者は砦に集まった。敵は数多くの鉄炮を持っている。砦に雨あられのように弾が飛んできた。オラたちは鉄炮で撃たれて傷ついた村人の手当てをした。怪我人が多くて布が足りねえ。それで死んだ者から服を脱がし、血の付いた布を洗った。みんな死ぬことを覚悟していた。ある晩、オラの妹が流れ弾に当たった。一発だけじゃねえ、何発もだ。どうしようもなかった。妹は最後に言った。『姉さん、手を握っていて。共に死ぬなら死出の道を迷わずにすむもの』。そして息を引き取った。死んだ妹を土に埋めた。他の者たちも土に埋めた。やがて夥《おびただ》しい死人で葬るゆとりすらなくなった。地獄だ。それでも『進まば往生極楽、退かば無間地獄』って叫びながらみんなは死に物狂いで戦った」

梅はため息をついた。

「だけんど信長軍にはかなわなかった。オラたちは負けたんだ。忘れもしねえ九月のことだ。とうとう長島の砦を明け渡すことになった。オラたちの心の拠り所だった願《がん》証寺《しょうじ》でも負けを認めざるを得なかった。これ以上、逆らわなければ命を助けると敵の大将は約束してくれた。それを信じてみんなは小舟に乗り、白旗をあげて敵陣に向かって漕いで行った。その時、ひでえことが起こった。夥しい数の鉄炮が撃ち込まれたんだ。女も子も年寄りもみんな撃たれて川に落ちた。舟に乗った男の中には刀を抜いて敵軍に斬りかかった者もいる。裸になって川を泳ぎ勇猛果敢に戦った。眼の前で鉄炮に撃たれた男たちがバタバタと死んで行った。わずかに生き残った者は砦に引き返した。それから大勢の者たちが中江《なかえ》城や長島の城に逃げ込むと、信長軍は情け容赦なく四方から火を掛けた。城の者はみんな焼き殺された。オラは運がよかったのか、城には入らず、川を泳ぎ、多芸山を越し、大坂へ逃げたんだ。そうしてこの和泉に辿《たど》り着いたんだ。命が助かったのは阿弥陀仏様のおかげだ。いいや、違う。戦って死んだ者は浄土に行ける。オラは退いて生き長らえた。やがて死んだら地獄に落ちる。だから生き残って、この世の生き地獄を苦しんでみようと思った。オラの心がわかるか？　お前たちにわかりはしねえんだ！」

梅の声は嗄《か》れていた。それでも必死に喚き続けた。

――私と似ている。

鶴の全身に悪寒《おかん》が走り、封印していた幼い頃の記憶がみるみる甦《よみがえ》ってきた。

梅と境遇は異なる。鶴は梅のように戦いの渦の中にいたわけではない。突然、村が襲われ、家が焼かれ、父も母も殺された。その後のことは覚えていない。

気がついた後、伴われて家に戻ったが、兄や姉の姿はなかった。

「雑兵たちに連れ去られたのじゃ」

あの時、元斎の呟きを聞きながら鶴は有らん限りの声で泣き喚いた。

消し去ろうとするが、消すことができない忌まわしい記憶だ。

「オラの哀しみなど何もわかっちゃいねえ」

嗚咽《おえつ》する梅の両眼から滂沱《ぼうだ》のごとく赤黒い涙が流れ落ちている。人の心の奥底から溢れだした慟哭《どうこく》の涙だとわかり、鶴はただ黙っているしかなかった。

──人々を不幸せにしているのは侍たちだ。私は戦乱を巻き起こす侍を憎む。

京都で見た織田信長の姿が甦った。

──情け容赦なく人々を殺す織田信長を憎む。

ふいに身体の血が熱くうねりだした。

──恐れてばかりいてはいけない。眼を閉じて退いてはいけない。

力で侍に逆らうことは出来ない。でも、出来ることがあるはずだ。今まで騙しの手口を学び、多くの人を騙してきた。強欲な商人の時は納得できたが、罪のない人の時は心が痛んだ。しかし、今、鶴ははっきりと自覚した。

憎むべき侍を！　侍に武器や多くの銭を渡して加担する商人たちを！

騙してみせる！

鶴は梅の涙を見つめながら固く心に誓った。

第五章　木津川の兵糧合戦

一

百姓男に化けた権六は清右衛門から銀十枚を受け取った。

一夜明けてしまえば人妻と情事に耽《ふけ》っていた証は何も残っていない。

清右衛門はシラを切ろうとしたようだが、権六が店の前で大きな声を出すと、払いに応じた。だが、値切りに値切られて銀十枚だった。

権六の話によれば、清右衛門は妻のお亀を改めて見直したようだ。身を挺して護ってくれたばかりか、自分の子を身籠もったのだ。長年、望んでも出来なかった我が子が生まれる。大蔵屋の跡継ぎが出来たと喜んだようだった。

「銀十枚か、まあ、そのようなところだろうな」

元斎は権六に銀二枚、偽三郎に銀一枚を報酬として渡した。

「鶴、お前は見事に比丘尼の役を演じきった」

鶴は褒《ほ》められて元斎から銀一枚を与えられた。

「銭は極めて大切だ。二度と落とすでないぞ」

梅の懐《ふところ》にこっそり銭袋を差し入れたのを元斎は知っていたのだ。

「お前は甘い。情に流されたら騙《だま》し人はやって行けなくなる」

偽三郎は幾枚かの銭をじゃらじゃらと鳴らしながら、

「梅という女、これからどうするのでしょうかね」

誰に言うでもなく呟《つぶや》いた。

「河内長島の戦いで生き残ったのじゃ。逞《たくま》しく暮らしていくに違いない」

「元斎さま、一向衆の人はどのような心で死んでいったのでしょうか？」

鶴には一向門徒たちの気持ちを計り知ることができない。

「わしにもわからぬ。じゃが、武将に稼ぎを巻き上げられるよりは、法主顕如《けんにょ》に銭を喜捨《きしゃ》するほうがましだ。多くの門徒たちがそう思っているのは確かであろう。大名が課すよりも本願寺の年貢のほうが安い。それに法主の顕如は極楽往生を保証してくれる。それを信じて一揆に参加するのじゃ。これこそが現世利益。逆らえば破門になる」

元斎は懐から一通の文を取り出した。

それは本願寺の法主、顕如光佐《こうさ》が近江の門徒衆に宛てた書状だった。

『信長上洛に就き、此方迷惑せしめ候。去々年以来、難題を懸け申すに付きて、随分扱いをなし、彼方に応じ候といえども、その詮なく、破却すべきの由、慥《たし》かに告げ来たり候。この上は力及ばず候。しからばこの時、開山の一流退転なきよう各々、身命《しんめい》を顧みず、忠節をぬきんずべきこと有り難く候。併せて馳走頼み入り候。もし無沙汰の輩《やから》は、長く門徒たるべからず候』

永禄十一年（一五六八）八月、織田信長が足利義昭を擁立して京都に入った時、信長は足利将軍家再興の資金として矢銭五千貫文を出すよう本願寺に強要した。

本願寺側は致し方なく信長の命令に応じたが、信長は更に難題を突きつけてきた。それは本願寺御坊の大坂石山からの退去命令と思われる。もし石山から出なければ、寺内町を破却するという。

信長は石山本願寺の財力と、寺内町にある手工業や商業、交易などの経済力を支配するのが目的だ。大坂湾に臨む地の利を活かし、堺の商人と結んで渡唐船を建造し、明国と交易をする。また毛利氏のいる西国攻めの拠点ともなる。信長は涎《よだれ》を流すほどにこの地が欲しかった。

それを拒む顕如は信長との戦いを決意し、全国の門徒衆に檄文《げきぶん》を出したのだ。

「鶴、この御文の最後には何と書かれておるかな」

「もし無沙汰の輩は、長く門徒たるべからず候」と、鶴は声を上げて読んだ。

「そうじゃ。本願寺から破門されるのじゃ。破門された門徒はどうなる？」

元斎に問われたが、鶴にはわからない。

「本願寺領で村八分にあい、いずれは行き倒れとなる。死んだ後、極楽往生は許されず、地獄へ落ちる。門徒はそれが怖い。それゆえ本願寺に逆らえないのじゃ」

するとと偽三郎が横から口を挟んだ。

「これは見事な騙しの手口だ。逆らえば地獄に落ちて永遠に苦しむと恐怖を煽《あお》る。一方で一所懸命に修行して励めば極楽浄土に行けると優しく諭《さと》す。不安や恐怖を植えつけた後に安らぎを与える。鶴も人を騙す際、この技と語りの呼吸を忘れるな」

偽三郎は力強い口調で語った。

すると元斎は再び溜め息まじりに呟いた。

「織田側であろうと、本願寺側であろうと、下々の民は権力を握った者に支配され、利用され、虫けらのように殺されるのじゃ。だったらわしらのように自由気ままに生きるほうがよい。鶴、そうは思わないか」

鶴は少し考えてからこくりと頷《うなず》いた。

「元斎さま、私たちはこれからどこへ？」

偽三郎が尋ねると、元斎は即座に応えた。

「紀伊《きい》の国、由良《ゆら》の港。ここで弓太郎を待つ」

弓太郎がどのような新たな騙しを仕組んでいるのかを鶴は知らない。

「瀬戸に渡った弓太郎さんが由良の港に？」

「毛利水軍は石山本願寺に兵糧米を運び入れる。その米を少しいただくのじゃ」

いつも騙す相手や手口を教えてくれない元斎だが、この時はきっぱりと言った。

「兵糧米を奪う？」

鶴は驚いて元斎を見た。すると偽三郎が応えた。

「元斎さまはな、奪った兵糧米を売る相手を見つけようと和泉へ来たのだよ。その標的を大蔵屋清右衛門と決めたのだ。あの男は抜け目のない商人だ。今、大坂の戦乱で米が急騰している。俺たちが渡す米はいわくがあると咄嗟《とっさ》に見抜いたようだ。あの男は俺たちの米を安く買いたたき、大坂や堺に持って行き、高値で売るつもりなんだ。そこが狙い目となる。あの男の強い欲心に付け入って騙してやるのだ」

「毛利家はなぜ多くの兵糧米を大坂に運ぶのですか？」

「石山本願寺は長きにわたって信長軍に包囲され、兵糧が乏しくなった。門徒たちは飢餓に陥っているらしい。毛利家は窮状を訴えられた。それゆえ木津川の河口から兵糧米を石山本願寺に運び入れようとしておるのじゃ」

「激しい戦いの最中に米を奪うことなど出来るのでしょうか？」

鶴が不安になって訊くと、元斎は目を細めて笑った。

「戦いが過激になればなるほどよい。混乱の隙を突くのじゃ。弓太郎ならやれる」

「それにしても弓太郎の奴、思わぬところで思わぬことをしてくれたものだな」

偽三郎がポツリと漏らした。

「奇遇じゃな。不思議な縁《えにし》じゃ」

弓太郎は人を騙す時、蓑次郎という名をよく使っていた。

――やはり、お亀さんと情を交わした蓑次郎とは、弓太郎さんなの？

世間は狭いものだと鶴は思った。

「これから村々を巡る。二千の米俵と四千の麻袋を集めるのじゃ。忙しくなるぞ」

元斎は鶴の思いなど知らぬふうに歩きだした。

二

天正四年(一五七六)七月十二日、毛利水軍の大船団は瀬戸内の各港を発した。

毛利家は瀬戸内海の三島村上氏《さんとうむらかみし》を傘下《さんか》に入れて水軍を組織していた。

村上水軍は古くより海賊衆と恐れられている。瀬戸内海には大小三千あまりの島がある。海賊衆はおもに能島《のしま》、来島《くるしま》、因島《いんのしま》が中心となり三島村上氏と呼ばれていた。

多くの船には銅鑼《どら》が据えられ、船尾に大太鼓を据えた船もある。音頭取りの水夫《かこ》が両手に持った枹《ばち》で太鼓を打ち鳴らす。別の船からは銅鑼が鳴る。

それらの轟音《ごうおん》が海と空に響きわたった。

太鼓に合わせ、水夫たちが櫓《ろ》を漕ぎ始めると、雲霞《うんか》のごとく群がった軍船の舳先が波を切り裂いた。軍船に続いて六百艘《そう》の兵糧船が出航した。

弓太郎は兵糧船の一艘にいた。舵手《だしゅ》や水夫が乗っても、米八百石は積める船である。

米一石は二・五俵であり、二千俵が積み込まれていた。

毛利水軍は五万俵近くの兵糧を石山本願寺に搬入する。

——二千俵など少ない少ない。

海上を飛び交う鷗《かもめ》を眺めながら弓太郎は呟いた。

船には仲間が十人ほど乗っている。漕ぎ手たちの指揮を取る水夫頭。舵取りをする舵手の男。櫓を漕ぐ水夫たちは初めからこの船を奪う計画を知っている。

後は現地で雇った男たちで、本願寺門徒でない者を慎重に選り分けていた。

「周りに船奉行所の監視船はないか？」

弓太郎は水夫頭に近づいた。

「今のところそれらしき船はないようだ」

「毛利の輩がどこかで監視しているに違いねえ。用心しようぜ」

「ああ、海はいつも穏やかとは限らないからな」

「木津川河口で戦闘が始まるのはいつかな？」

「明日の夜明け前というところだろう」

弓太郎は水夫頭と話しながら暗い海を眺めた。

毛利水軍の大船団は目的地点の大坂木津川河口に向かって進んでいった。

夜明け前、木津川河口には大安宅船《あたけぶね》三艘を配置した織田軍が待ち受けていた。

織田方の巨大な三艘の安宅船はまるで海の上に聳《そび》え立つ城郭のようだ。

他に摂津、河内、和泉の兵の乗った武者船数百艘が河口を封鎖している。

まずは毛利軍の五十艘ほどの射手船が先陣を切って進んだ。

毛利輝元《てるもと》の将、児玉就英《こだまなりひで》の指揮のもと銅鑼が鳴り響いた。

「出撃！」

「かかれ！　突き崩せ！」

叫んだのは二十二歳の若き武将、村上景広《かげひろ》である。

村上景広の率いる関船《せきぶね》が織田水軍の先鋒船にぐんぐんと近づき、鉄炮を撃った。

織田軍の武者船からも鉄炮や矢が飛んでくる。

だが、海戦に巧みな村上水軍の動きはすばやかった。瞬く間に散開し、鶴が翼を広げたような隊形を成し、一直線に突進してくる織田軍を四方から取り囲み、一斉に鉄炮を浴びせかけた。

標的にされた織田軍の武者船の兵士たちが次々と撃ち倒されていく。

初めの小競《こぜ》り合いは村上水軍の圧勝であった。

これを機に毛利水軍の警固船三百艘が動きだし、十三日の夜明け間近、ついに木津川海戦の火蓋が切って落とされた。

村上水軍の関船から戦闘員の水夫たちが炮烙玉《ほうろくだま》を投げ入れた。炮烙玉には硝石《しょうせき》、硫黄、灰、樟脳《しょうのう》などを混ぜ合わせた火薬が詰め込まれている。炮烙玉が織田軍の大安宅船に的確に命中し、爆発が起こった。同時に紅蓮《ぐれん》の炎が立ちのぼり、織田軍の兵士たちが火達磨《ひだるま》となって海に落ちていった。間髪入れず炮烙玉が次々と投げ込まれると、続けざまに爆発が起き、大安宅船の船塀が破壊されていく。爆風に吹き飛ばされる兵士がいた。炮烙に焼かれて黒焦げになって海に落ちる者。悲鳴を上げながら自ら海に飛び込んでいく者。燃え上がった炎を消そうと躍起《やっき》になって船上を駆け回る者たちの叫喚《きょうかん》と怒号が沸き起こる。

形勢は一気に傾き、毛利水軍三百艘が瞬く間に木津川河口に攻め入った。

「今だ。兵糧船を運び入れろ！」

村上元吉《もとよし》の号令の下、銅鑼が打ち鳴らされ、大太鼓が叩かれると、各船頭たちが一斉に兵糧船の舳先を河口に向けた。六百艘に及ぶ兵糧船が木津川河口から淀川、芝崎の入り江に向かってなだれ込んでいく。

弓太郎はこの時を待っていた。

「今こそ……動く時……」

弓太郎と眼を合わせた仲間の水夫頭が乗組員に向かって告げた。

「これよりこの船を奪い取る。目的地は紀伊の国、由良の港だ」

仲間の水夫たちが「おう！」と応えた。

弓太郎の乗る荷駄船は六百艘の兵糧船から少しずつ離れ、進路を南に変えた。

由良は堺から十海里（約二十キロ）南に下った港である。

朝靄《あさもや》を突いて荷駄船は進み、六百艘の毛利兵糧船隊から離れて行ったが、気づく者はいないようだった。

「近くに監視の船はないようだ」

「運がいいぞ。しかし、不運はいつやってくるかわからねえ。神のみが知るってわけだからな。どっちにしろ俺たちはやるしかねえ」

「一息に由良の港近くまで漕ぎ進むのだ！」

水夫頭が命じると、水夫たちは「エッサエッサ」と声を掛けながら南に進んだ。

海面が白く揺らいでいる。

朝靄が立ち込める陸地の先に樹林が黒く霞んで見えてくる。

さらに進み、浜辺の白砂が見えてくると、樹林は緑の松林だとわかった。

「つるべを下ろせ」

水夫頭の指令で水夫が鉛の重りをつけた麻縄《あさなわ》を海中に垂らした。岩礁《がんしょう》の多い所ではこのつるべを使って海底を探りながら船を進めていかねばならない。一瞬の油断が命取りとなる。荷駄船は注意に注意を重ねながら少しずつ岸に向かって進んだ。

岩礁に波しぶきがあがっている。

付近には小魚が群れているらしく海鳥が飛び交っていた。

「ここで米商人と取引きをする。しばらく待機だ」

その時、朝靄を突いて三隻の荷舟が近づいてきた。

荷舟から赤い光が見える。松明《たいまつ》が焚かれ、海風に煽られて一瞬、消えかかったりしたが、円が描かれている。合図の印だ。

弓太郎は錨《いかり》を下ろすよう命じた。

三

鶴は三隻の荷舟のひとつに乗っていた。

和泉の大蔵屋清右衛門は疑い深い商人で比丘尼鶴を同船させたのだ。

比丘尼鶴に対して丁重に振舞ったが、人質のつもりのようだ。

荷舟が弓太郎たちの乗る荷駄船に近づき、接舷《せつげん》した。

清右衛門に雇われた十人ほどの厳《いか》つい男たちが乗り込んで行く。

鶴も清右衛門に手を摑まれて荷駄船に誘われた。

「蓑次郎さんとやらはどなたかな？」

清右衛門は声をあげた。

「私だ」と、弓太郎が進み出た。

「熊野のカラスはつつがなくお過ごしですかな」

清右衛門は比丘尼元斎と事前に打ち合わせた言葉を口にした。

「カアカアとうるさく鳴いています。村の米を八百石も食い荒らし、困ります」

弓太郎が合言葉と運び込んだ米の数を応えると、清右衛門は大きく頷いた。

「それは難儀な。私めがカラスの食い扶持《ぶち》をお支払いさせていただきましょう」

「ありがたいことです」と、弓太郎が応える。

弓太郎はどのように騙《かた》って毛利軍の兵糧船の一艘に乗り込んだのか。

戦乱の最中とはいえ、いかに抜け駆けしてここまで運んできたのか。

鶴は改めて弓太郎の手練手管に舌を巻いた。

今は米の値が高騰している。米一石を買うのに銭一貫文以上が必要だ。

だが、清右衛門は『米一石を五百銭ならば買う』と言った。

いわくありの米だと予見し、足元を見たのだ。

元斎は米八百石で銭四百貫文という半値の取引きに応ぜざるを得なかった。

「まずは米を確かめさせていただきましょう」

清右衛門は縦に裂いた竹の棒を俵の一つに突き刺した。

竹の筒を通って米がこぼれ落ちてくる。

「悪い米ではないようですな」

清右衛門は銭袋から銀貨を取り出した。銭四百貫文は銀二百枚である。

「確かにお預かりいたしました」

弓太郎は銀二百枚を受け取り、水夫たちに告げた。

「こちら様の舟への積み込み、手助けしてやってくれ！」

水夫たちが積み重ねた米俵を固縛した縄を切る。すると、清右衛門に雇われた男たちが米俵を担《かつ》ぎ、横付けされた荷舟に積み込もうと動きだした。

その時、予期せぬことが起きた。

いきなり岩陰から二艘の関船が出現したのだ。

松明を赤々と灯した二艘の関船には刀槍を構えた水軍鎧《よろい》兜《かぶと》に身を固めた男と水軍

陣羽織の侍たちがいた。因島村上氏の武将のようだ。

船尾には『丸』に『上』の字の村上家の紋旗が掲げられ、海風になびいている。

「まずい。船奉行所の侍だ」

弓太郎が舌打ちすると、水夫たちがうろたえた。

「船奉行所？」

清右衛門が顔を強張《こわば》らせた。

「岩屋港で見た村上水軍の船奉行所の侍だ」

「なんですと？」

清右衛門の顔が引きつった。

「監視の関船だ」

監視船の舳先に立つ侍たちは、鬼のような形相《ぎょうそう》でこちらを睨み付けている。

弓太郎の慌《あわ》て振りを見て鶴の心は乱れた。

数人の水夫たちは息を飲み、茫然《ぼうぜん》と立ち竦《すく》んでいる。

織田水軍との決戦の最中に、抜け駆けをする荷駄船を監視し、追尾してくるとは夢にも思わなかったようだ。

「お前ら、木津川河口に入る前に抜け駆けした連中とみた」

水軍鎧の侍が厳しい声をあげる。

「俺たちは……潮に流されてここに着いてしまったのだ」

水夫頭は許しを請うような口調で言った。

「黙れ、この期《ご》に及んで見苦しい。お前らが積み荷を密かに捌《さば》こうとしていることは明白だ。言い訳など通用せぬ。問答無用！」

監視船の鎧武者と水軍陣羽織の侍たちが一斉に剣を身構えた。

鶴は心の臓が止まる思いがした。

「仕方ねえ。おい、みんな、奴らを海の藻屑《もくず》にしてしまえ」

弓太郎は小剣を構えて叫んだ。

だが、半数以上の水夫はうろたえている。

清右衛門の顔に狼狽《ろうばい》の色が滲《にじ》んだ。

「私には……長年望んでいた跡継ぎの子が生まれる。こんな所で死にたくない。どうしたらいいんだ？」

「ここは俺たちに任せてひとまず逃げろ」

弓太郎は震えている清右衛門に向かって叫んだ。

「あんたらは？」

清右衛門はすでに腰が引け、逃げる態勢に入っている。

「なんとかする。迷惑はかけたくない。早く行け！」

「と、とりあえず渡した銭を返してくれんか」

「愚図愚図するな、死んでもしらんぞ」

問答している間にも二艘の監視船はみるみる近づいて来る。

「相手は小人数だ。蹴散らしてやるぜ！」

水夫頭と数人の水夫たちは剣や櫂を摑んで立ち上がった。

すると後方から来た二隻目の監視船に十人ほどの人影が浮かび上がった。

「ゲッ、あんなに大勢いやがったのか！」

弓太郎は驚きの声をあげた。

「くたばれ、外道め！」

「米を奪う悪党ども、叩き殺してやる」

鎧武者たちが次々と罵声《ばせい》を浴びせてくる。

「こうなったら死に物狂いで戦うしかねえ。一気に海に蹴落としてしまおうぞ」

弓太郎が叫ぶと、「オウッ！」と、櫂や剣を身構えた水夫たちが応えた。

「俺は死にたくねえ！」

長髪の水夫がいきなり海に飛び込んだ。すると「俺も死ぬのは嫌だ」と、数人の水夫たちも次々と海に飛び込んでいく。

「逃げるな。死ぬ気になって戦え！」

弓太郎は荷駄船に残った水夫たちに叫んだ。

清右衛門に雇われた男たちはそれを見て荷舟に跳び乗り、逃げ始めた。

だが、清右衛門は未練がましく荷駄船に残っている。

監視船はみるみるうちに漕ぎ寄せられ、荷駄船の右舷船腹に取りつき、鎧武者たちが次々と跳び移ってくる。

「！」

比丘尼姿の鶴は懐から小刀を出して身構えた。

「お前は邪魔だ。引っ込んでろ！」

鶴は弓太郎に弾かれ、船の端に激突し、したたか頭を打った。

弓太郎は左手で小剣の鞘をつかみ、右手で刀身を抜き放った。

水夫の一人が船首ちかくに置かれた水櫃をひっくり返し、鎧武者に向けてドッと水を撒き流したが、怯みもせずに躍り込んで来る。

弓太郎が小剣を突きたてて鎧武者に突進した。だが、鎧武者は巧みに躱《かわ》し、逆に弓太郎を斬撃した。弓太郎はウッと呻《うめ》いた。衣がぱらりと切れ、血が噴き出した。右の二の腕を斬られたのだ。

「弓太郎さん！」

朦朧《もうろう》とする意識の中で鶴は叫んだ。

衣を血に染めながらも弓太郎は小剣を振り回している。

水軍陣羽織の侍たちと水夫たちも激しく斬りあっている。命の危険を感じて新たに海に飛び込む水夫もいた。甲板はたちまち修羅《しゅら》の場と化した。

「舟を出せ。わしらには関わりのないこと。早く逃げるんじゃい」

蒼白になって見ていた清右衛門はついに雇った男たちに向かって喚いた。

「だけんど、まだ積んだ米俵はわずかだ。俺たちも戦ったほうが」

「阿呆《あほ》んだれ、このままだと打ち首もんだぞ。早うせんか」

清右衛門と残った雇われ男数人はあわてて荷舟に乗り移り、逃げ出した。

「奴らを逃がすな！　捕縛《ほばく》してどこの商人か正体を確かめるのだ」

鎧武者の一人が怒鳴った。

だが、弓太郎たちの抵抗で水軍陣羽織を着た侍たちは追うことができない。

その間に清右衛門たちの乗った三艘の荷舟は朝靄に紛《まぎ》れて逃げて行った。

三艘の荷舟がみるみる小さくなっていく。

するとと弓太郎はいきなり小剣を下ろした。

「もういいだろう」

鎧武者に向かって、にやりと笑って見せた。

水軍陣羽織を着た侍たちもフッと吐息をつき、笑みを漏らした。

鎧武者の男が弓太郎に近寄ってくる。

「銭は？」

「受け取った」

「米は？」

「五俵ほど持っていかれた」

「それは大きな損失だ。ふふふ……」

それから二人は高笑いした。

「奴ら、蜘蛛《くも》の子を散らすように逃げて行ったぞ」

数人の水夫たちが呆気に取られて二人を見た。

「どういうことだ？　いったいこれは？」

惚《ほう》けた顔をしていた水夫の一人がハッと気づいたように口を開いた。

「まさか……？」

鎧武者の男が兜《かぶと》を脱いだ。顔は偽三郎だった。

鶴は驚きの眼を瞠《みは》った。

偽三郎たちは清右衛門から銭を受け取った頃合いを見計り、奉行所の侍に扮《ふん》して襲ってきたのだ。

「偽三郎、お前、手加減して斬りつけろ。こんなに血が出てるじゃねえか」

弓太郎は右の二の腕を押さえた。

「お前がムキになってかかってくるからだ」

「そうじゃなくちゃ迫真の芝居にならねえだろう」

「だから俺も夢中で戦ったんだ。しかし傷つけるつもりはなかった。痛むか」

「当たり前だ。これが痛くなかったら化け物だ」

右肩から袖にかけて着衣は真っ赤な血で染まっている。

偽三郎が弓太郎の傷口を布で押さえたが、その布からも血が滲み出てきた。

新たに数人の水軍陣羽織姿の男が近寄ってくる。

「金造《きんぞう》、銀次《ぎんじ》、陣羽織を着た姿も似合うな。その赤ら顔も怖そうでよかった」

弓太郎が軽口を叩いた。

京都の商人を騙して安土の土地を売りつけた際、弓太郎の下で働いた二人だ。

「顔はもともと厳ついからな」

金造と銀次は笑った。

その時、長髪の水夫がずぶ濡れになって海中から戻ってきた。

「清右衛門という商人、なかなかしぶとい奴だったな。『死にたくねえ！』って俺が叫んで飛び込めば、あの商人も恐ろしくなって逃げると思ったのにな。銭の亡者は最後の最後まで銭にこだわりやがる。なかなか肝っ玉の太い男だったぜ」

長髪の水夫は苦笑いした。

「あの根性は見習いたいものだ。それにしてもお前の飛び込みがあったから幾人かの水夫たちはつられて逃げたんだ。ここまで働いてくれた分の報酬を払わずに済んだのはなによりだ」

弓太郎が呟《つぶや》くと、偽三郎は海面を見た。

「飛び込んだ連中は無事なのかな？」

「案ずるには及ばねえ。泳ぎは達者だ。岸辺までは遠くない。泳ぎ着くだろう」

水夫頭が応えた。

そこへ船奉行所の監視船に模した二艘目から元斎がやってきた。その船には侍の衣装をつけた十体ほどの藁人形《わら》が立ててあった。二艘目の監視船に多くの侍たちが乗っているように錯覚させるための替え玉藁人形だった。

「多くの兵士の人影を見れば、清右衛門はすぐにでも逃げる。そう思ったのだが、わしの読みは甘かったな」

元斎は渋い顔をしたが、小さな騙しを積み重ねて相手に不安や恐怖を与え、次第に混乱状態に追い込んでいく。その効果があったことは確かである。

「計画どおり、このまま朝靄に紛れ、由良の港まで行く。そこで米を捌《さば》くのじゃ」

由良は紀伊の国にある漁港だ。近くには廣八幡《ひろはちまん》神社があった。そこで米を売るつもりなのだ。和泉の商人大蔵屋清右衛門から銀二百枚を騙し取った。しかも銭と引き換えに渡すべき米はほとんどそのまま船に残っている。

鶴は元斎の策に改めて舌を巻いた。

荷駄船の先端が由良の港に向けられ、朝靄の立ち込めた海面を辷《すべ》り出した。

四

毛利水軍と織田信長軍の木津川河口での海戦は七月十四日の早朝まで続いた。

毛利方勢力はこの海戦に勝ち、多くの兵糧を石山本願寺に入れた。籠城した人々はしばらく食いつなぐことが出来る。一方、織田水軍は大きな痛手を被り、木津川水路は本願寺側に制圧されてしまった。

とりあえずは石山本願寺側が勝ったのである。

しかし、どちらが勝とうが負けようが、鶴にとっては関わりのないことだった。

元斎は水夫頭と舵手と長髪の水夫に銀一枚、他の水夫たちに銭五百文を渡した。

何も知らずに雇われた水夫たちは銭二百文で喜んで帰って行った。

今回の兵糧米乗っ取り計画は多くの人員と日数がかかっている。命の危険さえあった。それにしては儲けが少ない。大仕掛けな騙しにしては割りが合わないのではないかと鶴は思った。しかし、元斎は抜け目がなかった。

元斎は細工を施したのだ。まずは二千の米俵からそれぞれ半分だけ米を出す。出した半分の米は用意した二千の空の米俵に入れる。続いて砂を入れた四千の麻袋をそれぞれの俵の中心部に置いた。こうして中心部の半分が砂袋、周囲は米で覆われた俵が出来上がる。竹で米俵を突き刺した時、米粒が零《こぼ》れ出てくるように細工して買い手を騙し、売りつけるのだ。

「けち臭いと思わんでくれ。少しでも稼ぎを増やすことが肝心」

元斎はきまり悪そうな顔をした。

和泉を発つ時、元斎が『二千の米俵と四千の麻袋を集めるのじゃ』といった意味が初めてわかった。騙し人はつねに先を読み、事前の準備を怠ってはならない。これこそが騙しの極意だと、鶴は改めて肝に命じた。

米俵二・五俵で一石。米四千俵は千六百石となる。この時期の相場は米一石が銭一貫文。千六百石の米俵を八掛けで売れば約千三百貫文になる。

清右衛門から騙し取った銭四百貫文と千三百貫文を合わせれば銭千七百貫文ばかりの収益となる。人件費を払い、関船の借り賃、米俵、麻袋などの経費を差し引いても充分な利益となった。当然のことだが、偽三郎たちが着た水軍鎧や水軍陣羽織は事前に盗んだ物であった。

「元斎さまは何故、銭をこれほどまでに稼ぐのですか？　何に遣うのですか？」

元斎は多くの銭を貯めているはずだが、質素に暮らしている。

何かわけがあるに違いないと、鶴は思わざるを得なかった。

「懐の銭袋が軽いとな、心が重くなるのでな」

元斎は言葉を濁してはぐらかした。

「元斎さまは私に話してくださいました。『ほどほどの銭さえあれば飢え死にはしない。欲心を抱いて多くの銭を得ようと思うな。強い欲心を持てば必ず嘆きや哀しみに見舞われる』と。その元斎さまがなぜ多くの銭を？」

鶴が追い打ちをかけると、元斎は小さく溜め息をついた。

「世の中にはな、不幸な人が大勢いる。戦乱で家を焼かれた者。田畑を荒らされ、一粒の米も食えぬ者。親を失い、売られて行った娘。わしは京の四条河原で多くの乞食《こつじき》を見た。些細でも分け与えてやりたい。そう思っておるのじゃ」

「嘘をつけ！」

いきなり横合いから弓太郎が声をかけた。侮蔑する口調だが、顔は笑っていた。

「おいおい、鶴の前だ。せめて綺麗ごとでも言わねば納まりがつかんだろう」

「鶴は幼くないのですよ。見え透いた芝居など見抜いてしまう。頭領とはいえ仲間のはずです。元斎さまの真の狙いを話してくれてもいいんじゃないですかね？」

鶴も弓太郎に賛同して頷いた。

「おのれの心はおのれのうちに仕舞い込む。それがわしの流儀なのじゃ。わしの思いなど知ってもつまらぬものじゃ」

淋しげな顔をする元斎を見て、結局、鶴には真意を計ることが出来なかった。

「弓太郎こそ銭を貯めているそうじゃないか。どう遣うつもりなんだ？」

偽三郎が割って入り、冷たい視線を弓太郎に向けた。

「俺は騙しが好きなだけだ」

弓太郎は明るくなった空を見上げて言った。

「騙しは生きる喜びだ。俺は悪のかぎりを尽くしてきた。死ねば必ず地獄に落ちる。だから生きている限り、人を騙す喜びに浸っていたい。ただそれだけのことだ」

「地獄に落ちるのが嫌ならば、今からでも遅くはないぜ」

偽三郎が皮肉な目を弓太郎に向ける。

「御仏に仕え、善き行いを積めば地獄の閻魔《えんま》も少しは罪を」

「そうしようと幾度思ったことか……だが、無理だ。俺の血が騒ぎ、悪事に駆り立てる。騙しの喜びを感じてしまった俺はやめられなくなってしまった」

弓太郎は大きく溜め息をついた。

「刹那《せつな》の命を燃やすことしか生きる喜びを味わえぬのか。哀しい奴じゃ」

元斎は心から哀れむように弓太郎を見た。

鶴は弓太郎の気持ちがわかるような気がした。鶴も多くの銭を得ることなどに興味はない。贅沢も望まない。人を誑かした時の満足感。震えるような喜び。それが生きている証に思えた。そして何よりもこれからは侍や侍に加担する商人を騙して一泡吹かせてやりたい。そのことに生き甲斐《がい》を感じたいと思った。

「元斎さま、米俵を運ぶ支度がまもなく整います」

金造と銀次が走り来た。

近郷の村人たちが十数台の荷車に米俵を積み込んでいる。

「俵を積み次第、売りに行く。鶴、お前は弓太郎とここに残っておるのじゃ」

「私は元斎さまについて行きとうございます」

「深手を負った弓太郎を介護するのじゃ。三日で戻る。その後、京都を経て熱田《あつた》に向かう。お前も身を休めておくとよい。何か起きたら弓太郎の指図に従うのじゃ」

鶴は不満だった。

偽の米俵をどのように騙し売るのかをじかに見たかった。あまり好きではない弓太郎と残っていたくもなかった。だが、弓太郎の傷は気がかりでもある。あてがった布からは今も赤い血が滲み出ている。傷の手当てをしてあげなければいけない。

そう思って渋々ながら頷くしかなかった。

第六章　月夜の秘めごと

一

鶴は由良の港で元斎たちの帰りを待ち続け、三日目の朝を迎えた。

その間、懸命に弓太郎の傷の手当てをした。濁り酒で傷口を洗い、馬の脂を丹念に塗り込んで止血をする。それを何度も繰り返した。

「偽三郎の奴、初めから俺を傷つけようと企んでやがったんだ」

右腕の傷口から血が溢れ出るたびに弓太郎は舌打ちした。

「それは思い違いです」

弓太郎は聞く耳を持たない。

「鶴。よく聞け。元斎さまはな、大仕事はいつも俺に命ずる。今回も偽三郎ではなく俺を讃岐まで遣わした。京都の商人たちに安土の土地を騙《だま》し売る時もそうだ。なぜだかわかるか。偽三郎は信用されていないからだ。奴はそれを根に持っている。それで本気になって俺を斬りやがったんだ」

「勘ぐりすぎです。偽三郎さんは和泉の商人を騙すために真に迫ったお芝居を」

「違う。奴はわざと俺の利き腕の右手を斬りやがった。あいつは小狡い男なんだ。お前はあいつの本心をまだ見抜けていないのだ」

鶴は呆れた。

弓太郎の傷は少しずつ回復したが、無理に動かすと傷口から血が噴き出した。鶴は血で赤く染まった布を水際で洗っては乾かした。血の赤黒い色は落ちずに汚れてはいたが、乾かした布を丁寧に折り畳んで麻袋の中に納めた。

夕暮れになっても元斎と偽三郎は戻って来ない。鶴は不安になった。

その夜、遅くに金造が蒼白な顔をして戻ってきた。

「大変なことが起きた。米が盗まれた」

「なんだって？」

弓太郎が眉を曇らせた。

「廣八幡神社に行く途中で大勢のならず者に襲われ、荷車ごと米俵を奪われた」

「元斎さまたちはご無事なのですか？」

「ああ、手傷を負ったが、命に別状はない」

「よかった」

「ふざけるな。苦労して掠《かす》めた米だ。奪われるとは、間抜けにもほどがあるぞ」

弓太郎は憤然と叫んだ。

「襲った連中の陰で女が動いていたらしい」

「女だと？」

「和泉の商人、大蔵屋清右衛門に囲われていた女が陰で糸を引いていたのだ」

「お梅さんが？」

憎悪に満ちた眼で自分たちを睨《にら》み付けていた梅の姿を鶴は思い起こした。

「元斎さまや偽三郎の後をつけて来たらしいんだ」

まさか和泉から梅が後をつけているとは夢にも思わなかった。

「今、梅とならず者一味を探している。〝一足先に京都へ行くように〟とおっしゃられた。三条の橋の袂で逢えなければ、熱田に行けと」

金造はそう告げて、再び、元斎たちの許に戻って行った。

「胸くそ悪い！　阿呆んだれ！　大莫迦《おおばか》野郎！」

弓太郎は腹の虫が治まらないのか、天に向かって罵声《ばせい》を浴びせた。

その夜は松林の木陰で一夜を明かすことにした。

弓太郎はぶつぶつと呟きながら不貞腐《ふてくさ》れた顔をしていたが、

「美味いものを食わせてやる。お前は火を熾せ」と、海辺に走って行った。

鶴は潮騒を聞きながら火を熾し、鍋に入れた水を沸かした。

しばらくすると弓太郎が戻り、集めた海草を鍋に入れ、干飯《ほしいい》を放り込んだ。それを木碗に注いで鶴に差し出した。鶴は小枝を折った箸で湯漬を食べた。

汁を啜《すす》ると海の香りがした。ほどよい塩加減は実に美味である。

「美味いものを食えば心が安らぐ。怒りや憎しみも忘れられる」

弓太郎は湯漬を食べる鶴を見ながら言った。

鶴はふいに気づいた。弓太郎はひとつしかない木碗を鶴に渡して食べさせてくれたのだ。慌《あわ》てて湯漬を口にかき入れて木碗を弓太郎に渡した。

「慌てて食う奴があるか。食う喜びをもっと楽しめ。飯が美味《うま》いか不味《まず》いかはな、こしらえ方にあるんじゃない。味わう者の心にあるんだ。そのような道理がわからないようじゃ、いい女にはなれないぞ」

「元斎さまがおっしゃられるようなことを言うのですね」

「莫迦、これは持って生まれた俺の考えだ」

弓太郎にも優しい一面があるのだと、初めて知ったような気がした。

「鶴、お前の身体はふくやかになってきたな。肩も胸もだいぶ丸みを帯びてきた。そろそろ男を知ってもいい頃だな」

二カ月ほど前、草津の矢橋の船着き場に行く時と同じように、弓太郎は好色な眼で鶴の身体を舐《な》めるように見ている。

「あの時、お前は生意気な口を叩きやがった。俺が〝抱かせろ〟と言ったら〝いくら銭を貰えるの〟ってな。ならば持ってる銭をすべて渡そう。さあ、どうする?」

「お断りします。銭をすべて渡すなど、嘘は真に受けません」

「クッ、ほざいたな。だがよ、いつか必ずお前を俺の女にするからな」

弓太郎はにやりと笑い、湯漬を口の中に一気に流し込んだ。

その夜、鶴は眠れなかった。そばに横たわる弓太郎が突然、襲いかかってくるのではないかと気がかりだった。男に身を任すのが嫌なのではない。女ならばいつかは男に抱かれるものだ。清い身体が汚れてしまうなどという思いはまったくなかった。でも、弓太郎だけには抱かれたくない。弓太郎は多くの女を騙してきたらしい。現に和泉の大蔵屋のお内儀を騙して銭を奪い、子まで身籠もらせた。そんな男に身体を許したくない。弓太郎が寝返りを打つたびに身を硬くした。しかし、弓太郎は鶴の身体を求めて襲いかかっては来なかった。

翌朝、夜がしらじらと明け始めた頃、鶴は弓太郎と旅支度を整えた。

鶴は市女笠《いちめがさ》を頭に被り、白装束姿になった。帷子《かたびら》は裏地をつけておらず暑さ凌《しの》ぎになるので心地よい。これは麻の布で仕立てた単衣《ひとえぎぬ》である。

鶴は干飯を入れた小袋を持ち、衣や薬などを入れた麻袋を背負った。

弓太郎も大きめの麻袋を背負っている。

「そのような大荷物を背負っても大丈夫ですか？　傷口が開いたら難儀でしょう」

「余計な心配をするな」

「中に何が入っているのです？」

「余計な詮索をするな」

取り付く島もない。

弓太郎は港近くの村人に小舟を用意させ、船頭を雇った。紀伊の海を北に進み、大坂を渡って尼崎《あまがさき》まで行くつもりらしい。

「多くの海域に毛利水軍や村上水軍の関船《せきぶね》が残っている。無事に通れるかどうかわかったもんじゃねえ」と、船頭は愚痴《ぐち》りながら船賃を吊り上げようとする。

「わかってるよ。船代は充分にはずむぜ」

弓太郎が応えると、船頭は渋々ながら承諾した。

小舟は有田川《ありだがわ》河口、紀ノ川河口を右に見ながら進み、やがて岸和田《きしわだ》に着いた。

ここで少し休みを取って、一気に尼崎めざして大坂湾を進んだ。

船頭が予測したように大坂の海には数多くの毛利水軍の関船が見えた。織田水軍はこの海戦で敗れたものの、いつ巻き返しをはかってくるかわからない。木津川河口の制海権は毛利軍が押さえていたが、織田軍は石山本願寺の城をいまだに包囲している。一触即発で戦いは勃発《ぼっぱつ》する。それで毛利軍は各海域に関船を残していたのである。

木津川河口に差しかかると黒く焼け焦げた大きな残骸が見えた。

それは織田水軍の大安宅船の無残な姿だった。

尼崎に着くと弓太郎は船頭に幾ばくかの銭を与えた。

船頭が喜んで帰った様子を見るとかなりの額を渡したらしい。

町は織田軍の兵士たちが至る所にいて騒然となっている。

鶴と弓太郎は安宿で一泊し、船旅の疲れを癒《いや》すことにした。

どこの国でもそうだが、戦《いくさ》が起これば、それに便乗して商売をしようと人が集まってくる。戦いの混乱に紛れて盗みを働く者。戦場から鉄炮や刀などの武器、兜などを拾ってきて売る者がいる。傷に効くという薬を売る富山の商人もいた。安宿に泊まる者たちは胡散《うさん》臭い連中ばかりだ。

「血が騒ぐな。鶴、一緒に騙しを仕掛けてみるか？」

弓太郎が誘いをかけてきたが、鶴は断った。

自分が騙すのは侍か侍に加担する商人だけだと決めたからだ。

「ケッ、俺はな、実のところはお前となんか騙しの仕事で組みたくはねえんだよ。お前はな、人を誑《たぶら》かすなど出来やしねえ。どうせ未熟のまま終わる。いつまでも騙し人をやろうと思わねえで、はやく足を洗え」

小莫迦にする弓太郎を不快に感じた。

私を一人前の女と認めていない。つねに〝抱かせろ〟とからかうだけ。その気になれば、身体を奪える機会はあるのに、襲う素振りさえ見せない。

その夜、鶴は侮辱《ぶじょく》された悔しさで涙が溢れ、いつか必ず大きな騙しをやって、弓太郎を驚かしてみせると、心に強く誓った。

その後、鶴は弓太郎と三条大橋の袂で元斎たちが来るのを待ち続けた。

しかし、三日が過ぎても元斎たちと出逢えなかった。

「熱田に行くぞ。隠れ家がある。そこで必ず元斎さまに会える」

弓太郎が三条大橋を発ったので鶴も続いた。

「ここは通い慣れた道だ。楽しみながら行こうぜ」

何を楽しもうと言うのか、鶴にはわからない。

「なあ鶴、お前の足の指と指の間でもっとも感じるところはどこだ?」

弓太郎は好色な眼で問いかけ、クックックッと笑った。

「足の指と指の間でもっとも身体が疼《うず》くところはな、親指と親指の間だよ」

瞬時、戸惑《とまど》ったが、鶴は意味がわかって顔を赤くした。旅をしながらこのような話を弓太郎は楽しもうと言うのかと、呆れ返った。

栗田口に入ると樹々が鬱蒼《うっそう》と繁っていて風が心地よかった。しばらくの間、二人は黙々と歩き続けた。路がなだらかな登りになった時、弓太郎はふいに足を止めた。

「どうしたのです？」

鶴は眉を顰《しか》めている弓太郎を訝《いぶか》しく思って尋ねた。

「誰かにつけられている」

弓太郎はいきなり鶴の手を取り、足早に粟田口の山路を走り出した。

鶴は不安を胸に溜めたまま従った。

京都三条から大津までは約三里の道のりだ。

鶴たちは夏の陽を受けながら走り続け、ついに眼下に琵琶湖を望む地に着いた。

谷川沿いの道を下ると、途中に小さな木橋がかかっている。

「ここで俺は不気味な野郎に襲われた。命を落としそうになったんだ」

木橋を渡りながら弓太郎は呟いた。

「この橋を渡って少し下るとな。滝壺がある。そこで休むとしようぜ」

鶴は無言のまま頷《うなず》いた。さらさらと流れる谷川の水音を聞き、風に揺れる樹々の葉のざわめきを楽しみながら弓太郎について行った。しばらく下ると滝壺があった。轟々《ごうごう》と音を立てて水が流れ落ちている。前の日、激しく雨が降ったのか、水量が多い。水しぶきが霧のように辺り一面を覆っている。鶴は背負っていた麻袋を岩場に置き、両手を大きく開いて冷気を胸いっぱいに吸い込んだ。走り続けで足が棒のようだ。足の付け根や踝《くるぶし》を手で揉《も》みほぐした。

その時、いきなり背中を強く押され、鶴は岩場から滑り落ちた。

「逃げろ！」

弓太郎の叫び声がした。

岩場を滑り落ちながら振り向くと、弓太郎は鬼のような形相《ぎようそう》で一点を睨《にら》み付けている。その視線の先に二人の男の姿があった。

――私を逃がすために……弓太郎さんはわざと背中を……。

そう感じつつ鶴は悲鳴をあげながら滝壺に落ちていった。

岩場の上に眼光の鋭い男と巨体の男が立っていた。

「見つけた。見つけただ。見つけたぜ」

巨体の男が嬉しそうに口から炎を吹き上げ、

「今度こそ逃がしはしねえだ。ぐおぉぉ～っ、喰らいやがれ！」

と、大岩を持ち上げ、投げてきた。

大岩が凄まじい勢いで飛んでくる。弓太郎は大岩を避けようとした。だが、岩場についた右腕に力が入らずに身体が傾《かし》いだ。しかも運悪く岩苔に足を滑らせた。

直後、左脚の脛《すね》に衝撃を受け、激しい痛みが走った。大岩が当たったのだ。激痛に耐えながら必死に体勢を戻したが、左脚の脛あたりの骨が折れたのか、踏みしめることが出来ず、思うように走れない。

途中に二股に分かれた道があった。左の道は川沿いである。川から岸に上がった鶴に危険が及ぶといけない。咄嗟《とっさ》に判断して右の道を選んだ。鶴が傷口を塞ぐためにあててくれた血染めの布を解きながら弓太郎は右の道を下って行った。

岩場から駆け降りた火炎の世作は鼻息を荒くしながら追った。

「しぶとい野郎だ。足を痛めても走ってやがるだ。だがよ、あの走りならすぐに追いつける。今度こそぶっ殺してやるだ」

少し先を地獄の辰が走っている。二人は瞬く間に二股の道に辿り着いた。

「あの野郎、どっちに逃げやがっただ？」

火炎の世作は二つの道を代わる代わるに眺めた。

そして右の道の草むらに赤い血で染みた布が落ちているのを見つけた。

「こっちだ」

「どうして右とわかる」

地獄の辰が問いただすと、火炎の世作は厚い胸を反り返した。

「野郎は右腕に血の付いた布を巻いてやがった。怪我をしてたに違えねえ。俺が投げた岩で足も痛めた。慌てやがって傷口の布を落としちまっただ。奴が逃げたのはこっちに決まってるだ」

火炎の世作は右の道を指さした。

「世作、待て。奴は巧みな騙し人だ。わざとあそこに布を落としたのかもしれん。俺たちを誑かして誘導しようって魂胆かもしれないぞ」

「怪我したあいつにそんな余裕はねえはずだ」

「世作、奴を見くびるな」

「莫迦にするでねえ。俺はな、昔から勘が鋭いだ。今度は絶対に当たってるだ。違うって言うんならおめえが左に行けばいい。俺はこっちに行くだ！」

地獄の辰は瞬時、迷ったようだ。火炎の世作が向かった右の道と川沿いの左の道を見て眉を顰めた。そして意を決したように左の道に向かって走り出した。

三

右の道の繁みの中に弓太郎は隠れていた。

左脚の激痛でもはや歩くこともままならない。確実に骨が折れている。

追手からうまく逃れる策はないものかと必死に考えた。しかし、良いひらめきは浮かばない。全身に脂汗が浮かんでいる。額の汗を拭おうとしたが、利き腕の右手は思うように動かない。今更ながら右腕を傷つけた偽三郎を恨んだ。右腕が使えれば五寸釘を鋭く投じることが出来る。敵の首筋に突き刺せば倒せるのだ。

騙し人は殺傷をしないという不文律がある。だが、死ぬか生きるかの瀬戸際だ。相手を殺してでも生き延びなくてはならない。本気でそう思った。

その時、大股でゆったりと近づいて来る巨体の男の姿が見えた。

「蓑次郎、歩けねえのはわかってるだ。いつまでも隠れてねえで出て来やがれ！」

大男は懐《ふところ》から竹筒を取り出した。筒の栓を抜くと、中から液が零《こぼ》れ出てくる。液は油だった。それを口に流し込んだ直後、ブオォォォ～ッと火炎を噴射した。

おびただしい炎の威力で辺りの木の葉がチリチリと燃えていく。

「ほうれ、出て来ねえと焼け死ぬだ。蓑次郎、黒焦げになってもいいだか」

炎は弓太郎が隠れている藪《やぶ》を襲ってきた。弓太郎は困惑した。通常ならば走って逃げることが出来る。しかし、今は歩くことさえままならない。

弓太郎は意を決して藪から立ち上がり、すばやく五寸釘を投じた。

ビシュッ！　と、鋭い鉄釘が真一文字に飛んだ。初めの一撃が大男の腹に突き刺さった。弓太郎は大男の首筋を狙ったが、左手で投じたので外れてしまったのだ。

「臆病野郎め、そんな所に隠れてやがっただか！」

大男は腹に刺さった鉄釘を抜きもせずに弓太郎に突進してきた。

ビシュッ！　ビシュッ！　ビシュッ！　ビシュッ！　と、左腕で二撃、三撃、四撃、五撃と鉄釘を放った。だが、虚しい投撃だった。大男は襲来した鉄釘を次々と腕で払いのけた。二本の鉄釘が大男の左腕に突き刺さったが、それに構わず、どっと藪の中に躍り込んで来た。弓太郎は懐におさめた小剣を抜刀して突きたてた。剣先が相手の脇腹を掠めて空を泳いだ。

「さんざん俺を虚仮《こけ》にしやがって、許せねえだ！」

大男は弓太郎の両肩をむんずと摑み、膝を使って腹を蹴った。

「死ね、死ね、死ぬだ、死んでしまいやがれ！」

右腕が使えず、しかも左脚の骨を折った弓太郎は抵抗できない。幾度となく腹を蹴られ、臓腑《ぞうふ》が破裂するような激痛が走る。相手は今までの鬱憤《うっぷん》を晴らすかのように腹を繰り返し蹴り上げてきた。薄れる意識の中で弓太郎は死を覚悟した。

「テメエのような悪党はな。苦しんでのたうち回りながら地獄に落ちればいいだ」

最後の一撃が腹にめり込み、弓太郎は口から泡を吹いて意識を失った。

四

滝壺に落ちた鶴はしばらくの間、流れに身を任せていた。

鶴は泳ぎが得意だ。幼い頃、兄や姉に教わり川でよく泳いだものである。滝壺から下流に少しだけ流れて岸辺に泳ぎ着いた。衣も草鞋《わらじ》も濡れて重かったが、脱がずに群生する葦《あし》の中に身を隠した。男が川沿いの道を走り下って行くのが見えた。

鶴は弓太郎が心配になり、水辺の葦に身をかがめて隠れながら滝壺に向かった。

滝壺の周囲は静まり返っていた。岩場に鶴と弓太郎の荷袋が残っていた。

これからどうしたらよいのか、しばし考えあぐねた。なによりも弓太郎の安否が気になった。二つの麻袋を背負い、葦の繁みを進んだ。しばらく行くと二つに分かれた右の道に血の付いた布が落ちていた。弓太郎の傷口にあててあげた布だ。不安が高まってくる。葦をかき分けて進むと、道端の草むらに弓太郎が倒れていた。遠目で見てもひどい怪我を負っているとわかり、鶴は有らん限りの勢いで駆け寄った。

弓太郎はすでに虫の息だった。

「弓太郎さん！　弓太郎さん！　弓太郎さん！」

しがみついて何度も声をかけると、弓太郎はうっすらと目を開けた。

「鶴……鶴だな……無事だったか……よかった……はやく逃げろ」

「しっかりして！」

励ましたが、すでに手の施しようのないことがわかった。

「鶴、俺はな、その気になれば、お前を抱く機会はいくらでもあったんだぞ」

弓太郎の声は掠れて弱々しい。

「このような時に何を言っているのです」

「だがな、手込めにしたくはなかった。なぜだかわかるか」

鶴は黙ったまま首を横に振った。

「俺はな、お前の承諾なしには抱きたくなかった。自ら進んで俺に抱かれたい。お前がそう思うまで手を出したくなかったんだ」

由良の夜の浜でも尼崎や三条の安宿でも、弓太郎は襲ってこなかった。

「俺はな、鶴、いつかお前を俺の嫁にしたいと思っていたんだ」

「嘘……」

「ふふふ……確かに俺は嘘つきで情のない男だ。さまざまな女を騙して抱き、銭を巻き上げてきた。しかしな、いつまでも騙しの稼業で暮らせやしない。やがては捕まって獄門台で処刑される。だからな、いつかはまっとうな暮らしをしたい。そう考えていた。今まで稼いだ銭を元手に商売を始めたいと思っていたんだ」

話し続けると命を縮める。しかし、いまさら手当ての施しようはなかった。それなら今は話したいだけ話させてあげたほうがよいと鶴は思った。

「俺はな、鶴、前に京都の染物屋で美しい絞り染めの布を見た。金箔や銀箔を散らした紋様に魅せられた。刺繡も素晴らしかった。俺はその布を作った職人の所を訪ねて行った。作業場には絵模様の輪郭を縫い絞って多色に染め分けたさまざまな布があった。それらを見て汚れた心が洗われるような気がした」

弓太郎が何を話そうとしているのか、鶴にはわからない。

「その絞り染めの布は公家や僧侶の袈裟《けさ》などに用いられていた。じかに手で触れたとき、頭の中が真白になった。鶴、この織物が何かわかるか？」

「もしかしたら辻が花では……」

応えると、弓太郎は眼を細めて頷いた。

鶴は京都で桂女《かつらめ》が辻が花と呼ばれる織物を着ているのを見たことがある。だが、金箔、銀箔を散らした紋様はなかった。描き絵や刺繡などもなかった。手の込んだ高級な物は格式の高い公家が着たり、高僧が袈裟として身につけている。そう元斎から教えられたが、高価な辻が花を実際に見たことはない。

「美しい絞り染めの布を多くの人に着てもらいたい。そう思って職人になろうと思った。だが、俺には才がない。しかたなく反物を扱う商いをしようと考えた。呉服屋を商うには元手がいる。貧しい俺に銭はない。それゆえ有徳の人々を騙して銭を巻き上げた。俺は呉服の店を出すために多くの銭を貯めてきた」

吐く息が次第に弱くなっていく。鶴は何も言えずに弓太郎を抱きしめた。

「鶴、俺はな、漂泊の旅などしたくはない。銭を貯めて堅い商売をする。家を持ち、やがてはお前と一緒に地道に暮らしたい。ずっとそう思い続けていたんだ」

鶴は弓太郎の心の奥底の想いを知って驚いた。

「弓太郎さんは言いましたよね。〝騙しは生きる喜びだ。俺は悪のかぎりを尽くしてきた。死ねば必ず地獄に落ちる。生きている限り人を騙す喜びに浸っていたい〟と。

そして〝騙しを働く時は血が騒ぐ。その喜びを感じた俺は騙しをやめることが出来なくなってしまった〟と……」

「それは俺の強がりだよ」

鶴は衝撃を受けた。

弓太郎がまともな暮らしを望んでいるとは露も思っていなかった。

弓太郎は鶴に本心をすべて吐露《とろ》したと思った途端、意識が遠のくのを感じた。

鶴が顔を近づけて何か言っている。左手を延ばして顔に触れると、鶴の頬が濡れていた。顔がぼやけ、今まで騙した多くの女のように見えた。和泉で騙した大蔵屋の内儀のお亀のようにも見えた。

――お亀、すまない。

弓太郎は心のうちで詫びた。

出会った時、お亀は夫に裏切られ、窶《やつ》れていた。騙すには最適の女だった。旅先の興味深い話を聞かせてあげ、閑静な料理屋に入り、魚料理を食わせ、酒を飲ませた。石風呂で抱いてやると、みるみる艶《つや》のある女に変わっていった。逢瀬を重ねるうちに心が揺らいだ。お亀にいとおしさを感じるようになっていたのだ。

――もしもあの時、俺に店を出せるほどの銭があったら……。薄れる意識の中で今更ながら身勝手な言いわけをした。騙した多くの女の中でただ一人女房にしてもよい。将来、呉服屋を営んでいく伴侶としてお亀とならやっていける。そう思った。だが、あの時は呉服屋を営むだけの資金がなかった。京都で老舗の呉服屋を営んでいると嘘で固めたのだから連れて行くわけにはいかなかった。銭を貯めて店を出した時に迎えに行こうと考えた。しかし、五年も過ぎたら到底無理だ。それでお亀を諦めた。五年も経てば鶴は一人前の女に育ち世話女房になれる。鶴とならば一緒に真面目に商売をやっていける。弓太郎はそう考え始めていたのだ。

「俺はな、鶴。前に夢を見た。上京で一緒に呉服屋を営んでいる夢だ。お前と俺の子が炉端ですやすやと寝ていた。心安らぐ夢だった」

弓太郎の意識が遠のいていった。

鶴は吐息まじりの弓太郎の声を聞いた。

「鶴、お前は騙しの稼業を続けてはいけない。銀十枚を入れた銭袋を大男に取られ、ここに銭は一文もない。だがな、俺は多くの銭を隠し持っている。京都の吉田神社の境内に埋めてある。長い石段を登ったすぐ左の社《やしろ》の下だ。いいか、鶴、俺の隠し銭を掘り出せ。それを使って、俺の夢だった呉服屋を始めてくれ。俺の代わりにな」

鶴が応えずにいると、弓太郎は諦め顔をしながらも笑みを浮かべた。

「……わかったよ。鶴、お前の好きなように遣え」

そして、ついに死を覚悟したのか、弓太郎は息も絶え絶えに訴えた。

「お前はこれから一人旅をしなきゃならねえ。女の一人旅は危険だ。いざという時には俺の荷袋に入れた阿弥衣《あみぎぬ》を着るのだ。髪を切って男になれ。坊主に化けるのだ」

鶴は弓太郎の荷袋から衣を取り出した。阿弥衣とは法衣《ほうえ》であり編衣《あみえ》とも言われる。紺麻の通し襟で防暑、防寒を兼ね、各地を遍歴する上人が着ている衣であった。

「それを俺と思って……いざという時……身につけるんだ。くそ〜っ、こんなに早く死ぬと知ってたら……鶴、お前を力ずくで手込めにしちまえばよかったぜ」

弓太郎は薄笑いを浮かべ、ガクリと首を傾げて息絶えた。

鶴は合掌した。閉じた眼からボロボロと涙が溢れ出ていつまでも止まらない。

弓太郎ともっと多くの話をしておけばよかったと悔やんだ。

——ごめんなさい。弓太郎さん。

弓太郎の荷袋から取り出した阿弥衣を抱きしめた。阿弥衣の間から束になった小さな布裂《ぬのきれ》が数多く落ちた。裂には細かい刺繍が施されている。豪華な金襴の裂も幾つかあった。金襴は雲、宝珠《ほうしゅ》、草花、石畳、蔓牡丹《つるぼたん》など珍しい文様の物が多かった。名物の茶器を納める袋として、また名画、名筆を表装する布として貴重な裂である。これだけ見事な裂を集めた弓太郎は本気で呉服屋を始める気でいたのだ。さらに荷袋の中には大きな布があった。美しい絞り染めの辻が花だった。その布を広げて弓太郎の亡《なき》骸《がら》に掛けてあげた。頭から顔、両腕から胸、腰、足元にまで丁寧に被せて包み込んであげた。

――弓太郎さん、辻が花に包まれて、どうぞ安らかに死出の旅路を……。

鶴は再び、瞑目《めいもく》して掌を合わせた。

――お許しください。私は呉服の商いは致しません。

弓太郎の許を去りながら詫びた。

人を誑かし、騙し果《おお》せた時の震えるような喜びを鶴は失いたくなかった。これからは侍や侍に加担する商人を騙すのだと決めていた。

たとえ身は定まった土地で暮らしたとしても、心はいつも風に吹かれる木の葉のように流されている。魂は荒涼たる原野をさまよい続けてゆく。

人は無明世界を漂いながら旅をして生き続けるしかないのだ。

ふいに男の声がした。

「莫迦野郎、殺しちまったら元も子もねえじゃねえか」

見ると鋭い顔の男が大男を詰《なじ》っていた。

弓太郎を殺したのはこの二人だと思うと怒りが込み上げた。

「蓑次郎の仲間の娘っ子がいるだ。辱《はずかし》めを加えて隠れ家を吐かせればいいだ」

大男にいきなり炎を噴射され、鶴はたじろいだ。

「熱いか。俺はな、火炎の世作と呼ばれてるだ。焼け焦げたくなかったらお前の首謀者の隠れ家を言え。言わねえと殺すぞ。こっちにいるのは地獄の辰だ。気に入らねえ奴は構わず斬り殺す恐ろしい男だ。さあ、死にたくなければ白状するだ」

鶴は火炎の世作と名乗る大男に詰め寄られた。

「言わねえと、着てる物を焼いて素っ裸にしてやるだ」

鶴は襟首を摑まれた。吐く息が腐った魚のように臭い。思わず顔を背《そむ》けた。背後で地獄の辰と呼ばれた男が薄笑いを浮かべている。

鶴は懐に隠し持った小刀を握ったが、抗《あらが》っても無駄だと思った。

——辱めを受けたら舌を嚙み切って死ぬ。

たとえ殺されても熱田の隠れ家の場所は口にしない。そう覚悟した。

その時、予期せぬことが起こった。

一陣のつむじ風と共に黒い影が樹林の中から現れた。

と、思った瞬間、閃光が虚空を斬った。

「ぐわっ！」と、初めに火炎の世作の叫び声がした。続いて地獄の辰が横転した。

いきなり現れた黒い影の手に剣が握られていた。剣から血が滴り落ちている。

「闇夜の風！　てめえ、な、なんの真似だ⁉」

のけぞった火炎の世作が吠えた。胴部から血が溢れている。

地に倒れた地獄の辰も驚きの眼で見ていた。

「走れるか？」

闇夜の風と呼ばれた男が鶴の手を引っ張った。

鶴はわけがわからぬまま共に走り出した。

遠ざかる闇夜の風に向かって火炎の世作は怒声を浴びせた。

「裏切りやがったな、今度遭ったら、必ずぶっ殺すだ」

その時、風に舞って一枚の書き付けが落ちてきた。

地獄の辰が見ると『いくら責めても口を割るような娘ではない。手なずけて奴らの隠れ家を探る。連絡を待て』と、書かれていた。足の脛を斬られた地獄の辰は走り去る闇夜の颪を見送るしかなかった。腹部を剣で刺された火炎の世作もすぐに追うことが出来ず、怒りを込めて口から炎を吹き、書き付けを燃やした。

「小娘を手なずけて隠れ家を探るだと？　ふざけるでねえだぁ！」

火炎の世作が憎々しげに吠えると、地獄の辰は皮肉な笑みを浮かべた。

「あいつ、娘の色香に迷ったのではないだろうな」

「それはねえだ。あんな小娘、食っても熟した味などしねえだろうからな」

火炎の世作は腹から噴き出る血を押さえながら嗤《わら》った。

五

鶴は思わぬ成り行きに戸惑っていた。

火炎の世作、地獄の辰、そして闇夜の颪と呼ばれる三人は仲間として動いていたようだ。しかも弓太郎を殺した一味だ。

――闇夜の颪は仲間を傷つけてまで、どうして私を……。

鶴は思い出した。

琵琶湖畔にある石津寺に泊まった朝、弓太郎は〝安土で騙した商人たちの雇われ者かもしれません〟と、話していた。その一人がなぜ助けてくれたのか。闇夜の風の真意を知りたかった。しかし、それを見破られないようにしなければならない。

そう思った時、ふいに心の臓が凍りつくような恐怖を抱いた。

――この男、侍の匂いがする。

確たる証《あかし》はなかったが、闇夜の風から醸《かも》しだされる武威を感じた。

――探ってみたい。確かめてみせる。

鶴は震える心と身体を懸命に抑えて自らを励ました。


鶴と闇夜の風の奇妙な旅が始まった。

「なぜ、助けてくださったのですか？」

「幼き娘が責めさいなまれるのは耐えられぬ。そう思っただけだ」

「あなたはあの二人のお仲間のはずなのに」

「俺には其方《そち》と同じ年頃の妹がいる。それゆえ不憫《ふびん》に感じたのだ」

闇夜の風は優しい口調で語った。だが、心の裏は違う。

――この小娘を必ず手なずけてみせる。

闇夜の風はそう考えた。

「これからどこまで行く気なのだ？」

「鶴と呼んでください」

「応えたくないのか？」

「桑名《くわな》です」

闇夜の風の真意がわからぬ鶴は最終の目的地を熱田とは言わなかった。

「俺は闇夜の風と呼ばれている。暗い闇の夜でも眼が利き、走るのが速い」

闇夜の風は鶴の警戒心をほぐそうとして笑いながら頭を掻いてみせた。

それから蓑次郎を追ったわけを話した。京都の商人が安土城下町に店を出すために土地を買った。その土地の譲り状や手継証文が偽物だったと後でわかった。偽の文書を摑ませたのは蓑次郎と名乗る男であったこと。蓑次郎を捕まえるよう商人たちに指示されたこと。それらのいきさつを包み隠さずに話した。

相手の心を引き寄せるには、まずは自ら洗いざらいぶちまけて、心を開いたように見せかける。それが秘訣《ひけつ》だと闇夜の風は考えたのだ。

「俺たち三人はな、臨時に雇われた者にすぎんのだ」

——この男にはもっと深い裏の思わくがある。単なる荒くれ者ではない。

鶴にはそう思えてならなかった。

二人は琵琶湖を望む道を下り、陽が落ちる頃、大津の港町に着いた。

街道沿いには宿が建ち並び、白粉《おしろい》を塗った女たちが旅の男に声を掛けていた。

鶴が戸惑っていると、「何をしている、早く来い」と、宿の中に誘《いざな》われた。

夜、鶴は大部屋の窓から琵琶湖の漁火《いさりび》を眺めていた。

闇夜の凪は侍のごとき威圧する雰囲気を醸しだしている。同宿する人々は恐れを感じたのか、闇夜の凪に近寄らず、鶴に話しかける者もいなかった。

鶴が弓太郎の死を悲しんでいると、

「お前はまだ幼い。これからまともな生き方がいくらでも出来る」

闇夜の凪は静かに語り始めた。

「悪事を働き続けた者はな、必ず地獄に落ちる。まっとうに暮らせば、有徳の者と知り合える時が来るやもしれぬ。お前なら有徳の者と婚姻し、幸せな暮らしが出来るに違いない。女の幸せとは何かをよく考えるのだ」

鶴は眼を閉じたまま聞いていた。

「俺は京都の大店《おおだな》の商人を数多く知っておる。お前の器量なら家族に気に入られ、息子の嫁になれる。息子の代になれば大店を仕切る内儀になることも夢ではないぞ」

「あなたはどのような人なのです？」

鶴は闇夜の風の懐に飛び込もうと決意した。

「私とて女ですもの、豊かな暮らしをしたいです。婚姻とは長い間、夫婦が共に心をあわせて暮らすもの。お互いに抱いた夢を成し遂げようと努める人が相応《ふさわ》しい。悲しいですが、私の望みを叶えてくれる男に今まで出会ったことはありません」

闇夜の風は心に深く沁みたような顔をした。

「騙しを稼業にする者はな、自らの欲望を満たすためだけに生きておる。そのような輩《やから》と連れ添っていたら女は不幸せになるだけだ。本気で幸せになろうと願うならすぐに騙し人たちから離れたほうがよい。鶴、お前も心ではそう思っているのだろう」

「おっしゃるとおりです。心の奥底では騙しを厭《いと》いながらも、常に従うしかありませんでした。でも、今、わかりました。それは間違いなのですね」

「お前は幼い。それゆえ自らの秘めた魅力に気づいておらぬ。悪い夢から目覚めるのだ。そうすれば必ず幸せになれるぞ」

鶴は何度も頷いてみせた。

六

翌日、二人は大津を発って草津に向かった。

草津の町は元斎や偽三郎と騙しを働いた土地だ。湯に入り贅沢な料理をただ食いして逃げた宿がある。宿の主人とばったり会ったりでもしたら困る。

「石部《いしべ》の町までこのまま行きたい」と、鶴は告げた。

石部までは約二里ほどだ。夕闇が迫っていたが、闇夜の風は承諾してくれた。

途中、野洲川の岸辺で鶴は少し休みたいと頼んだ。

女の弱足での長歩きはさすがにきつい。

闇夜の風は渋々ながら頼みを受け入れてくれた。

――今宵こそ確かめてみせる。

鶴は河原に駆け降りて行った。

荷袋から布を取り出して川の水に浸す。弓太郎の傷口を押さえてあげた布だ。水に浸すと血が甦ったかのように布が赤く滲んだ。急に悲しみが込み上げてきた。鶴は亡き弓太郎を偲《しの》びながら赤く濡れた布で汗ばんだ首筋や胸元を拭った。それから懐に忍ばせた小刀を取り出して荷袋に入れた。これからの成り行き上、小刀を肌身から離しておいたほうが得策だと思った。

その後、鶴は小さく叫び、足を小砂利に滑らせて横転した。そのまま動けないふうを装って倒れていた。気づいた闇夜の風が近寄ってきた。

「どうしたのだ？」

「転んで足を痛めたようです」

鶴は立ち上がったが、ウッと呻《うめ》き声を発して左足を引きずった。

「無理をするな」

闇夜の風は左足に触れた。途端、鶴は悲鳴をあげた。

「足を挫《くじ》いたようだな。仕方ない、今宵はここで野宿するか」

鶴はいきなり背負われて繁みまで運ばれた。

闇夜の風は繁みに生えた下草を刈り集め、柔らかな草の敷物を作ってくれた。鶴をそこに横たえて火を熾し始める。鬱蒼と樹々の繁る森の中で一夜を明かすことになったのだ。月の光が暗い森の樹々の間から降り注いでいる。

「私は……」

鶴は唇をきつく結び、潤んだ瞳で闇夜の風を見つめた。

「あなたと離れたくありません」

鶴は小さな声で恥ずかしげに告げてしがみついた。闇夜の風は戸惑いのふうを装いながら成すがままに任せている。鶴は両腕を男の身体に巻きつけた。

「私の身体にあなたの優しさが滲みとおってくるような気がします」

鶴はぴったりと寄り添い、肌をこすりつけた。

「私は今宵、生まれ変わりたく思います。私を新たな女にしてください」

闇夜の風の蒼氷色の眼が月の光を受けて輝きを増した。

「騙しの仲間から離れたいと言うのだな」

闇夜の風は微笑して鶴の単衣《ひとえぎぬ》の裾に手を差し入れてきた。

身体を縮ませると、闇夜の風は固くなって震える鶴の乳房に触れた。

少しだけ抗ったが、鶴は突き放しはしなかった。

「男に抱かれるのは初めてか」

鶴は恥ずかしげに頷いた。

「私には一人だけ兄がいました。戦《いくさ》に巻き込まれて今は行方知れずです。あなたはその兄のよう……優しさが似ているのです」

鶴は意を決して衣の襟元を少しだけ開いた。真っ白な肌の一部が露わになる。

「もしもあなたさまが望むのでしたら、桑名にある隠れ家まで案内致します」

桑名は嘘だ。隠れ家は熱田にあった。

闇夜の凪は自ら進んで身を投げ出した鶴を優しく抱きしめた。

鶴の身体は華奢《きやしや》だ。月光に白く照らされた小さな胸は幼さが残っている。

闇夜の凪は勝ち誇ったような笑みを浮かべた。

「お前の仲間など俺はどうでもよい。だが、今後、いかなる仕打ちを受けるかわからぬ。桑名に着いたら俺にだけは隠れ家を教えてくれ」

「それほどまでに私の身を……喜んでお教え致します」

鶴は顔を近づけ、闇夜の凪の唇に触れ、舌を相手の口に入れた。しばらくの間、舌と舌を絡ませる。肌だけならこの男に触れられても仕方ないと鶴は思った。

「俺はな、お前が望むならいつでも騙し人たちを捕らえることが出来るのだ」

衣の襟を大きく開かれると、鶴の二つの乳房が露わになった。

闇夜の凪は薄桃色の乳首を撫でながらぽつりぽつりと語り始めた。

「お前は織田家と今川家で争った桶狭間での戦いを知っているか？」

「いいえ、存じません」

「知らぬが道理だ。十六年も前の戦さだからな。その戦さで駿河の大名〝海道一の弓取り〟と言われた今川義元殿が死んだ。義元殿亡き後、今川家は落ちぶれた。巷《ちまた》では義元殿の子息である氏真殿は愚か者だと噂されている」

義元が討ち死にした時、息子の今川氏真は駿府《すんぷ》の今川館にいた。当時の今川家には勢いがあった。即座に弔《とむら》い合戦をすべく尾張に攻め入れば、信長を倒せたかもしれない。だが、氏真は動かなかった。

「だがな、氏真殿は噂されるほど愚かな武将ではない」

闇夜の風は鶴の乳房を揉みながら話を続けた。

「義元殿が討ち死にした後の氏真殿の対応はすばやかった。戦さの三日後には家臣の三浦正俊《みうらまさとし》を遣わし、〝城を堅く固めるように〟と諸方の武将に書状を出している。三浦正俊とは今川家代々の重臣でな。氏真殿が幼い頃から守衆頭人《もりしゅうとうにん》を務めていた者だ。桶狭間の戦いの際は、氏真殿と共に留守居として駿府に残っていた武将だ」

闇夜の風は三浦という武将の名をことさら強調して語った。

「なぜ、そのような話をなさるのですか?」

乳房を揉まれながら鶴は囁《ささや》いた。

「黙って聞け。お前の頭領である元斎に関わりのある話だ」

そう言って鶴の唇を口で塞いだ。元斎の名が出たので思わず鶴はたじろいだ。

「その後、氏真殿はな、所領の安堵《あんど》や相論の裁許を行ない、検地の実施など領国の統治に専念した。それゆえ織田家を逆襲する機会を失ったのだ」

氏真は兵法よりも政《まつりごと》や文学を好む傾向にあった。

永禄九年（一五六六）には灌漑《かんがい》用水の整備、楽市政策、さらに徳政令を出すなど、領国経営に業績を残している。

「桶狭間の戦いから八年後、永禄十一年頃になると情勢は一変した」

闇夜の風は乳房に顔を近づけて熱い息を吹きつけた。鶴の乳首がみるみる硬くなっていく。身体の隅々に得体の知れぬ痺《しび》れが走り、鶴は身を捩《よじ》らせた。

「松平元康《まつだいらもとやす》殿に内通した者が次々と今川家を裏切ったのだ。武田家も攻めてきた。今川家は東と西から攻められて挟み撃ちになった。するとな、今まで氏真殿を支えていた有力家臣たちが我も我もと松平家、武田家に寝返ったのだ。その家臣の中には氏真殿側近の三浦氏もあった。いいか、これからが元斎に関わりがあるのだ」

言葉の端はしに侍の匂いを感じ、鶴の身体に鳥肌がたった。

「元斎はな、その時、三浦氏の家臣だったのだ。名を斎藤元兵衛《さいとうげんべえ》と言う」

鶴は驚きを感じなかった。元斎の立ち居振る舞いを見て、昔は武士だったのではないかと思ったことが幾度もあったからだ。

「元斎こと斎藤元兵衛はな、三浦家が氏真殿を裏切り、武田家に寝返ることに異議を唱えた。評定の席で〝主君である今川家を裏切ることはできない〟と、言い張り、三浦一族や主だった武将たちを評定の席で罵倒したのだ。それゆえ元兵衛は三浦家を追われた。自ら出て行ったという噂もある。その後、元兵衛は元斎と名乗り、忠実な家臣どもと徒党を組み、騙し人に落ちぶれたのだ」

闇夜の風は話に夢中になったのか、鶴の肌をもてあそぶ手を止めていた。

「お願いです。私にもっと触れて……」

まだ引き出したい核心に至っていない。

鶴は自ら闇夜の風の着物の裾に手を差し入れ、首筋から胸を撫でていった。

「老いた人などどうでもよいです。お情けをいただきたい。あなたが欲しいのです。あなたさまのすべてを知りたく思います。心も身体も……」

鶴は胸に顔を埋《うず》めた。

しかし、闇夜の風は自らのことを語ろうとはしない。

「松平元康殿の三河攻めによって氏真殿は領国を失った。さらに遠江《とおとうみ》も武田家に攻められた。戦いに敗れた氏真殿は駿府を追われ、掛川城に逃げ込んだのだ」

闇夜の風は家康《いえやす》を松平元康と言い続けた。

「さらに掛川城を松平軍に攻められ、氏真殿は降伏して開城し、駿河の東にある戸倉城に落ちて行った。ここに今川家は名実ともに滅びたのだ。それにもかかわらず、斎藤元兵衛は今川家の再興を夢見て奔走し、銭を集めている。愚か者だ」

闇夜の風の話が真実ならば、鶴には元斎の心がわからない。今川家の再興を願う元斎の振る舞いは虚しいとしか思えなかった。

「元兵衛は他にも目論見《もくろみ》がある。斎藤家の家臣は浪々の身となった。元兵衛は斎藤家の復活も夢見ているのだ」

鶴は両肩を押され、敷きつめた草の褥《しとね》に倒された。

長い黒髪がふわりと流れる。

闇夜の風は鶴の小さな肩と細い腰に覆い被さってきた。

それでも鶴は男の身体を突き放そうとはしなかった。

恥じらいを見せつつ甘えるような稚《おさ》ない身のこなしを懸命に演じて見せた。

闇夜の風が鶴の腰紐を解こうとしている。

鶴は尖った乳房を闇夜の風の口に含ませた。

闇夜の風の下腹部のそれはすでに屹立《きつりつ》している。

「元斎は各所に間者《かんじや》を放って不埒《ふらち》な動きをしておる。折あらば上様を殺そうと狙っている。上様は桶狭間の戦いで今川家を滅ぼす契機を作った迄《まで》のこと。しょせん今川家は滅びる運命にあった。執拗《しつよう》に上様を恨み続ける元斎は許しがたい男なのだ」

闇夜の風が上様と呼ぶ人は、織田信長のことだ。

――やはりこの男は侍だ。

闇夜の風が侍だと知り、恐怖で鶴の身体は石のように固まった。

幼き日の地獄の光景が甦《よみがえ》る。父や母、血に染まった村人たちの死骸。幼い鶴に向かって飢えた野獣のように襲来する雑兵の姿が浮かび上がった。

気がつくと、男は息を荒らげながら乳房にむしゃぶりついていた。

まるで母の乳房にすがりつく幼児《おさなご》のようだ。

――恐れていた侍もしょせんは女から生まれた生命《いのち》に過ぎない。

恐れが少しだけ遠のき、鶴の心に不思議な余裕《ゆとり》が芽生えた。

――人々を不幸に陥《おとしい》れる侍たちを憎む。

いきなり怒りが爆発した。だが、必死に抑えた。

「石山本願寺との戦いでな、上様は流れ弾に当たって足を負傷なされた。五月七日のことだ。本願寺の兵が撃った鉄炮ではない。元斎の手の者が撃ったのだ」

五月七日と聞いて記憶が甦った。大坂石山本願寺と程遠くない江口の里に泊まった夜、元斎は宿を出ていつまでも戻って来なかった。

闇夜の風の話を真に受けるならば、あの時、部下に信長の狙撃を命じた。だが、致命傷を与えることが出来ず、腹立たしく帰って来たのかもしれない。

「今川家の残党が上様を闇に葬ろうと動いている。それが誰なのか調べるよう俺は京都所司代に命ぜられた」

闇夜の風は鶴の腰紐を摑んだ。

「俺はならず者の闇夜の風と称して動き始めた。そしてな、首謀者が元斎と名乗る騙し人、すなわち斎藤元兵衛だと知ったのだ。元斎一味を一網打尽《いちもうだじん》にする。それが俺に課せられた使命だ」

鶴は耳を疑った。

「今のままだと、お前も極刑に処せられるぞ」

「あ、あ、あなたさまとの出会いに運命を感じます。鶴とお呼びください。あなたさまの女になりとうございます」

鶴は叫びともつかぬ声をあげた。

すると、闇夜の風は肌を触れられた悦《よろこ》びの喘《あえ》ぎと勘違いしたようだ。

「鶴……今より生まれ変わるのだ」

固く結ばれていた腰紐が解かれ、するりと鶴の身体から抜き取られた。闇夜の颪の舌が鶴の乳房から下腹部へと移ってきた。

鶴は最後の決意をし、左手で男の屹立したそれに触れた。そして熱く訴えた。

「お情けをいただく前に……あなたさまのお名を知りとうございます」

闇夜の颪は一瞬、躊躇《ちゆうちよ》したようだ。蒼氷色だった眼は淫らに充血している。

森に一陣の風が吹き、樹々の葉がざわめいた。

「俺は京都所司代、村井貞勝《むらいさだかつ》さまの家臣、野々村長清《ののむらながきよ》だ」

ぼそりと言って、鶴の下肢に覆われた衣の中に手を差し入れてきた。

「あっ、待って……」

鶴は悲鳴のような声をあげ、左手で男の屹立したそれを強く握りしめた。

闇夜の颪は一瞬、たじろいだ。

「障《さわ》りが……月のものが……」

鶴は身を捩って背を向け、両手で恥ずかしげに衣の裾を合わせた。

「この期《ご》に及んでいかなることだ？」

闇夜の颪は問い詰めながら鶴の衣の裾を広げた。若鹿のようにすらりと伸びた下肢《かし》が露《あら》わになった。と、その時、鶴の秘所にあてられた布が真っ赤に染まって濡れていることに気づき、闇夜の風は鼻白んで顔をしかめた。

「赤不浄《ふじよう》か……」

蔑《さげす》むように鶴を見た。

赤不浄とは血の穢《けが》れのことである。女が出産や月経で血を流すのは不浄とされていた。一方、死穢《しえ》を黒不浄と呼ぶ。人々が血の流出を忌み嫌うのは出血多量で死ぬことを恐れたからだ。血は人の命にとって大切なものであり、体内に宿る神聖な霊だと思われた。それゆえ神聖視された霊の多くが身体から出てしまうのは不浄なのだ。

この時代、障りの始まった女は家で暮らすことが許されない。しばらくの間、村外れに建てられた月小屋で暮らさなければならない。食事も別、井戸の水汲みも別にされてしまう。それほど赤不浄は忌み嫌われていた。

――人は男も女も同じように赤い血を宿している。

――血を忌み嫌うなら……侍たちは何故、人を傷つけて殺す？

鶴の脳裏に真っ赤な血を流しながら死んでいった村人たちの無惨な姿が甦った。

――女に出血の月役がなければ子が生まれぬのになぜ忌み嫌う？

――男の身勝手だ。

怒りを覚えながらも、わざと哀しげな顔をして闇夜の風を見た。

「うれしさのあまり、いきなり騒ぎが身に起こりました。でも、見捨てないでくださいまし。川に入って身を清めてまいります。私を可愛がってくださいまし」

鶴は衣の裾と襟を合わせ、腰紐を巻きながらよろよろと立ち上がった。

「河原まで背負って行ってやろう」

闇夜の風の声に優しさは感じられない。むしろ嫌悪の含みが籠もっていた。

「恥ずかしいです。私一人で禊《みそ》ぎを……」

闇夜の風は憮然とした表情で頷いただけだった。

繁みから出た鶴は荷袋を手に河原まで左足を引きずりながら進んで行った。

河原で滑って左足を挫《くじ》いたのは嘘。赤不浄も真っ赤な嘘。闇夜の風に抱かれ、最後の一線を越える寸前、賭けに出た。弓太郎の血がべっとり付いた赤い布を秘所にあてがい、月の障りが始まったように思わせたのだ。思いの外、闇夜の風は不快感を露わにした。女の血を忌み嫌うのがありありとわかった。

──女を卑しむ男は許せない。ひとつの魂を持った同じ生き物なのに……。

鶴は川の中に入って身を清めた。身体の禊ぎではなく、心の禊ぎだった。

それから潜って泳ぎ、河原に戻り、一目散に走り出した。騙し合いに勝ったのだ。

それにもかかわらず走りながら自らを恥じた。鶴は今まで恋をしたことがない。恋は清い心のありようだと思っていた。男と女が愛し合うのは互いに秘めた哀しみを慰めあい、安らぎを求め合い、夢を語り合い、それを確かめるために肌と肌を寄せ、肉と肉を絡《から》み合わせるものだ。女が男に抱かれるのは、尊び敬う相手と身も心もひとつになりたいと願う時だけだと固く信じていた。だが、その信念を自ら裏切った。身体を捧げる振りをして相手を騙し終えたという爽快感は抱けなかった。弓太郎の死で心が乱れていたのかもしれない。乱れた心に打ち克つすべなど思い浮かぶはずもなく、鶴は走りながら激しく泣いた。

今、元斎の心の奥の昏《くら》さや孤独な影の意味がはっきりとわかった。

鶴は元斎に拾われてからずっと旅を続けてきた。凍てつく冬の荒海を眺め、寒風を避けながら寄り添ってきた。春の山路で馬酔木《あしび》の花を手折《たお》って髪飾りだとはしゃいだとき、花が大きすぎると笑われた。足を挫いたときに背負ってもらったこともある。飢えに苦しみ、一緒に早春の山に入り、手を引かれながら草の根を探し廻ったこともあった。父のように敬ってきた元斎である。

鶴は足がもつれてよろけそうになった。しかし、走らずにはいられなかった。ひとつだけわかったことがある。

あれほど恐れていた侍とじかに渡り合えたのだ。

これからは侍と出会っても決して恐れを抱くことはない。それだけは確信できた。

風が強くなり、樹々の葉が激しく揺らいでいる。

次第に息が苦しくなり、心の臓が痺れてくる。ただひたすら走ることで自らの弱さと闘い、走るうちに煩悩が消え去ってくれればよいと鶴は願った。


その頃、闇夜の風は野洲川の河原に佇《たたず》んでいた。幾度か鶴の名を呼んでみたが、返事はない。周囲を探してみたが、やはり姿はなかった。

「迂闊《うかつ》にも小娘と思って甘く見た。しょせん男と女は狸と狐の化かしあいか」

闇夜の風こと野々村長清は苦笑いして夜空の月を見上げた。

「俺になびいておれば、幸せを摑めたものを……哀れな娘だ」

夜風を切り裂くように、闇夜の風は鶴を追って走り始めた。

第七章　野辺の七羅漢仏

一

鶴にとって初めての一人旅である。
弓太郎は死んだ。元斎も偽三郎も一緒にいない。
心細かったが、しっかりしなければと気を引き締め、草鞋《わらじ》の紐を強く結んだ。
亡き弓太郎の麻袋の中に坊主に姿を変える数珠や勧進《かんじん》の帳面が入っていた。
懐《ふところ》から元斎より譲り受けた小刀を出し、鞘を抜いて陽に翳《かざ》してみる。
刃が陽光を受けてキラリと光った。
鶴は石部から水口まで約三里の道をほとんど休みを取らずに歩いた。
京都所司代、村井貞勝の配下の者たちが元斎を狙っている。一刻も早く隠れ家の熱田に行き、知らせなければと気が急《せ》いた。

髪を切って短くし、袈裟《けさ》に着替える。顔に少しだけ泥を塗り、遠目には若い修行僧と見えるよう姿を変えた。

夜は御堂に泊まった。独り寝は淋しい。山賊や暴漢に襲われる怖さを抱きながら身体を横たえた。だが、歩き疲れたせいか瞬《また》く間に眠気が襲ってきた。時々、風の音で眼が覚めたものの危ない事態は何も起きず、無事に一夜を過ごすことができた。

夜明け前に御堂を発ち、二里半ほど歩いて土山《つちやま》に着く。

暑さはますます厳しくなってくる。

闇夜の風こと野々村長清が追ってくる。見つからぬよう時々、街道を避けて獣道を進んだ。この季節には藪から毒蛇が這《は》い出たり、虻《あぶ》や蜂に襲われたりする危険がある。藪の草むらや繁みの葉を注意深く払いのけながら進んだ。

土山から二里半ほど歩いて坂ノ下《さかのした》に到着した。

奪われた米は取り返せたのだろうか、元斎と偽三郎はどうしているだろうか、心配でたまらなかった。元斎も鶴の身を案じているに違いないと思った。

関《せき》では一軒の農家を訪れ、銭五文で握り飯を譲り受けようとした。ところが農夫は握り飯と梅干しを恵んでくれた。涙が出るほどうれしかった。鶴を幼い修行僧と勘違いしたようだ。鶴は念仏を唱えて五穀豊穣《ごこくほうじょう》を祈り、農家を去った。

夕陽が落ちる頃、山の中腹にある炭焼き小屋に忍び入り、一夜を明かした。

鈴鹿《すずか》の関から亀山《かめやま》、庄野《しょうの》。少し休んで石薬師《いしやくし》に着いた頃は疲れ果てていた。

その夜は名の知らぬ寺の境内《けいだい》の縁の下に潜り込み、昏々《こんこん》と眠り続けた。

寺の鐘で眼が覚めると空は白々と明けていた。境内の手水所《ちょうずどころ》で顔を洗い、口をすすぎ、手を清めた後、草鞋を新たに履き替えて寺を辞した。

四日市《よっかいち》から桑名。桑名から宮《みや》までは約七里の道程である。

船で渡れば一刻ほどで熱田の港に着く。

天候が荒れると、海は危険だ。だが、空には雲ひとつない穏やかな日和《ひより》である。八銭の船賃を払い、鶴は船に乗った。七里の渡し船は瞬く間に熱田の港に着いた。

港では一番先に船着き場に降り、物陰に潜んで乗っていた客たちを観察した。野々村長清など尾行する者がいないかを確かめた。

宮は熱田神社の門前町だ。幾つかの旅宿もあり、参詣するらしき者、商人、足弱の老人や女や子たちが次々と降りてくる。だが、不審な人影は感じられなかった。

それを確かめて鶴は隠れ家をめざして走り出した。

二

鶴は港から半里の道のりを走りに走った。

やがて木の間隠れに懐かしい家の屋根が見えてきた。隠れ家といっても特別な建物ではない。どこにでもある藁葺《わらぶ》き屋根の農家造りだ。生け垣越しに覗《のぞ》くと、日当たりのよい庭で数羽の鶏がミミズをついばんでいた。納屋の外には農具が置かれてある。のどかな光景だった。

今までの淋しい一人旅が嘘のように感じられ、鶴は安堵《あんど》の溜め息を漏らした。涙が溢れ出てきそうになったが、必死に抑えてもう一度だけ注意深く周囲を見回し、怪しい人影がないことを確かめ、庭に入って行った。

すると偽三郎が家の中から飛び出してきた。

「鶴、鶴ではないか。どうしたのだ、そのおかしな恰好は？」

鶴は偽三郎に駆け寄った。

心細さから解き放たれ、懐かしさとうれしさが込み上げてくる。

「無事でよかった。元斎さまが心配しておられたのだぞ。もちろん俺もだ。今までどこで何をしていたんだ。一緒にいた弓太郎はどうした？」

鶴の脳裏《のうり》にさまざまな想いが駆けめぐった。

土間に現れた元斎の姿を見た途端、たまらずに瞳からどっと涙が溢れ出た。

「弓太郎さんが……亡くなりました。火炎の世作という荒くれ者に……」

鶴が告げると、元斎も偽三郎も信じられないとばかり顔を見合わせた。

それから元斎は深い傷愴《しょうそう》の表情を露わにして深くうなだれた。

「惜しい奴を亡くしてしまったな」

偽三郎も手を合わせて黙禱《もくとう》した。

京都所司代、村井貞勝が配下の者たちに命じて元斎を探し回っている。その一人が野々村長清と名乗る侍であり、危険が迫っていると、鶴は告げた。

「鶴。その野々村という侍、よくお前を見逃したな。なぜ放してくれたのだ」

「私とて人を騙す手だては幾つも持っているつもりです」

「お前は甘い。そいつにつけられたに違いない。元斎さま、まずいですよ。早くここから立ち去ったほうがよいですよ」

「もはや手遅れのようじゃ」

庭の外に視線を走らせながら元斎が呟《つぶや》いた。

鶴が庭の先を見ると、生け垣の蔭に人の蠢《うごめ》く気配が感じられた。

一人、二人、三人、いや、多くの男たちがいる。鶴は心の臓が止まる気がした。

「愚かだな、鶴。お前はやはり後をつけられていたんだ」

偽三郎に睨《にら》みつけられ、鶴は消え入りたい思いになった。

「愚図愚図するな、すでに包囲されておる。家の中に逃げ込むのじゃ！」

鶴は偽三郎とともに土間に駆け込み、慌《あわ》てて戸を閉めた。

土間には元斎の配下の男二人がすでに剣を構えていた。

和泉の地で百姓男に扮し、清右衛門の妾宅に飛び込んだ権六である。もう一人は初めて見る男だった。さらに飯炊きの老婆が土間で震えていた。隠れ家とは言え、いつも大勢が寝起きしているわけではない。元斎の部下は常に全国を飛び回っていた。

鶴は草鞋履きのまま出居に上がった。

窓格子から生け垣の方に眼を凝らすと、男たちが何ごとか話している。男たちは渋染めのたっつけ袴に同色の脚絆《きゃはん》、筒袖上衣を身に着けていた。京都所司代の配下の者に違いない。総勢で十数人はいるようだ。

鶴は闇夜の風に嵌《は》められたと思った。騙《だま》して逃げたつもりが、逆に巧みに騙されて後をつけられてしまったのだ。自らの未熟さを嫌悪した。

その時、一人の男が庭に走り込んできた。その男の顔は痣《あざ》だらけで腫れ上がり、見るも無残だ。弓太郎の仲間の金造だった。金造は屋敷に向かって大声で叫んだ。

「みんな、聞いてくれ。この家は取り囲まれた。無駄な抗《あらが》いはやめるんだ。素直に出れば許してもらえる。死にたくなかったら武器を捨てて出てくるんだ」

金造はよろけながら必死に訴えている。

「金造の奴、何を血迷っている」

偽三郎は怒りに震え、拳で格子を叩いた。

その時、土間に隠れていた老婆がいきなり外に飛び出した。

「わしは飯炊き婆じゃ。雇われてここにおっただけなのじゃ、助けてくれ」

老婆はおぼつかない足どりで庭に走り出た。

すると、金造は老婆の手を取って垣根の外に誘い、再び、叫んだ。

「見たか。素直に出てくれば命は救われる。みんな、早く出て来い！」

室内に張りつめた気が漲《みなぎ》った。

庭の隅では鶏がコッコッと鳴きながら相変わらずミミズをついばんでいる。

その時、金造の背後に火炎の世作が現れ、口から紅蓮《ぐれん》の炎を吹き上げた。

すると驚いた数羽の鶏が散り散りに逃げ出した。

「とっとと出て来ねえと家ごと丸焼きにしてやるだ。こいつのようにな」

火炎の世作は金造に炎を吹きつけた。

「ぎぇ！」と、金造がのたうち回った。それでも金造は懸命に訴え続けた。

「弓太郎は死んだ。相棒の銀次も殺された。銀次は逆らって最後まで隠れ家を教えなかったからだ。無駄な手向かいはするな。みんな素直に出てきてくれ」

なおも必死に訴える金造の声が虚ろに響く。

「金造の奴、命が惜しいばっかりにこの隠れ家を教えやがったな。許せねえ。元斎さまの長年のご恩を仇《あだ》で返しやがったか」

偽三郎は声を荒らげた。

「出て来るだ、出て来い、早く出て来やがれ！」

今度は火炎の世作が叫んだが、屋敷から出て行く者は誰一人いない。すると火炎の世作は庭の外に眼をやり、垣根越しに蠢く侍たちに向かって怒鳴り散らした。

「奴らが出て来ねえのはな、テメエたちがいるからだ！　テメエたちに脅えて出て来やがらねえだ。とっとと立ち去りやがれ！」

火炎の世作が喚《わめ》き散らすと、垣根越しに隠れていた男の一人が姿を現した。

それは闇夜の風こと野々村長清だった。

鶴は愕然《がくぜん》となった。侍たちを連れてきたのはやはり野々村長清だったのだ。

「世作、お前の出る幕ではない。引っ込んでいろ」

「なんだと？　風野郎！　この隠れ家をテメエに教えてやったのは誰だと思ってやがるだ。俺だぞ。俺が腑抜《ふぬ》けの金造を痛めつけて隠れ家を吐かせただ。それを忘れたんじゃねえだろうな。〝引っ込んでろ〟だと、そんだ言い草はねえはずだ。わけのわからねえ男を集めやがって……そうか、テメエの魂胆《こんたん》がわかっただ。この家に隠された銭を一人占めする気だな。そうはさせねえだ！」

「世作、お前にも後で過分の褒美《ほうび》を渡す。この場は黙って立ち去れ」

「ふざけるな。テメエは俺の腹を剣で抉《えぐ》り、地獄の辰の脚を斬りやがった。辰は遅れをとってここに来ていねえ。テメエは裏切り者だ。今さら信じはしねえだ！」

闇夜の風の正体を知らないのだろう。火炎の世作は悪態をついた。だが、野々村長清はゆとりのある笑みを浮かべ、垣根越しに隠れている男たちを振り返った。

「この愚か者に関わっていたら埒《らち》があかぬ。構わぬ。一発撃って脅かしてやれ」

指令で鉄炮を持った数人が庭に現れ、一斉に銃口を火炎の世作に向けた。

「おもしれえ、撃ってみやがれ。テメエら一人残らず首の骨をへし折ってやるだ」

直後、鉄炮隊が発砲した。

ビシビシビシビシビシッと、銃弾が火炎の世作の足元に炸裂した。

「わっわっわっ！」と、世作は銃弾を避けようと飛び跳ねた。

その無様な姿を野々村長清は蒼氷色の冷酷な眼で眺めている。

「世作、俺の手の動き一つでお前は死ぬ。生きることも出来る。どちらを選ぶかはお前次第だ。さあ、どうする。次はお前の心の臓を狙わせてもよいのだぞ」

「くそっ、覚えてやがれ！」

世作は悪態をつきながら庭から表へと走り去って行った。

薄笑いを浮かべて見送った後、野々村長清は鉄炮隊に指令した。

「不埓な輩どもを一人残らず捕らえるのだ。逆らう者は撃ち殺せ！」

鶴はいたたまれなかった。泣きたい心持ちだった。

元斎はそれを察したようだ。

「鶴、萎《しお》れるでない。この隠れ家が知られたのは、お前の所為《せい》ではないようじゃ」

慰めるような眼で元斎に見られた。

「それはどうでもよいのです。ここから逃げる手だてはないのですか？」

「憂《うれ》えるな。手だてはある。今、権六たちが拵《こしら》えておる」

鶴が座敷の奥の納戸に眼を移すと、権六ともう一人の男が大箪笥《だんす》を動かしていた。

やがて大箪笥の裏側の床板が剝がされ、人が潜り込める小さな穴が開いた。縦穴だ。家の外に出られる抜け穴に違いない。

その時、鶴は庭の植え込みの蔭に潜んでいる男の姿を見つけた。地獄の辰だった。鋭い眼差しで元斎を凝視している。元斎の眼も地獄の辰に釘付けになっている。

「元斎様、某《それがし》が斬って出ます。その間に隠し穴から脱出を！」

部下の男が囁《ささや》いた。

その声を打ち消すかのように、庭の方で鶏がけたたましく鳴き声をあげた。数羽の鶏が野犬にでも追われているのか、鳴き声はしばらく続いた。

「秀親《ひでちか》、お前を死なすわけにはいかぬ。共に逃げるのじゃ」

元斎は威厳のある声で言い、杖を手にして一同を隠し穴のある納戸に誘った。

「某と権六はここに残り、隠し穴を塞ぎます。それから時を稼ぎ！」

終わりまで言う前に秀親と呼ばれた男はいきなり元斎の背を押した。

「早まるな秀親、権六！」

ふいを突かれた元斎は二人の名を叫びながら穴に滑り落ちて行った。

「偽三郎、鶴、元斎様を無事に連れ出してくれ」

秀親に言われ、偽三郎は「おうっ！」と、応えて自ら穴に飛び込んだ。

鶴は躊躇《ちゅうちょ》した。直後、権六に落とされた。

三

穴は涸《か》れた古井戸だった。鶴の背丈の三倍ほどの深さであり、底に落ちると、元斎と偽三郎が重なるように倒れていた。先は横に掘られていた。身を屈めれば進める広さだ。横穴を辿《たど》れば外に出られると思われた。

頭上で床板が嵌められる音がした。権六と秀親が隠し穴を塞いでいるのだ。二人は元斎こと斎藤元兵衛の昔からの家臣だったに違いない。

鶴は侍の忠義を改めて知る思いがした。

直後、頭上で数多くの足音が聞こえた。侍たちが一気に攻め込んで来たのだ。鉄炮の破裂音も聞こえた。権六と秀親がいくら手練《てだれ》の武士といえども、あれだけの数の敵を相手に活路を見いだすことは難しい。権六と秀親は死を賭して、元斎、偽三郎、鶴を護ろうとしてくれたのだ。それを無駄にしてはいけない。鶴は横穴の先を見た。奥は薄暗く、先は何も見えなかった。

〝人の一生はな、先の見えぬ暗い道を歩むようなものじゃ〟。

以前、元斎が呟いた言葉を思い出した。今はまさに暗く狭い穴を進むしかない。そう決意した時、元斎の異変に気づいた。

「滑り落ちた際、元斎さまは足を挫《くじ》かれたのだ」

偽三郎は困惑した顔で鶴を見た。

「鶴、偽三郎とともに先へ行くのじゃ」

元斎が顔を顰《しか》めて呻《うめ》くように言った。

「偽三郎さん、一緒に元斎さまを！」

鶴は横穴の先に身を移して元斎の手を引っ張った。偽三郎も元斎の腰を抱えて前に移動させようとした。その時、頭上から数多くの声が聞こえてきた。

「いないぞ。どこかに隠れているはずだ。抜け道があるかもしれん。探すのだ！」

座敷や台所や納戸を走り回る男たちの足音がする。

「いずれはこの穴を見つけられてしまう。偽三郎、鶴を連れて逃げるのじゃ」

元斎が声をかけると、

「わかりました。鶴、ついて来い！」

鶴の予測に反して偽三郎は一人で先を進み始めた。

「待ってください！」

鶴は驚いて偽三郎を追った。偽三郎は腰を屈めながらずんずんと先を進んでいく。

鶴は懸命に追いかけ、偽三郎の腰紐を掴んで引き止めた。

「偽三郎さん、元斎さまを置いて行く気ですか」

「元斎さまはな、お前を連れて逃げろと命ぜられた。逆らうわけにはいかないぜ」

「それは本心ですか？」

鶴は問い詰めるように言った。

「なんだ、その眼は！」

「あの時の話は嘘だったのですか？」

「あの時の話？」

「そうです。京都であなたは言いました。〝元斎さまは命の恩人だ。だから俺は元斎さまに一生ついていく〟って」

「時は刻々と動いている。時に流れがあるように人の心も流れる。変わるのだ。京都での話は昔のことだ」

「ひどい。それでは幼い頃、悲田院で育ったという話も？」

「それは本当だ。それがどうした」

偽三郎は腰紐を掴んだ鶴の手を振りほどこうとした。だが、鶴は離さなかった。

「悲田院にわずかだけれど銭を届けているというのは？」

「その話を真に受けていたのか？」

「あなたは言いました。〝幼い頃、悲田院には世話になった。恩返しのつもりで銭を送っている。騙しの稼業をしている罪滅ぼしの思いもある〟って」

「鶴、俺は幾度も言ったはずだぜ。騙しを職とする者はな、おのれ以外は誰も信じてはいない。信じてもいけない。いつでも仲間を裏切るってな」

鶴はこの時、初めて悟った。偽三郎は平気で仲間を裏切る男だったのだ。京都の上京で偽三郎が眼を潤ませながら語った多くは偽りだった。

「いいか、鶴。俺は騙しの手口をお前にいろいろ教えてやった。これからはお前なりに生きていけ！」

偽三郎はいつも鶴にやさしかった。いろいろと教えてくれもした。だから鶴は偽三郎が仲間を裏切るような男ではないと信じていた。ところが命が危なくなると、恩ある人さえも置いて逃げて行ってしまうのか。鶴は愕然《がくぜん》となった。その鶴の手を偽三郎は力を込めて振りほどいた。鶴の手から偽三郎の腰紐が離れた。

「鶴、人は誰でも天涯独りきりなんだ。誰にも頼らず生きるしかないんだ」

「あなたは間違っています」

「黙れ！　元斎さまはおっしゃられた。〝騙し人は慈悲の心など持つべきではない。哀れみの心など捨て去れ。一度悪事を成すと決めたら天の命じるままに押し通すのじゃ〟とな。俺はその教えを守るだけだ。鶴、いつかどこかで逢う日があるだろう。その時、俺の心がわかるに違いない。それを願っているぞ」

腰を屈めながら偽三郎は進み去った。

「偽三郎さん！」

鶴は声を限りに叫んだ。すると、穴の先から偽三郎の声が聞こえてきた。

「元斎さまはもう終わりだ。由良の港で米を奪われた時からツキが落ちたんだ。運から見放された。これから先、元斎さまに付いても良いことは何もないぞ！」

鶴はその声を虚しく聴きながら横穴を戻った。

足を引きずりながら少しずつ進んできた元斎は険しい顔をした。

「戻ってくる奴があるか。早く先に逃げるのじゃ」

「いいえ、ご命令でも逆らいます。私は私の意のままに動こうと決めたのです」

鶴は元斎の肩を支え、腰を屈めながら横穴を進んだ。

「元斎さま、少しだけうかがっても宜しいでしょうか？」

「うむ？」

「今川氏真様はもはや武将として生きる気はないのでしょう。それなのになぜ？」

鶴の問いかけに元斎は黙った。多くの事情を鶴が知っていると悟ったようだ。

しばらく横穴を進んでから元斎は口を開いた。

「氏真殿はな、優れた歌を詠《よ》まれている。見事なものじゃ。確かに武将には似合わぬお方だ。この戦乱の世で大名として国を治めていく器量はない。じゃがな、氏真殿が生きている限り、名門の今川家は脈々と続いていく。わしは少しでもお役に立てればと思っておるのじゃ」

鶴は首を傾《かし》げた。侍の矜持《きょうじ》というものなのかもしれないが、得心できなかった。

その時、背後から男たちの声が聞こえてきた。

「この穴だ。この穴から逃げたのだ。追え！　一人残らず殺すのだ！」

鶴は焦った。元斎も足を引きずりながら杖を支えに必死に前へ進もうとしている。声がみるみる迫ってくる。鶴も元斎も息を乱し、全身汗だくになりながら狭い穴の中を前へ前へと進んだ。気づくと、横穴がなだらかな上りに傾いていた。やがて前方に光が見えだし、あと少しで地上に出られるのだとわかった。

「いたぞ！　悪党がいたぞ！」

振り向くと、侍たちが腰を屈めながら迫って来るのが見えた。狭い横穴の中では縦一列にしか進めない。数はわからなかったが、四、五人はいるように思えた。

「鶴、ここを抜け出しても、やがては捕まる。お前はすでに承知しておるだろう。奴らの狙いはこのわしじゃ。騙し人の元斎ではなく、信長を狙う斎藤元兵衛なのじゃ。よいか、鶴、ここを出たら熱田の杜《もり》に逃げ込むのじゃ」

「私一人では嫌です。元斎さまと一緒でなければ！」

言った途端、遂に鶴と元斎は穴から這い出ることができた。

穴の外は鬱蒼《うっそう》たる竹林であった。陽光が雨のように降り注いでいる。振り向くと、元斎が穴の近くの繁みで、腰を屈めていた。

「元斎さま、いかがなされました？」

「……」

元斎は無言のまま少し呻いただけである。

鶴は近寄って元斎の肩を支え、竹の繁みの中を必死に逃げた。しかし、追手の侍たちが穴から這い出て、あっと言う間に迫ってきた。数は五人だ。

元斎は鶴を庇《かば》うようにして振り向いた。手にした杖を左手に持ち、右手で柄を摑んですらりと抜き放った。仕込み杖だった。刃の先が竹藪の中でキラリと光った。

「老いたとはいえ、腕は錆びておらぬ。妻や子のいない者からかかってまいれ！」

元斎は仕込み杖を中段に構えた。

「鶴、はやく行け！」

だが、鶴は逃げずに懐から小刀を取り出して身構えた。

鶴は折に触れて小刀の扱いを元斎から教えてもらっていた。

直後、「ガッ！」と、侍の一人が元斎に斬りかかった。刹那《せつな》、一条の光が閃《ひらめ》いた。

と、見る間、元斎の仕込み杖が相手の剣先を払い、真一文字に突き出された。

「ぐわっ！」と、侍は叫んで剣を落とした。

右腕から血が溢れている。侍は左手でその傷口を押さえながら後退った。

「騙し人は殺しを好まぬもの。命を奪うつもりはない。だがな、腕の一、二本は失う覚悟をしてもらおうぞ」

元斎は再び鋭い眼で侍たちを睨み付けた。それに怯《ひる》むことなく侍たちはじわじわと間合いを詰めてくる。鶴は胸が締めつけられる思いを抱きながら身構え続けた。

その時、近くの繁みがガサッと揺れ、横合いから地獄の辰が現れた。

鶴は驚愕《きょうがく》した。

直後、地獄の辰は突進して元斎に斬撃《ざんげき》を浴びせた。ふいを突かれた元斎は体勢を入れ換える間もなく、地獄の辰の一太刀を腹に浴びた。衣が裂け、ドバッと血が噴き出した。血潮は竹林に噴き上がり、散った飛沫《しぶき》で竹の葉が真っ赤に染まった。

「元斎さま!」

鶴が駆け寄ろうとすると、倒れた元斎が掠れ声で訴えた。

「鶴、熱田の杜まで逃げろ」

鶴は元斎のもとに行こうと足を踏み出した。その刹那、地獄の辰に剣を突かれた。からくも身をかわし、斬撃を避けた。だが、地獄の辰は二撃、三撃を鋭く浴びせてきた。鶴は必死に横っ跳びしながら避けたが、じりじりと後退せざるを得なかった。

「鶴、野辺の石仏をわしたちだと思って手を合わせることを忘れるな」

大の字に倒れた元斎が弱々しい声をあげ、ガクリと首を傾げた。その衣は胸から腹にかけて真っ赤な血で染まっていた。

──元斎さまが……死ぬ。

鶴の心は凍りついた。

直後、地獄の辰が鶴に斬りかかった。その太刀を避け、後ろに跳んだ。地獄の辰はさらに斬撃を繰り返してくる。鶴は竹林の中を懸命に走った。ふいに気づくと繁みの中に隠れている人の影が見えた。偽三郎だった。元斎と鶴を按じて戻ってきたのか、ただ様子を探っているだけなのか、鶴にはわからない。いずれにせよ元斎が死ぬと見知ったに違いない。鶴は怒りに涙を溢れさせながら走り続けた。竹林を抜けると眼の前に大きな川が流れていた。瞬時、戸惑《とまど》って川を見つめた。直後、背後に迫った地獄の辰が剣を突き出した。ゾッと身震いした途端、鶴は足を滑らせ、体勢を崩して川の中に転がり落ちた。

四

鶴は暗黒の世界へ引きずり込まれる気がした。

胸が締めつけられて苦しい。意識が薄れたが、水中で体勢を整え、息を止めたまま浮き上がった。水面に顔を出して断続的に息を吐く。ゲボゲボッと咳き込んで少しばかり水を飲んでしまったが、慌てずに流れに身を委ねた。

夕陽が川面を照らしている。岸辺の葦が風にそよいでいる。

鶴は昔、元斎とこの景色を眺めたような気がした。そして思い出した。この川を下れば伊勢の湾に流れ着く。すると熱田の杜は左岸にあるはずだと気づいた。しばらく泳ぎ、葦の生い茂った左岸の土手に辿り着いた。斜面に足を取られて滑ったが、懸命によじ登った。

少し進めば本遠寺《ほんのんじ》という寺があり、その先が熱田神社のはずだ。

鶴は泥まみれになった草鞋を脱ぎ、ずぶ濡れのまま熱田の杜に向かって走った。

だが、不運は続いた。

本遠寺の近くに辿り着いた途端、門前に火炎の世作が立っていたのだ。

火炎の世作は脱兎《だつと》のごとく突進してきた。

鶴は慌てて踵《きびす》を返し、右折して南に向けて走り出した。

火炎の世作は獲物を絶対に逃がさない野獣のように追ってきた。

「もう逃げられやしねえ。銭はどこだ。隠れ家のどこかに銭壺があるに決まってる。隠し場所を言え。言えば命は助けてやるだ。こら、止まれ！　止まりやがれ！」

鶴は何を言っているのか、初めはわからなかった。やがて今まで元斎が稼いだ大量の銭の在り処《あか》を知りたいのだと気づいた。火炎の世作は大量の銭が壺に納められ、家のどこかに隠されていると思ったのだろう。家捜しをしたが、見つからないので苛立っているに違いない。

——私だって元斎さまが銭をどこに隠し蓄えたのか知るものですか。

眼の前に熱田の杜が見えてきた。あと少しで境内に逃げ込むことができる。

そう思った時、別の道に地獄の辰の姿が見えた。

鶴は衣の裾をたくし上げ、全速力で鳥居を抜け、境内に駆け入った。

直後、火炎の世作に追いつかれ、後ろ襟首を摑まれてしまった。

「足の速え小娘だ。だが、もう逃げられはしねえだ」

鶴は息を荒らげる火炎の世作を睨み付けた。弓太郎を殺した憎き仇《かたき》だと思うと怒りが込み上げた。後から境内にやって来た地獄の辰は皮肉な笑みを浮かべている。

「小娘、あの爺ぃが貯めた銭はどこだ」

「存じません」

「知らねえわけはねえだ。きりきりと白状しやがれ！」

襟首を締め上げられた。

「苦しいか、悲しいか。ならばお前は生きていなくてもいいだ。死んでもらう」

鶴は死を厭《いと》いはしなかった。元斎を失った今となっては、生きている甲斐はない。いかなる身体の苦しみも、心の苦しみに勝ることはないと思った。

その時、背後から鋭い声が響き渡った。

「乱暴狼藉《ろうぜき》はお止めなさい！」

声の方を見ると、一人の神官が立っていた。

「貴公らは織田信長様がこの熱田社にお与えくださった制札《せいさつ》をご存知ないのですか」

「なんだと？　制札だと？」

火炎の世作は信長の名が出たので一瞬怯んだのか、鶴を摑んでいた手を放した。

「今を遡《さかのぼ》る二十七年前。天文十八年十一月、信長様は熱田八ケ村に制札を掲げられたのですぞ。ほれ、あそこをご覧あれ」

神官が示した境内の片隅に制札が立っていた。板に五カ条の文言が書かれていた。

火炎の世作は文字を読めないと知ったのか、神官はおもむろに口を開いた。

「貴公らに関わりのない文言は省きましょう。第三条にこうあります。〝ひとつ、神社の境内は先の慣例に従い、他国者、当国者、また敵であろうと、味方であろうと、さらに雇い主から逃げ出してきた奉公人、老人、子供、女であろうと、つまりこの境内に入った者は誰であろうと、信長様には関わりがなく神社内の者の裁量に任せる〟と、書かれてあるのです」

「それがどうした⁉」

火炎の世作は神官ににじり寄った。

だが、神官は少しも慌てた様子を見せず、静かに語った。

「ここは聖なる域。心安らぐ場としての領域です。境内に助けを求めて来た者を引き渡すわけにはまいりません」

「その娘は悪党の片割れだぞ」

地獄の辰が傍から口を出した。

「腕ずくでもこの小娘は貰っていくだ！」

火炎の世作が威嚇《いかく》するように口から炎を吐いた。

「お黙りなさい。貴公たちは天下人信長様のご意志に逆らうおつもりですか。制札の最後の文言になんと書いてあると思われます。こうあるのですぞ」

神官は指でなぞりながら五カ条の制札の最後の文言を読み上げた。

「右の条々、違反した輩があらば、すみやかに極刑に処すべし。よって執達件《くだん》のごときである。天文十八年十一月　藤原《ふじわら》信長」

藤原信長とは天文十八年の頃、信長が名乗っていた姓である。この時期、信長は文書を発《はっ》する際、一時的に織田姓ではなく藤原姓を使ったことがある。

「信長様は熱田社を愛でてくださっておる。あの塀をご存知か？」

神官はゆったりと歩きながら一角にある塀へと誘った。

織田信長は永禄三年（一五六〇）駿河の雄、今川義元の大軍が押し寄せた時、戦いの前に熱田社に立ち寄って戦勝祈願をした。翌日、桶狭間で見事に勝利を得た。その後、熱田社の塀を増築したのである。それは『信長の塀』として知られていた。

「私らがかくかくしかじかですと、訴え出ましたならば、貴公らは信長様の逆鱗《げきりん》に触れ、命がいくらあっても足りませんぞ」

これには二人の荒くれ者もたじろいだようだ。

「ここは聖なる領域。たとえ罪人であろうと、私らは受け入れます。この娘に手出しはご無用！」

境内は俗のしがらみとは無縁の聖なる時間と空間の場である。

いつ集まったのか、神官の背後に大勢の人たちが身構えていた。神社に仕える者や奉仕のためにやって来た鍛冶《かじ》、番匠《ばんしょう》、さらに参拝の人々だ。いざとなれば、乱闘も辞さないという姿勢で地獄の辰と火炎の世作を睨み付けている。

「どうするだ？」

火炎の世作が地獄の辰を見た。

「この連中を蹴散らすのは造作ない。だがな、後で京都所司代にでも訴えられたら、俺たちだけではない、京の都のご主人様たちにも災難が降りかかるかもしれぬ。ええい、仕方ない、この場は引き上げるしかなさそうだ」

「だけんど、みすみす娘っこを眼の前にして……」

「はらわたが煮えくり返ってるのは俺も同じだ。愚図愚図するな！」

地獄の辰は足を引きずりつつ境内の外へと歩きだした。

「鶴！　てめえ、境内から一歩でも出てみろ。八つ裂きにしてくれるだ」

火炎の世作は口から火を吹きながら地獄の辰の後に続いた。

鶴は安堵ゆえに身体の力が抜け、一瞬、腰砕けになった。

直後、視界がぼやけた。

五

目が覚めると朝になっていた。

気づくと裸の身体に単衣《ひとえぎぬ》が掛けられている。

ここは社務所のようだ。鶴は身体に掛けてあった単衣を羽織って立ち上がった。

やがて若い巫女《みこ》が現れ、「朝餉《あさげ》をこしらえてあります」と、誘ってくれた。

朝の食事は粥《かゆ》と豆腐と大根の汁、そして昆布のむし漬と呼ばれる物だった。

鶴は昆布のむし漬を初めて食べた。味噌がほのかに香っている。元斎が死んだ翌朝なのに、よく食事など出来るものだと呆れ返り、自らを卑しめた。

「巫女の修行をしてみないか」

食後、神官に勧められたが、鶴は丁重に断った。

──定まった土地で暮らすのは性に合わない。

だが、口に出さず、助けて貰った礼を述べて熱田社を辞した。

今は亡き元斎を弔い、埋葬しよう。そう考えて元斎の眠る竹林をめざした。

途中にある円福寺《えんぷくじ》の脇道を通りかかった時、大男が倒れていた。

火炎の世作だった。衣は血で赤く染まっている。恐る恐る近づいてみると、胴から胸にかけて衣が裂け、皮膚は深く抉《えぐ》れていた。剣で袈裟《けさ》懸けに斬られたに違いない。すでに多くの蠅《はえ》がたかっている。

鶴は茫然《ぼうぜん》と立ちすくんだ。

火炎の世作は誰かに殺されたのだ。元斎が隠した銭の在り処がわかり、取り分を争って仲間割れして殺されたのか。憎い男だったが、成仏を願って合掌した。

それから川沿いの道を走って竹林に向かった。

朝風に竹の葉がさやさやと揺れている。人の姿はなく静かだ。昨日の出来事が嘘のように思えた。元斎が斬られた所に行くと、竹の葉に飛び散った赤黒い血の痕が残っていた。だが、元斎の屍《しかばね》はなかった。繁みの蔭から見ていた偽三郎の姿が甦った。

ひょっとすると、偽三郎が遺体を運び、どこかに埋葬したのではないか。鶴は隠れ家に行ってみようと思い立ち、竹林を抜けて隠れ家へと続く小道を進んだ。

途中の野辺に石仏があった。脆《もろ》く崩れそうな砂岩で作られた羅漢《らかん》仏だ。前に隠れ家に来た時、元斎と一緒に手を合わせて無病息災を祈ったことがある。

羅漢仏の前に跪《ひざまず》いて手を合わせる。石仏は七体だ。それぞれの羅漢仏の顔は哀しみを耐えているようにも、泣いているようにも見えた。

思えば春に東山道の路傍で石仏を見た。あの頃は空で雲雀《ひばり》が鳴いていた。青面金剛《しょうめんこんごう》を彫ったものだと、元斎に教えられた。

『村人や旅人に災厄がないよう祈願のために作ったのじゃ。鶴も一心に祈るがよい。路傍の石仏はいずれ鶴にも幸いをもたらすかもしれぬ』

元斎の声が甦ってくる。

鶴はハッとなった。以前、羅漢仏は五体だった。二体増えている。

この時、鶴は悟った。身体に電撃が走った。『野辺の石仏をわしたちだと思って手を合わせることを忘れるな』と言った元斎の真意がわかった。

火炎の世作が家捜ししても多くの銭が見つからなかったわけを知ったのだ。

羅漢仏の中身は金塊かもしれない。元斎さまは稼いだ銭をすべて金塊に代えた。それを溶かして金の羅漢仏を作らせた。そして仏像の表面に砂をまぶして塗ったのだ。銭が溜まるごとに羅漢仏を増やしていったに違いない。

鶴はそう確信した。確かめたいと思い、小刀を抜いて羅漢仏を削ろうとした。

だが、思い止まった。

野辺の田舎道の片隅に並んだ七体の羅漢仏。それは村人や旅人の心を和ませてくれる。風雨に晒《さら》されながら多くの人々の無病息災を願うように佇んでいる。

この羅漢仏を傷つけてはいけない。このまま放っておこうと決めた。

鶴は改めて今は亡き元斎、弓太郎たちを偲《しの》んで手を合わせた。

東山道で路傍の石仏を拝んだ後、偽三郎が近づいて小声で囁いたことがある。

『幸せはな、自らの手で摑むものだ。それが俺の信念だ。神や仏に念じても幸せなどにはなれない。現《うつつ》の世はすべて自力で生きる。死んだ後は地獄に落ちようと構うものか。この世で楽しく暮らせればそれがもっとも幸せなのだ』

そう言った偽三郎は正しいのかもしれない。

人を騙す楽しみを鶴は捨てることができない。多くの騙しの手口を身につけ、憎むべき侍や侍に加担する商人を痛快に騙す。そう決めた心は揺るがない。必ずやり遂げる。これからは自らの力で生き続けて行く。鶴は決意を新たにし、野面を渡る風を全身に受けながら羅漢仏七体に向かって手を合わせた。

六

風に流れて懐かしい元斎の声が聞こえてきたような気がした。

「鶴、ようやく気づいたようじゃな」

戸惑いを感じて鶴は振り向いた。

すると僧衣をつけ、念珠を持ち、杖を突いた元斎が背後に立っていた。亡霊のように立つ元斎はまさに満身創痍《まんしんそうい》、全身が傷だらけであった。

「元斎さま！」

鶴は茫然と元斎の姿を見つめた。

元斎のそばには唇をきつく結んだ男が控えていた。地獄の辰だった。その立ち姿には、修羅場をくぐり抜けてきた武士の片鱗を感じさせるものがあった。

「鶴、わしは亡霊ではないぞ。ほれ、足もある」

「それでは……あの時、その男に斬られたのは？」

鶴は地獄の辰を見た。

「偽りごとじゃ」

「偽り……？　でも、あの時の夥《おびただ》しい血は？」

竹林で地獄の辰に斬撃され、元斎の衣が裂け、腹から噴き出した血潮で竹の葉が一瞬にして真っ赤に染まった光景が甦る。

「あれはな、某《それがし》が鶏の血を集め、皮袋に入れたものだ」

地獄の辰は表情一つ変えずに呟いた。

「鶏……？」

鶴は思いを巡らせた。隠れ家の庭でけたたましく鳴く鶏の声を聞いた。

あれは野犬ではなく地獄の辰が追っていたものなのか。

「でも、いつの間に？」

「隠れ家にいたときにな、地獄の辰、すなわち辰之助《たつのすけ》が語ってくれたのじゃ」

鶴の脳裏に鮮烈な記憶がよみがえった。

鶴は庭の植え込みの蔭に隠れ潜む地獄の辰を見つけた。あの時、元斎と地獄の辰はお互いを凝視していた。それは追手の侍から逃げる方策をたくらみ、互いに暗黙の了解を取り付けたのだと、鶴は遅まきながら気づいた。

地獄の辰は元斎の部下だったのだ。

「それにしても血袋をどこで？」

「地下穴から竹藪に這い出た時じゃよ。辰之助が草むらに隠し置いてくれた。それを懐に隠し持ったのじゃ」

元斎は眼を細めて微笑した。

地下の抜け穴から這い出した時、元斎は繁みで腰を屈めていた。あの刹那の間に血袋を懐に隠し入れたのだ。

「困った時にな、騙し人が必ず使う手なのじゃ。身体から血を噴き出して、相手に死んだと思わせる。常套手段の恥じ入るべき手口じゃ」

元斎は顔を赤くして俯《うつむ》いた。

「侍はな、難儀に出くわしたら先を読んで即座に動く。そこが町人とは異なる」

地獄の辰こと辰之助はボソッと付け加えた。

「偽三郎の奴、元斎様を裏切った。長い間、世話になったにもかかわらず……」

「気にするな。わしらは騙し人じゃ。裏切られようと致し方ない。だが、偽三郎は哀れな男じゃのう。やがては騙しをしくじり、惨めな暮らしをするに違いない」

元斎が淋しげに笑った。

この時、鶴は唖然《あぜん》となった。偽三郎の話を思い出したのだ。

それは銭を持ち逃げして裏切った勘太という男の話だった。元斎は恵比寿様のような笑みを浮かべて同じ言葉を呟いたそうだ。その後、すぐに裏切り者の勘太たちは騙しに失敗した。蔭で元斎が動いていたからだ。そう偽三郎は言った。

鶴は確信した。これから元斎は全国各地にいる仲間を使って偽三郎を探し出す。そして偽三郎が仕掛ける手の内をカモの相手に事前に告げてしまうに違いない。

偽三郎は竹林で元斎の死にざまを見た。これからは大手を振って騙しの稼業を続けられる。そう思ったに違いない。しかし、元斎が生きていると知ったならば、以後は元斎の影に脅え続けて暮らさねばならない。鶴は少しだけ偽三郎が哀れに思えた。

「心残りは弓太郎の死だ。出来れば助けたかった。役に立つ騙し人だった」

地獄の辰こと辰之助が溜め息をつき、元斎に告げた。

「弓太郎は兵糧船の乗っ取りを見事にやった。あの男は機転の利く男でした。配下の銀次も火炎の世作に殺されてしまった。惜しい男たちを失いました」

辰之助は歯嚙みしてさらに続けた。

「それにしても金造は愚かな奴だ。隠れ家を教えてもしょせんは殺されてしまう。それがわかっていながら口を割った。やはり下賤《げせん》の者は信用出来ぬ」

辰之助は町人を蔑《さげす》むように呟いた。鶴はそれを聞いて怒りを覚えた。

「でしたら、なぜ、滝壺の近くで弓太郎さんを助けようとしなかったのですか？」

辰之助を睨み付けると、

「その件では某、責めを負わねばならぬ」

辰之助は詫びるような眼をした。

「大津街道の滝壺近くで弓太郎を追った際、某は思惑を誤ったのだ。弓太郎は巧みな騙し人だ。血のついた布をわざと右の草むらに落とし、左の道を逃げて行く。某はそう考えた。鶴、あの時、お前は谷川を流れて行った。川は左の道沿いにある。某はお前の身を按じた。火炎の世作が右の道を走り出した時、咄嗟に迷った。某は意を決してお前が流れて行く左の道を選んだ。弓太郎もお前の身を按じて左の道を進む。そう確信したのだ。だが、違った。弓太郎は某と火炎の世作からお前を遠ざけるために、囮《おとり》となってわざと右の道を逃げたのだ」

鶴は愕然となった。

——弓太郎さんは私を救うために命を亡くした……。

そう悟った。弓太郎の心のうちをなぜ早く摑んでおけなかったのか。

悔やんでも悔やみきれない。

「某は川沿いの道を下った。だが、弓太郎も鶴も見つけられなんだ。慌てて戻った。

だが、すでに弓太郎は殺されていた。火炎の世作を殺す気になればいつでも殺せた。しかし、闇夜の風がつねにつきまとっている。闇夜の風の正体を知るまでは下手に動くべきではないと思い、仲間の振りを続けた。それが某の失態だ。闇夜の風が元斎様を狙う村井貞勝の配下の者だと、早くに摑んでいたなら、このような醜態を晒さずに済んだものを……すべては某の不徳の致すところだ」

辰之助は唇を震わせながら話を終えた。

「辰之助、悔やむでない。おぬしは見事に地獄の辰を演じてくれた。それにじゃな、闇夜の風、いや、野々村長清はわしが死んだと思っておる。かりにわしが生きていると知っても、お前がわしの配下の者とは知らぬはず。これからも地獄の辰を演じて、あの者たちの動きを探ってくれ」

「心得ました。しかし、元兵衛様、あの時、なぜに隠れ家に火薬を仕掛けなかったのですか？　京都所司代の配下の者が隠れ家になだれ込んだ折、爆破すれば！」

元斎はその言葉を遮《さえぎ》った。

「辰之助、騙しを稼業とする者はな、人を殺傷はせぬものなのじゃ」

「では、斎藤家を再興する迄、元兵衛様は侍に戻らぬと？」

「うむ、わしは騙し人の元斎でいたいのじゃ」

笑みを浮かべたが、元斎の顔は淋しげだった。

——やはり元斎さまは侍を打ち消して、騙し人として生きていた。

鶴は円福寺の脇道で斬り殺された火炎の世作を思い出した。

「それでは、火炎の世作を斬ったのは？」

鶴が問いかけると、

「某《それがし》だ。あの男を生かしておく必要はすでにない」

辰之助が即座に応えた。

「無体な。騙し人は殺傷はしないものじゃぞ」

「元兵衛様、某は騙し人ではありませぬ。斎藤家の家臣、今村《いまむら》辰之助です」

「そうであった。おぬしは武士じゃった。辰之助、すまぬことを言った」

「火炎の世作に奪われた弓太郎の銭は取り返しました」

辰之助が差し出した銭袋を元斎は受け取り、

「これで京のどこかに弓太郎の墓を立ててやろう。なあ、鶴」

鶴は力強く頷《うなず》いた。

その時だ。鶴は繁みの中で三人の様子を窺《うかが》う鋭い眼を感じた。葉陰に隠れて姿は見えなかったが、鋭い眼は蒼氷色に光っていた。一瞬、鶴は闇夜の風こと野々村長清が潜んでいると感じた。

「そこに隠れておるのは誰じゃ」

元斎と辰之助も気づいて、二人同時に身構えた。

すると、繁みの葉陰から一人の男が現れた。

蒼氷色の眼をし、背丈も同じだが、野々村長清とは似ても似つかぬ男だった。

「弦太《げんた》か！」

元斎は安堵の声を発した。

「お探しの梅の居所を突きとめました」

弦太と呼ばれた男は静かに告げた。

「ですが、すでに米は処分されてしまったようです。いかがいたしましょう」

「是非もない。わしらの負けじゃ」

元斎は大量の米俵を奪われてしまった無念さを微塵も見せずに苦笑した。

――それにしても似ている。弦太という男の眼、野々村長清に似ている。

鶴は弦太という男の蒼氷色の眼に釘付けになっていた。

「元兵衛様、これからいかが致します」

辰之助が問いかける。

「うむ、信長は木津川の海戦で完膚無きまでに敗れた。じゃが、必ず巻き返しをはかるに違いない。辰之助、いや地獄の辰、各地に散った者たちに信長の動きを探らせるのじゃ。騙しの仕掛けはいくらでもある。銭を稼ぐ種は無尽蔵に転がっておる」

元斎は眼を爛々《らんらん》と輝かせて七体の羅漢仏を見た。

「元斎さま、侍を……いいえ、侍の棟梁である織田家を騙したいと思います」

鶴は熱く呟いた。

「なんと？」

辰之助が訝《いぶか》しげに鶴を見る。

「元斎さま、次の仕掛け、私に仕切らせていただけますか？」

「お前が？　ふむ、新たな手口に落度がなければ……やらせてみてもよいが」

「ありがとうございます」

闇夜の風こと野々村長清との誑《たぶら》かし合いはまだ決着がついていない。遠く離れたところで野々村長清の知らぬ間に、ひと泡吹かせてやりたい。

さらに元斎を捨てて逃げた偽三郎を眼の前で見事に騙してみたい。

そして何よりも、戦を好み市井の人々を悲しませる織田信長が怒りに地団駄踏むような騙しをやってみせる。

鶴は織田信長を騙す手はないかとあれこれ案を考えていた。しかし、もともと阿修《あしゅ》羅《ら》のごとき信長を騙すなど儚《はかな》い夢である。何よりも信長に近づくことさえ出来るはずがない。京都で偶然に遭遇したのは奇跡としか言いようがなかった。ならばせめて織田家にひと泡吹かせてやりたい。鶴はそう思ってさまざまな騙しの策を練った。

今は亡き今川義元が隠し置いた莫大な埋蔵金話をでっちあげる。

多額の軍資金を織田家に献上するという豪商人を仕立て上げる。

今、安土築城の普請に関わる工夫たちが安い銭しか貰えずに不満を漏らしているという噂が流れている。それを利用し、信長の命令書を偽造して普請奉行たちに銭を拠出させる。

毛利水軍に勝てる大船の建造話を持ちかける。

それらをきっかけにして織田の家臣から大量の銭を騙し取ってやる。

鶴は幾つかの騙しの案を心に浮かべたが、どれも心許《こころもと》ない策ばかりであった。

——騙しの手立ては何か他にもあるはず……必ず考え出してみせる。

胸に熱い高鳴りを感じ、鶴は燃えるように輝く天空の日輪を見上げた。

第八章　天下人を騙せ

一

三カ月ほどの時が流れた。

天正四年（一五七六）の晩秋、鶴は京都で偽三郎と再会した。

各地に散った元斎の部下が偽三郎を見つけ出したのだ。偽三郎は数人の仲間たちと些細な詐欺《さぎ》を働いていた。それを知った鶴は偶然に出会った振りをして近づいた。

「お逢い出来てよかった。元斎さまや弓太郎さん亡き後、いくつかの騙《だま》しをしましたが、うまく行きませんでした。やはり偽三郎さんがいなくては生きてゆけないとわかりました。隠れ家を抜け出す際の非礼はお詫びいたします。頼りにしています」

「鶴、お前、たった三月《みつき》で見違えるほど良い女になったたな」

「戯《ざ》れごとを」

肩に触れられて嫌悪を抱いたが、鶴はうれしそうに身を捩《よじ》らせた。

「ふっふふ……お前はいろいろ苦労をしてきたようだな。だからわかったのだろう。生きていくには俺を頼るしかないのだとな」

「はい。つくづく思い知らされました」

「これからは俺が面倒を見てやる。鶴、俺の女になれ」

「はい……偽三郎さんがよろしければ……」

鶴は恥じらう振りをしながら応えた。

「素直になったな。いや違う。大人の女子《おなご》になったというべきだ。男をどれほど知った？」

「それがまだ……」

「相変わらず生娘なのか？」

「嫌、恥ずかしい……」

甘えた声を出し、両手で顔を覆ってみせる。

しかし、人を疑うことに長けた偽三郎である。

鶴は心の底から忠誠を誓うと信用させるために証《あかし》を示した。

「私、お教えすることがあります」

「なんだ、言ってみろ」

「実は死の間際に聞いたのです。弓太郎さんが長年貯め置いた銭の隠し場所を」

「なに？　弓太郎の隠し金の在《あ》り処《か》を⁉」

「はい。吉田神社の石段を上りきった松の木の根元に」

「弓太郎の貯めた銭が埋められているのか！」

偽三郎の眼がみるみる輝きを増した。

それから二人は吉田神社に向かい、夜半に人がいなくなるのを見計らって松の根元を掘り始めた。すると、銭の入った麻の袋が土中から見つかったのだ。

偽三郎は大いに喜び、袋の中の銭を数えたが、すぐに不機嫌な顔をした。

「これっぽっちの銭か。弓太郎の奴、呉服の商いをすると言ってたが、こんな端銭《はした》で京の町に店など出せるわけがない。やっぱり愚鈍な奴だ」

偽三郎は悪態をついた。

――弓太郎さんが長年かけて蓄えた銭をすべて与えはしません。

鶴は偽三郎と逢う前に吉田神社の土中から麻袋を掘り出し、銭の五分の四を手元に秘匿《ひとく》した。それから五分の一ほどを麻袋に戻し、再び埋めておいたのである。

偽三郎に五分の一を渡すのは惜しかったが、仕方なかった。偽三郎の信頼を得るためであり、あくまでも従順であると装うための方便だ。この見せ銭で偽三郎がほぼ完璧に鶴を信じた様子なのは疑いなかった。

その夜以来、偽三郎は得た銭を湯水のごとく浪費した。毎晩、京の遊女屋で豪遊をした。銭が少なくなると、今度は鶴の身体を求めるようになった。

「次の騙しが成就するまで待ってください。騙し人として一人前になったと偽三郎さんに認めていただき、その時、初めて大人の女として抱かれたいのです」

「ふっ、お前の理屈はよくわからねえ。だが、まあいいだろう」

「私、新たな騙しの手口を思いついたのです」

鶴は懐から折り畳んだ和紙を取り出した。平仮名ばかりが散らし書きしてある。

「これはなんだ？」

「女房奉書《にようぼうほうしよ》です。内侍《ないし》が天皇の旨《むね》を伝えるべく仮名書きにした文です」

「内侍？　内侍とはなんだ？」

「宮中で働く女官の位《くらい》です」

「よくわからねえが、どこで手に入れた？　掏摸《すり》取ったのか？」

「いいえ、これは本物ではありません」

「なんだって？　偽物だと？　どこから見ても本物にしか思えねえ」

偽三郎は粋がっているが、女房奉書の本物も偽物も見分けがつかないはずだ。

「まさかお前が作ったんじゃあるまいな。なかなかどうして達筆な仮名文字じゃねえか。これほど巧みな偽の文書を作れるとは、元斎さまの他には見た覚えがないぞ」

元斎が生きているとは夢にも思っていないようだ。

「鶴、お前、腕の巧みな偽文書作りの仲間を見つけたようだな。俺に紹介しろ」

「はい。いずれお逢わせいたします」

鶴は従順さを装って頷《うなず》いてみせた。

「で、今度の仕事はこの女房奉書ってやつを使ってやるわけだな」

「はい。伊勢の商人から銭を巻き上げます。分け前は私が三分でいかがですか」

「俺が七分だと、ふざけるな、お前は俺の女になるのだ。すべては俺があずかる」

「そうでしたね。この騙しが成就した暁には晴れて女にしてください。はやく偽三郎さんとひとつになりたい。やや児も欲しいです」

「おう、仕事が終わったらな」

偽三郎は満足気に笑みを浮かべ、鶴の白い柔肌を見つめて舌なめずりした。

鶴は偽三郎と共に伊勢の港町にやって来た。

今、伊勢の国は織田信長の三男信孝《のぶたか》が統治している。永禄十二年（一五六九）に織田軍が伊勢の国司北畠《きたばたけ》氏を攻略し、信孝が北畠の家督を継いでいた。

二人が通って来た安濃津《あのつ》、渋見《しぶみ》、木造《こつくり》一帯は信長の武将、滝川一益《たきがわかずます》が治めている。その家臣である九鬼嘉隆《くきよしたか》は伊勢湾の海上権を支配していた。

九鬼嘉隆の伊勢志摩《しま》の海上支配は専売権と諸役免除の特権を与えられた海の商人の関与が少なくない。九鬼嘉隆は伊勢志摩の富裕商人と関わり、さまざまな特権を与えながら大量の銭を工面させていた。それら富裕商人を侵食するかのように近頃、伊勢の二見《ふたみ》、小浜《おばま》あたりを拠点にして商売を始めた日比屋惣兵衛《ひびやそうべえ》という男がいた。この男は堺の商人日比屋家の親戚筋にあたり、以前は堺で手広く商売をしていたという。

鶴の標的は織田家に取り入ろうとする日比屋惣兵衛という商人であった。

二

三日後、日比屋惣兵衛宅に狩衣装束《かりぎぬしょうぞく》の男が現れた。

扇を持ち、立烏帽子《たてえぼし》を被った男は勧修寺晴豊《はれとよ》と名乗った。

それは公家の衣裳を身につけた偽三郎だった。もともと色白でのっぺりとした顔である。黙ったまま立っていれば立派な公家と思える風情を醸《かも》しだしていた。

となりには被衣《かずき》を被った女房装束姿の中年の女が立っていた。宮中から参じたかのような公家の女の姿である。長い髢《かもじ》をつけ、化粧で変装し、年増じみた顔をつくった鶴だった。唐衣《からぎぬ》に懸帯《かけおび》つきの裳を着た鶴の佇《たたず》まいには高貴な気品が満ちあふれている。

鶴はゆったりとした口調でおもむろに話し始めた。

「御所より女房奉書を携えてまいりました」

御所とは正親町天皇の座所である。

「ええっ、禁裏《きんり》様からのお遣いが⁉」

日比屋惣兵衛は何ごとかと驚いて目を丸くした。

宮中に奉仕する女はほとんどが公家の娘である。但《ただ》し、公家にも家格がある。最も上位の摂関家《せつかんけ》、それから清華家《せいが》、大臣家《だいじん》、羽林家《うりん》、名家《めいか》、半家《はんけ》と続いていく。

「こちらにおわすのは長橋《ながはし》の局殿《つぼね》であります」

偽三郎は公家の言葉がわからない。硬い表情をして紹介した。

宮中の長橋に住むので長橋の局と呼ばれているが、職《しき》は勾当内侍《こうとうのないし》であり、掌侍《ないしのじょう》の長にあたる人だ。

「葉室頼房《はむろよりふさ》の娘でございます」

葉室家の家格は名家である。ちなみに勧修寺晴豊も名家だった。

「こちらが奉書でございます」

鶴は懐からおもむろに女房奉書を取り出し、雲母《きら》引き極彩色の吉祥文様に金銀砂子《すなご》や切箔《きりはく》を加えた彩絵《だみえ》の檜扇《ひおうぎ》を開いて上に載せ、惣兵衛に差し出した。女房奉書とは天皇の意向を承り、女官が書いた文で、いわば天皇の意思である。

「拝読いたします」

惣兵衛は深々と頭を下げ、奉書を押しいただいた後、文を読み始めた。

〝御所の修復料が必要であり、使いの者の話を聞くように〟と、平仮名を散らして書かれていた。応仁の乱以後、朝廷や多くの公家たちは銭に窮している。

「こちらに京都所司代、村井貞勝様の添え状がございます」

偽三郎は偽の添え状を取り出して見せた。

惣兵衛が封を開くと〝禁裏御修理の為、銭百貫文を差し出すように〟とあった。

村井貞勝の命令は織田信長の意向と同じだ。逆らうわけにはいかない。それに朝廷に銭を寄付したと噂が拡がれば家の名誉になる。しかし、百貫文は大きな額だ。惣兵衛はしばし考えていたが、今後、織田家、さらに家臣の九鬼家に取り入るには絶好の機会だと判断したようだ。

「わかりました。しばらくお待ちください」

惣兵衛は奥に去った。

「鶴、うまく行きそうじゃないか」

部屋には香が焚かれ、心地よい香りが漂っている。

それほど待つ間もなく、惣兵衛が現れ、袱紗《ふくさ》を差し出した。

「お待たせ致しました。百貫文、ご用意させていただきました。お改めください」

「伊勢の豪商と聞き及びます日比屋惣兵衛殿です。改めるまでもありません。禁裏へのご奉仕、ありがたく思いますぞ」

偽三郎が受け取ろうとした時、襖がザッと開いて、いきなり若侍が現れた。

若侍の顔を見た瞬間、鶴は驚くばかりの叫び声をあげた。

「嗚呼！　闇夜の凪⁉　いいえ、野々村長清！」

公家の勧修寺晴豊に化けた偽三郎も吃驚《びっくり》した。

「あわわわわっ！」と、仰向けにひっくり返らんばかりの慌《あわ》てようだ。

「鶴、偽三郎、久しぶりだな。相変わらず騙しを働いておるのか。鶴、女官の衣、よく似合うぞ。老け女の変装、巧みなものだ」

野々村長清は蒼氷色の眼を鋭く光らせて二人を睨《にら》み付けた。

「そこもとは？」

若侍のいきなりの出現に日比屋惣兵衛は戸惑っているふうだ。

「某《それがし》は京都所司代、村井貞勝様の家臣、野々村長清である。惣兵衛、この者たちは公家を装っておるが、真っ赤な偽者。銭を騙し取る不届きな輩《やから》であるぞ」

「まことでございますか？」

惣兵衛は慌てて床に置かれた金貨銀貨を入れた袱紗を引き寄せた。

「な、何を言う。俺、いや、我は勧修寺晴豊なるぞ。無礼は許さぬ」

偽三郎は懸命に取り繕《つくろ》おうとした。

「ふっふふ……片腹痛い。お前たちの持つ女房奉書は、いわば天皇の勅《みことのり》であらせられる綸旨《りんじ》と同じだ。綸旨と言い張るなら武家伝奏の添え状を見せてみろ！」

「武、武家伝奏？」

鶴は身体を小刻みに震わせ、脅えきったような声で問いかけた。

「知らぬのか。狼藉《ろうぜき》者め。武家伝奏とはな、朝廷の意向を武家、すなわち京都所司代の村井貞勝様を通して織田信長様に伝える役目だ。また逆に信長様の意向も村井様を通じて伝えられ、朝廷に報告する役目。それを知らぬお前たちは公家ではない」

「だ、だから村井貞勝様の添え状があるではないか」

偽三郎はうろたえながらも必死に抗《あらが》った。

「よいか、綸旨にはな、武家伝奏の甘露寺《かんろじ》経元《つねもと》様、庭田《にわた》重保《しげやす》様、勧修寺晴右《はれすけ》様、中山《なかやま》孝親《たかちか》様の添え状が必ず付けられるのだ。公卿四人の添え状がないならば、その女房奉書は真っ赤な偽物！」

「鶴、お前、武家伝奏の添え状を知らなかったのか！」

偽三郎は混乱して喚《わめ》き、脱兎《だっと》のごとく逃げ出そうとした。

「不届き者を捕らえるのだ！」

野々村長清の声に四尺棒を持った数人の男たちが部屋に躍り込んできた。

「偽三郎さん、逃げて！」

鶴は偽三郎の逃げ道をつくるべく男の一人に体当たりをして倒した。

直後、鶴は棒で肩口を野々村長清に殴られた。

棒は堅い樫である。激痛に鶴はのけぞった。それを見た偽三郎は逆らっても無駄だと観念したのか、その場にへなへなと座り込んでしまった。

「とっとと引き立てぃ！」

野々村長清の声に男たちは荒縄を取り出した。

「偽三郎さん、許して……」

鶴と偽三郎は瞬く間に身体を縛り上げられ、部屋から連れ出された。

「鶴、お前などと組まねばよかった。お前は疫病神だ。地獄に落ちてしまえ！」

偽三郎は悪態をついたが、その叫びは虚しく響くだけだった。

三

思わぬ成り行きに茫然《ぼうぜん》としていた惣兵衛は我に返り、慌ててひれ伏した。

「野々村様、危うく銭を騙し取られるところでした。ありがとうございます」

「まずはよかった。某《それがし》が来なければ大事になっていた。惣兵衛、某がここへ来たのは不届き者を捕らえるためではない。村井貞勝様の命を受けてきた」

村井貞勝は織田信長の吏僚《りりよう》で重臣である。

日比屋惣兵衛は戸惑いと畏怖《いふ》の念を抱いた。

「わたくしなどに所司代様が何用でございましょうか？」

野々村長清と名乗る若侍の顔には他者を威圧する鋭さが漂っている。

「村井様の文を携えてきた」

「へ、へい」

惣兵衛は堺で悪辣非道《あくらつひどう》な商売をしてきた。その記憶を思い起こし、咎《とが》を受けるのではないかと不安にかられた。惣兵衛は借りた船賃を踏み倒したり、借り入れた船を傷つけても賠償金を払わずに逃げたことがある。また船頭や水夫として雇った人々に支払いをせず、知らぬ顔で惚《とぼ》けた時もある。さまざまな悪事が脳裏を駆けめぐった。

「まずは読んでくれ」

野々村は懐《ふところ》からおもむろに切り封折り紙を取り出した。

惣兵衛は震える手で封を解く。すると、文には簡単な挨拶と〝頼みがある。子細は使いの野々村長清が話す〟とだけあり、村井貞勝の花押《かおう》が書かれていた。

「はて、所司代様のお頼みごととは？」

惣兵衛の胸に嫌な予感が走った。

「村井様はな、殊勝なるおぬしの噂を聞き、殊の外興味を抱かれたようだ」

咎めを言い渡されるのではなさそうだと、惣兵衛は安堵《あんど》の胸を撫で下ろした。

「惣兵衛、これからの話はゆめゆめ他言するなよ。お前だけに密かに教えるのだ」

初めに釘を刺され、惣兵衛はゴクリと喉を鳴らして身体を硬くした。

「実はな……おぬしも知っておろう。去る天正元年、信長様は近江の浅井家を滅ぼした。その後、羽柴秀吉殿に近江長浜《ながはま》を治めさせている。長浜には国友村《くにとも》があり、鉄炮《てっぽう》鍛冶《かじ》が大勢おる」

「存じております」

「国友衆は鉄炮造りで織田家に奉仕しておる。統括するのは年寄衆の藤二郎《とうじろう》だ」

二年前の天正二年（一五七四）八月、国友の藤二郎は羽柴秀吉より宛行状《あてがいじょう》をもらっていた。宛行状とは武将が家臣に所領などを与える時に渡す文書である。

「鉄炮鍛冶の組織は厳密である。鍛冶集団を束ねて発言権を持つのは年寄衆だ。鉄炮製造の依頼を受けた際、報酬の分配は年寄衆が決める。必定、下層の平鍛冶の取り分は少なくなる。それゆえ平鍛冶の多くに不満が起こる」

「それは当然でございますな」

「下層の平鍛冶の者たちはな。夜中、密かに鉄炮を造り、年寄衆には内密で売りたいと思っている者が大勢おるのだ」

これからいかなる話が囁《ささや》かれるのかと、惣兵衛は耳を傾けた。

「おぬしへの頼みとはな。この密造された鉄炮を通常の半値の五掛けで買い取る。そして織田様に通常の六掛けで譲り渡して欲しいのだ。織田家は大量の鉄炮が六掛けで手に入る。願ったりである。だが、織田家は国友の鍛冶集団とは繋《つな》がりがある。それゆえ鍛冶組織の年寄衆たちにはこのことを内密にしておきたい。密造鉄炮を売れば、平鍛冶たちは暮らしが少しだけ潤う。おぬしは五掛けで買って六掛けで売るのだから一割の儲けになる。どうだ、この話を引き受ける気があるか？」

「ありがたきお話でございます」

旨い話だと惣兵衛は感嘆の吐息を漏らした。だが、訝《いぶか》しがった。

「ですが、なぜ、そのようなお話を一介の商人のわたくしなどに？」

「奇特なおぬしを村井様が見込んだのだ。おぬしは堺の豪商、日比屋家の血筋の者。堺で商売をしておれば、それなりの利益があろうものを、わざわざ新たな地に出向いて来よった。見知らぬ地で苦労しようという心意気。さらにおぬしは織田家の武将として頭角を顕し始めておる九鬼嘉隆殿をいち早く見抜いて伊勢にやってきた。時勢を察する炯眼《けいがん》。先見の明。村井様はな、おぬしの商人としての器量を洞見《どうけん》された。それゆえ某を遣わしたのだ」

「恐悦至極《きょうえつしごく》に存じます」

惣兵衛は畏《かしこ》まって見せた。だが、村井貞勝の勘違いだ。惣兵衛は自らすすんで伊勢に来たわけではなかった。むしろ堺衆に石をもて追われるようにして伊勢に逃げ込んできたのだ。

銭儲けだけが生き甲斐の惣兵衛は戦場から拉致《らち》された女子供を安く買い叩き、廻船に詰め込んで、海外や津々浦々の港町に奴隷として高く売りさばくなど、厚顔無恥《こうがんむち》にあくどい商売を続けてきた。

やがて商人道にあるまじき行為は堺の会合衆から非難を浴び、爪弾《つまはじ》きされるようになった。それゆえ堺で商売がやりづらくなり、織田家で勢力を伸ばし始めた九鬼氏に眼をつけ、うまく取り入ろうと目論《もくろ》んで伊勢にやってきたのだ。

伊勢には前々より角屋など貿易商人たち一族が組織を固めて営業権を握っていた。商取引をしたくてもなかなか入る余地がない。それでも持ち前の図々しさから伊勢の豪族たちに賄賂《わいろ》を渡すなどして、少しずつだが商人としての地位を築き始めていたのである。惣兵衛は伊勢でさらに商売を拡大しようという野心を抱いていた。村井貞勝の言うような殊勝な心がけなどまるでなかった。

「引き受ければ、村井様、ひいては織田家のご庇護《ひご》を受けられる。間違いないぞ」

自らの思いだけを言い放つ野々村に惣兵衛は少し腹が立ったが、

「日比屋惣兵衛、出来る限りのご奉仕をさせていただきます。失礼かと存じますが、これは長旅の足代でございます」

銀で五貫文分を鳥の子紙に包み、野々村長清に渡した。

五貫文と言えば永楽銭で五千枚にあたる。野々村長清のお蔭で危うく百貫文の銭を騙し取られるのを免《まぬが》れた。その謝礼であり、さらに背後に控える村井貞勝や織田信長を意識しての奉仕のつもりだった。

一方で若侍を疑った。

近頃は旨い話を持ち込んで富裕な商人から銭を騙し取る不届きな輩が蔓延《はびこ》っている。この若侍も村井貞勝の名を騙る小悪党かもしれない。

そう怪しんだ。

それゆえ京都所司代村井貞勝の家臣に野々村長清という侍が本当にいるのかどうかを確かめるべく、下働きの者を京都に派遣することを忘れなかった。

四

伊勢の港町に木枯らしが吹き、枯葉が舞い落ちている。

鶴たちは元斎の手下の者が探してきた隠れ家で騙しの作戦を練っていた。

「鶴、仕掛けが始まったようじゃな」

元斎が皺《しわ》だらけの顔を崩した。

「すべては元斎さまが書かれた偽の文書のおかげです」

するとが弦太が満面に喜色を湛えて言った。

「某が部屋に入った途端、〝闇夜の風、いいえ、野々村長清！〟と鶴が頓狂《とんきよう》な声で叫んだのには驚かされた。あれで偽三郎は某を野々村長清と思い込んでしまったのだからな」

弦太は野々村長清と背丈が同じだが、似ても似つかない男だ。この度の計画を知った弦太は、鶴の記憶を頼りに野々村長清の髪型に似せ、声音、語り口、立ち居振る舞いなど苦労して極めたのである。

「だがな、惣兵衛が野々村を見知っていたらと思い、身が縮んだぞ」

「嘘ばっかり。それにしても樫の棒で叩かれた時は痛くて気を失うところでした」

「真に迫った演技をしなければカモは騙せない。仕方ないだろう」

「いいえ、あれはやり過ぎです」

「これこれ、争《あらそ》いはやめじゃ。で、偽三郎はどうなったのじゃ？」

鶴はふっと我に返った。身体を縛られ、日比屋家の外に出てから鶴は捕手を装った仲間の男たちに縄を解かれた。だが、縛られたまま連れて行かれた偽三郎の消息はわからなかった。

　すると弦太は微笑んだ。

「〝この男は騙し人の悪党〟と書き札を立てて松の木に縛りつけて置きました。運が良ければ誰かに助けられるでしょう。運が悪ければ、後はどうなることやら……偽三郎の運不運は神仏の裁量に任せるしかありませんね」

　弦太は悪びれた様子を見せずに言い放った。

　鶴は偽三郎を騙したことを後悔していない。別れ際に〝許して〟と言ったのは表向きの方便だった。だが、騙した詫びの気持ちが混じっていたのも確かだ。

「ところで元斎様、日比屋惣兵衛が足代として某にくれた五貫文はどうしたら？」

「お前の懐に入れるがよい」

「当然です。惣兵衛は足代として弦太さんに直々に渡してくれたのですもの」

「えええぇ～、もらっちまっていいんですか？」

　弦太は歓喜の声をあげた。

「初めにカモの面前で騙し人を暴いて見せ、カモの心を取り込んで信用させる。それから新たな騙しを仕掛ける。鶴、お前はこの手法を身につけたようじゃな」

　元斎は満足しているようだ。

「元斎さまの騙しの手口を見よう見まねで試みただけです。でも、これはほんの小手調べに過ぎません」

鶴は瞳を輝かせた。

「次の仕掛けこそ真の騙し。それが成就するまで騙し人になれたと思いません」

本筋の標的は織田家だ。標的を騙すにはまずは囮《おとり》を徹底的に騙す。これが詐欺の鉄則だ。囮の日比屋惣兵衛を完璧に取り込むのが先決と、鶴は闘志を燃やした。

五

儲け話が本当かどうか、惣兵衛は興奮して夜もろくろく眠れぬ日が続いた。悶々と日々を送っていると、京に行かせた下働きの者が一週間後に帰ってきた。突きとめるのに手間取ったらしい。所司代で働く者の中に野々村長清という男はいなかった。ところがよくよく調べると村井貞勝の子飼いの侍の中にその名があったという。通常は闇夜の風と呼ばれ、表向きに出来ない任務で動き回っているらしい。その若侍が野々村長清であると報告を受けたのだ。

——取り越し苦労であったか。ならば思わぬ好運が舞い込んできたわけだ。

惣兵衛は満面に笑みを浮かべた。

それから三日後の夕暮れ時、野々村長清が現れた。

「国友の平鍛冶たちと話がついた。密造の鉄炮は三百梃《ちょう》あるという。霜月八日に逢う約束を取り付けた。通常価格の半値でよいと了解を取った」

野々村は相変わらず一方的に言い放った。

「畏まりました」

惣兵衛は全面的に信用したわけではなかったが、頷いて見せた。

すると野々村は細く長い布袋から一梃の鉄炮を取り出した。通常、三匁玉《もんめだま》や六匁玉の弾を撃つのが細筒《ほそづつ》と呼ばれる鉄炮である。それより太い中筒だった。野々村は中筒に火薬、続いて三十匁玉を込めながら振り返って惣兵衛を見た。

「離れておれ。火焔が吹き、火薬が飛び散るかもしれん」

野々村は弾が転げ落ちないように紙を詰め、火縄に火をつけた。

惣兵衛はチリチリと燃える火縄を固唾《かたず》を呑んで見つめた。

野々村は一呼吸を置き、やにわに近くに置かれた茶碗を庭に向かって放り投げた。

次の瞬間、空に投げられた茶碗に銃口を向けて引き金を弾いた。

ズバッ！　と轟音《ごうおん》が鳴り響き、近くに火の粉が舞った。刹那《せつな》、空から落下してきた茶碗が粉々に砕け散った。硝煙の匂いが周囲に漂っている。

惣兵衛の開いた口が塞がらずにいた。

「お、お見事……」

やっとのことで言葉を発したが、興奮して震えが止まらずにいる。砕かれた茶碗はそれなりに高価な物だったが、値のことなどは忘れたほどだ。

「某の腕がよいのではない。これはまさに優れ物だ。さすがは国友の鉄炮だ」

野々村は呟いて鉄炮を床に置いた。

今、堺の商人たちは大量の鉄炮を売って大儲けをしている。だが、当時、堺にいた惣兵衛はその恩恵にあずかっていなかった。

〝商人には商人道という掟がある。商人道を軽んじる者は追放すべし〟などと偉そうに言って俺を堺から追い出しやがった。ところが裏では権力に結びついて甘い汁を吸っている輩が大勢いやがる。見ていろ。今度は俺が織田権力と結びつき、甘い蜜をたっぷり吸わせてもらう。

惣兵衛は商人相互の信頼関係と権力に媚《こ》びて商売をする違いをわかっていない。

「平鍛冶衆の造った鉄炮売買の密事《みつじ》を知っておられるのは村井貞勝様、丹羽長秀殿だけである。決して他に漏らしてはならんぞ」

その時、背後からいきなり女の声がした。

「野々村、この日比屋惣兵衛と申す商人、信用できるのですか？」

惣兵衛が声に振り向くと、華麗な小袖を着た若き娘が立っていた。優雅な気品を漂わす美しき女だ。そばに侍女と思われる二十二歳ほどの者が控えている。

「阿茶《あちゃ》殿！」

野々村長清が華麗な小袖姿の若き娘に畏まった。

惣兵衛が訝しげにその娘を見ると、野々村に手で頭を強く押しつけられた。

「頭《ず》が高い。丹羽長秀殿のご息女、阿茶殿であらせられるぞ」

野々村に喝《かつ》を入れられ、惣兵衛は思わずひれ伏した。

今、織田信長は一向宗との戦いで各地を転戦している。安土に在住している織田家の家臣では丹羽長秀がもっとも偉い武将だ。

「野々村、声を荒らげるでない」

阿茶と呼ばれた娘は手にした扇をゆったりと開き、

「ほれ、惣兵衛が脅えておるではないか。ほっほほほ……」

と、扇の裏で笑った後、真顔になって野々村長清を見据えた。

「この度《たび》の仕儀、極秘中の極秘です。野々村、目に狂いはないのですね」

「はい。迂闊《うかつ》に他言するような商人ではございません。そうであるな。惣兵衛」

「僭越《せんえつ》ながら申しあげます。私は口が堅い正直者で通っております」

惣兵衛は平伏したまま何が何だかわけがわからずにいた。

「国友の鍛冶衆と逢う時、そなたは三百梃分の銭を用意できるのですね」

ゲッと惣兵衛は慌てた。

「一梃幾らほどでございますか？」

「中鉄炮ゆえに五貫文。半値で二貫五百文。三百梃ですから七百五十貫文です」

「そ、それほどの銭をすぐに揃えることは……」

惣兵衛が口籠もると、野々村は阿茶に応えた。

「恐れながら阿茶殿、八日に逢う時は平鍛冶衆と交渉するだけでございます。この時に銭を用意する必要はございません。某と惣兵衛が得心し、取引きが成就し、鉄炮が届けられた際に代金を払えばよいのです」

野々村の助け船に惣兵衛は安堵した。それから心の中で算盤を弾いた。

五掛けの七百五十貫文で買い求め、三百梃を六掛けで売れば九百貫文となる。差し引き百五十貫文の儲けだ。しかも、これを機に織田家との商取引ができるきっかけとなる。悪くないと思った。すると惣兵衛の耳元に阿茶が囁いた。

「惣兵衛、野々村にも幾ばくかの口利き料を渡すのでしょうね」

阿茶の高飛車な物言いに惣兵衛はムッとなったが、この場は堪《こら》えた。

「も、もちろんでございます」

だが、野々村は大きく首を横に振ってきっぱりと断った。

「某は村井様の御ために働いておるのだ。余計な気づかいは無用!」

「さすがは織田家のお侍様。ご立派でございます」

惣兵衛は欲のない奴だと思いつつ野々村に媚《こび》を売ってみせた。しかし、こんなうまい話が本当にあるのだろうか? と、訝しがった途端、

「このお話は尾張の商人や伊勢の角屋一族などに持ち込まなかった。惣兵衛、何故だかおわかりですか? もしもいずれかの豪商に持ち込めば、噂が一気に広がる危うさがあるからです。幸いそなたは伊勢に来て間もない。噂が広がる気づかいはない。それゆえ野々村はそなたを選んだのです」

惣兵衛は納得したようなしないような、心の中は曖昧模糊《あいまいもこ》としていた。

村井貞勝の家臣に野々村長清という若侍がいることは確かめた。だが、目の前の侍が本物かどうか、阿茶と名乗る女が本当に丹羽長秀の娘であるかどうか、素性を確かめなければならない。

惣兵衛は野々村や阿茶姫たちが家を辞した際、手代の者に後を尾けさせた。

濡れ手で粟《あわ》のぶったくり。

苦労せずに織田家と商取引の出来る機会が舞い込んだ。

だが、この話は出来すぎだ。惣兵衛は澱《よど》んだ川底の闇の深淵《しんえん》に嵌《は》まり込んだような気がした。しかし、今ならまだ騙されんぞと思う心のゆとりを持っていた。

数刻の後、勇んで戻ってきた手代は息を切らしながら告げた。

「あの者たちが店を出ますと、四方輿《しほうごし》と四人の大男が待っていました」

「四方輿だと?」

「侍女が手を差し伸べますと、姫はするりと乗り込みました。それにしても、あの侍女も色白で餅肌のいい女でございましたねえ」

「余計な話はしなくともよい。あの娘、輿に乗って帰ったか……」

「四人の男が持ち上げて、ゆるりと運んで行きました」

通常、輿を持つのは前後三人ずつ六人であるが、阿茶の乗った輿は前後二人ずつ四人の屈強な男が運んだようである。

「輿のわきを例の若侍、少し離れて侍女が付き従って行きました。小半時ほど進みますと、磯部《いそべ》さまの門前に停まったのです」

「磯部様の門前？」

　磯部家は九鬼嘉隆の重臣である。

「で、どうした？」

「若侍が門衛に何ごとか話すと、門衛は若侍と姫を屋敷の中に招き入れたのです」

「ふむ、磯部屋敷に招き入れられたか……こいつは疑いなさそうだな」

　惣兵衛はひとまず安堵した。それでも疑り深い惣兵衛である。まだ疑念がすべて消えたわけではなかった。そもそも丹羽長秀の娘がなぜ現れたのかわからない。

　惣兵衛には村井貞勝の文に書かれた花押や朱印が本物であるかどうか、確かめる術《すべ》はない。しかし、鉄炮の話はやはり出来すぎている。本当かどうか、国友村に行った時、自らの眼で確かめようと思った。

六

　鶴たちは隠れ家で次の作戦を練っていた。

「某《それがし》はとりあえず雉子《きじ》の役目を果たせたのかな」

雉子とは騙す相手に罠を仕掛ける役割だ。カモと雉子の間で動く役どころが犬。最後に銭を受け取る役が猿《さる》と呼ばれている。

「今のところは漏れがないと思います」

犬役を演じた鶴が応えた時、隠れ家の戸が開き、艶《つや》のある女の声がした。

「ぶるるるっ、寒いったらありゃしない。誰かオラを抱いて肌を温めてよ」

身を震わせながら入ってきたのは侍女役を演じた女だ。この餅肌の若い女は和泉の商人大蔵屋清右衛門に囲われていた梅であった。

「梅、ご苦労だったな。おしとやかな侍女振りだったぞ。よくやった」

弦太はねぎらいの言葉をかけた。

「初めての騙しなので身が震えたわ」

梅は色白のふくよかな身体を振って見せた。

一月ほど前に梅は元斎たちの仲間に加わっていたのだ。

梅は弓太郎が毛利水軍から奪った米俵を強奪した陰の存在だった。和泉の清右衛門の妾宅で恥をかかされ、放り出され、元斎たちを恨んでいた。その復讐心から一向一揆の残党や浮浪人に話を持ちかけ、米俵強奪を唆《そそのか》したのである。それは見事に成功した。復讐が目的なので梅自身は銭をそれほど得なかった。その後、元斎の部下に見つけられて捕らえられ、ひどい仕打ちを受けそうになった。それを止めてくれたのが鶴だった。幼い頃の鶴の哀れな話を聞かされ、長島での自分の体験と重ね合わせた。戦場で悲惨な思いをした梅と鶴の心はひとつに繋がったのである。

しかも清右衛門の妾宅で帰り際に銀貨入りの袋をそっと懐に忍ばせてくれた鶴の優しい心根を梅は忘れていない。あの時、持ち銭をすべて渡してくれたのだと後になって知り、恩義の気持ちを鶴に抱いた。それゆえ鶴の誘いを受け、仲間になることを承諾したのだ。

だが、梅は由良の港で米俵を奪い取った賊たちの陰の仕掛け人である。元斎に心から許され、仲間として信じられたのかどうか、梅にはわからなかった。

「お梅さんは艶やかですし、好色な男を騙すのに欠くことの出来ない人です」

鶴の言葉に梅は顔に悲哀の翳《かげ》りをよぎらせた。

「オラが人を騙す仕事を始めるとは……仏様の罰あたり。南無阿弥陀仏」

「生きる糧《かて》と思えばいいのよ」

ふてぶてしく応える鶴に、梅は複雑な笑みを返すしかなかった。

「次の筋立てづくりに移りましょう」

元斎がさまざまな疑問をぶつける。それを弦太と鶴が応える。騙しにはこの筋立てづくりが欠かせない。今までの経緯でも大いに役立っていた。鶴は織田家の大物武将である丹羽長秀の娘を騙った。丹羽長秀の娘を装うことで、まさか公家である長橋の局に化けて捕らえられた女と同じ人物だとは思われまいという自信もあった。いつの時代でもそうだが、人は権威に弱い。法螺《ほら》を吹くなら大法螺を吹いたほうが効き目がある。変装も巧みにした。疑われないようにする手立ても幾つか考えた。梅を侍女役として仕立て、四方輿を用意し、四人の仲間の男たちに運ばせた。また九鬼家の家臣の磯部家に入るのも筋立てづくりで決めたことだ。

磯部家の門衛に〝さる武将のご息女がにわかに腹痛を催した。厠《かわや》をお貸しいただきたい〟と、弦太が頼み込む。門衛は逡巡《しゅんじゅん》したが、娘の青ざめた顔を見て思わず応じてしまう。そして鶴は磯部邸内に入り厠へ向かう。弦太も付き添いとして続いた。

これは惣兵衛の使いの者が後をつけてくるという想定のもとでの行動だった。惣兵衛の使者はその様子を見て、二人が磯部家と親しい間柄の武家の者、すなわち丹羽長秀の娘であるのは間違いないと、錯覚するよう仕組んだのである。

「惣兵衛は疑り深い商人じゃ。自ら国友村に出向いて調べたらどうする？」

元斎が問うと、鶴は即座に応えた。

「その前に惣兵衛に釘を差してやります。〝これは野々村と国友平鍛冶衆との内密の話です。そなたが下手な動きをすれば話は潰れます〟と説きましょう」

すると、弦太がわきから添えた。

「同時に某が脅《おど》します。〝おぬしは秘密の一端を知ってしまった。迂闊《うかつ》に口を滑らせると命はないぞ〟とね」

「脅しが効けばよいが」

と、元斎が追い打ちをかけると、鶴は真顔になった。

「惣兵衛には妻と一男二女の児がいます。家族の日々の行動はすべて調べて摑んでおります。それをさりげなく匂わせて怯《おび》えさせます」

「鶴ったら、可愛い顔をしちゃってるくせに、思ったより悪い女なのね」

梅が呆れたように横から口を挟んだ。

長島の一向一揆の戦いで信長軍に襲われ、悲惨な体験をしてきた梅である。しばらくの間は心が荒《すさ》みきっていたようだ。しかし、生来の陽気な気質を取り戻したのか、近頃はいたって茶目っ気のある振る舞いをしている。

——和泉の商人清右衛門は梅の身体より明るい気質にも魅せられたのかも。

鶴は人を惹きつける梅の不思議な魅力を感じはじめていた。

「織田家のほうはどうなっておるのじゃ？」

元斎が新たに問いかけてきた。

「はい、丹羽長秀殿宛に一度目は鉄炮五梃、二度目に十梃を伊勢商人、日比屋惣兵衛の名で献上してあります。いずれも摂津の優れ物の桜町《さくらまち》鉄炮です」

これはもちろん惣兵衛の知らぬことだ。鉄炮十五梃は弓太郎が残してくれた銭を使って通常の価格で買い求めた。騙しの仕込みのための経費である。

「いずれにせよ、これからが肝心じゃ、細心の注意を怠るでないぞ」

鶴は元斎の忠告を心に強く刻み込んだ。


二日後、商家の女に変装した鶴は安土山下に佇んでいた。

手代を装った助七《すけしち》と梅を従えている。助七は元斎の部下で三十歳を過ぎた細身の男だ。どんぐり眼《まなこ》で好感の持てる顔をしていた。

観音寺山の頂きに積もった雪が陽光にキラキラと輝いている。かつては佐々木《ささき》氏の嫡流である六角承禎《じょうてい》の居城があった。信長に攻められ、承禎が逃げた後は廃城同然となり、今は多くの石垣などが崩され、安土築城のために続々と運び込まれている。

大手道の入り口に立つ門衛を見て、鶴は一瞬、足が竦《すく》んだ。だが、今は侍を恐れる気持ちは薄らいでいる。鶴は門衛に声を掛けた。

「わたくし、伊勢の商人、日比屋惣兵衛の使いの者でございます。お奉行様にお目通り願いたくまいりました」

門衛は「しばらく待っておれ」と言い、大手道を登って行った。

季節はすでに冬になっていたが、日差しが暖かい。

春に百々橋で敦賀の商人を掛け銭で騙したことが遠い昔のように思われた。

大手口の近くで織田信長と初めて出逢った思い出が鮮烈に甦《よみがえ》る。

あの時、信長が鬼神のように感じられ、ただ震えていただけだった。

もしも再びめぐり逢いでもしたら、京都で出逢った時もそうだったが、やはり恐ろしさに身を震わすのだろうかと戸惑《とまど》った。

安土築城に関わる職人や商人が行き交っている。門衛と来訪者の遣り取りを小耳に挟んだ鶴は、安土城の普請奉行が木村次郎左衛門《きむらじろうざえもん》という侍であると知った。さらに作事の総棟梁《とうりょう》が岡部又右衛門《おかべまたえもん》であり、石奉行が西尾小左衛門《にしおこざえもん》、小沢六郎三郎《おざわろくろうさぶろう》、吉田《よしだ》平《へい》内《ない》という武将だと聞き知った。大西《おおにし》という石奉行もいたが、名はわからなかった。

突然、周囲が騒がしくなった。見ると血に染まった数人の男たちが担《かつ》がれてきた。

石垣が崩れて怪我を負ったらしい。大石に潰されて圧死した人もいるようだった。

「この者たちは使い物にならぬ。どこへなりとも捨てておけ」と、命じる声が聞こえた。怪我人を背負った男が「せめて治療の銭を……」と、懇願すると、「莫迦《ばか》を申すな。城普請の銭は逼迫《ひっぱく》しておるのだ」と、侍は声を荒らげた。

――怪我をして働けなくなった人は捨てられる……。

呻きながら担がれていく人々を鶴は哀れに思った。

しばらく待つと、大手道わきの武家屋敷から一人の若侍が現れた。

――これからが織田家の侍を騙す初めの一歩……。

唾をごくりと呑んでひれ伏すと、梅と助七も慌てて鶴に倣《なら》った。

「わたくしは伊勢商人、日比屋惣兵衛の使いでまいりました」

心の臓は激しく波打ち、背筋に一条の冷や汗が流れ落ちていく。

「文は読んだ。お前が店者《たなもの》の阿茶であるか？」

「左様でございます。主《あるじ》の惣兵衛に代わり、あちこちを飛び回り、商いをさせていただいております。以後、お見知り置き、お願いいたします」

阿茶という遣いの者が商売の話で伺う。この内容の文を事前に日比谷惣兵衛の名で織田家に出していた。若侍はすでに読んでおり、用向きを知っているようだ。

「恐れながらわたくしどもの主が桜町鉄炮をご献上させていただきましたが、お気に召していただけましたでしょうか？」

「わずかばかりの鉄炮と薬玉を献上する肚《はら》の底、見え透いておる。今後、織田家に取り入り、商いを願い出ようという魂胆《こんたん》であろう」

若侍はぶっきらぼうな態度だ。

「新参者でございますが、どうぞ宜しくお願いいたします」

鶴は地に擦りつけるばかりに頭を下げた。

「あの鉄炮、すぐに三百梃を持って来れるのだな？」

事前に送った鉄炮を試し撃ちし、性能が良いと織田家では認めたに違いない。

「はい、ご命令をいただき次第、すぐにでもご用意させていただきます」

「三十匁の中鉄炮、六掛けでよいと文に書かれていたぞ」

「はい、主の惣兵衛は織田様にご奉仕致したいと申しております」

「ならば三百梃の他に上様への献上品として別に五十梃を持ってまいれ」

命令口調で言う若侍の傲慢な態度に鶴は憤りを感じた。

三百梃を六掛けという安値で買い、しかも一梃五貫文の鉄炮五十梃をタダで渡せと強要する。侍とは勝手なものだと歯ぎしりした。だが、顔には出さず少しだけ困ったふうを装った後、おもむろに頷いた。

「わかりました。主《あるじ》に申し伝えます。今後、ご贔屓《ひいき》にしていただかねばなりません。織田様の御為に五十梃を献上させていただきます」

「火薬も大量に手に入るそうだな」

「主の惣兵衛は堺、摂津、伊勢の港で手広く商いをしております。海の向こうより運ばれる硝石《しょうせき》を入手できますので、いずれ火薬を大量にご献上させていただきます」

鉄炮を撃つには弾と火薬が必要だ。弾は鉛。火薬は黒色火薬で硫黄、硝石、木炭で造られる。鉛も硫黄も木炭も日本で豊富に産するが、硝石は海外に依存していた。戦国の武将たちは火薬を造る硝石の確保に躍起となっている。日比屋惣兵衛は輸入元を押さえて硝石を手に入れることが出来る。そのように鶴は大嘘をついた。今まで弾と火薬の多くは堺商人などを通じて織田家に納められていた。新たな火薬提供の商人が現れたことに織田家は喜ぶはずだ。それを見越して話をでっちあげた。

その時、控えていた助七が布に包んだ小箱を若侍に差し出した。

「まことに失礼とは存じますが、これは伊勢名物の饅頭でございます。手土産でございます。底には黄金色の葉が敷いてございます。どうぞご賞味くださいませ」

若侍は無言のまま小箱を受け取り、初めて少しだけ相好《そうごう》を崩した。

「某は菅屋長頼《すがやながより》様の家臣、菅屋勝次郎《しょうじろう》である」

菅屋長頼は、織田信長の側近で各種の奉行として政務に携わる武将である。眼の前に立つ若侍の勝次郎は息子か親類筋にあたる者だろう。鉄炮買いつけの裁量は奉行の菅屋長頼が決断したに違いない。鶴は咄嗟にそう思った。

「今後も忠節を尽くすよう主に伝えよ」

神妙な顔をして告げる勝次郎に三拝九拝《さんぱいきゅうはい》して鶴たちはその場を辞した。

七

国友村は琵琶湖の北方、姉川《あねがわ》の畔《ほとり》にある。

十一月八日の夜、日比屋惣兵衛は野々村長清に連れられて国友村の南端にある鍛冶場集落にやって来た。村の外れに老人と若者が待っていた。老人は平鍛冶衆の長《おさ》で名は市左衛門《いちざえもん》。そばに加兵衛《かへえ》と名乗る若い鍛冶師がいた。

惣兵衛は挨拶もそこそこに鍛冶場に案内された。鍛冶場の中では褌《ふんどし》だけで全身裸の男たちが忙しげに鉄炮を造っていた。

室内を見回すと、鞴《ふいご》、木製の万力、その他、鍛冶道具が雑然と並んでいる。鞴のわきでは二人の男が焼けた鉄を打って平たくしていた。

「鉄は質のよい山陰地方のものを取り寄せております」

市左衛門が説明したが、値段の交渉が気がかりな惣兵衛にはどうでもよかった。

平たくした鉄板を筒の形にする者がいた。細い筒状の鉄の曲がりやひずみを直している者。荒揉みといって内部を仕上げている者。銃身のネジを合わせている者など、木枯らしの吹く季節なのにそれぞれが汗だくになって働いている。

出来上がった銃身が銃床を造る台師に渡されていく。

「銃床の材料は白樫、柿の木などを使います」

「私は細かいことはわかりません。良い鉄炮であれば満足です」

惣兵衛は鍛冶場を見て納得し、本来の目的である値段の交渉に移った。

頻繁に戦《いくさ》が起こるこの時代、武将は喉から手が出るほど数多くの鉄炮を欲しがった。戦国大名は領国内の鋳物師《いもじ》や鉄炮鍛冶を保護し、年貢の代わりとして鉄炮を造らせ、納めさせていた。自国領以外の武器商人から買う場合もあった。値段はさまざまだ。製造が進んだ江戸初期でおおよそ細筒一梃は一貫文の値である。天正四年の時期は大量の数がすぐには整わない。それゆえ中筒の鉄炮は一梃五貫文ほどで取引きされていた。

　惣兵衛は苛立った。

　初めのうち市左衛門は六掛けで売りたいと吹っ掛けてきたからだ。

〝五掛けだ〟〝いや六掛けだ〟と、いつまでも交渉がまとまらずにいた時である。突然、侍女を伴った阿茶が現れた。市左衛門や鉄炮鍛冶たちが慌ててひれ伏すと、阿茶は〝約束が違う〟と怒り、結局、五掛けで惣兵衛が買い取ることで交渉がまとまった。鉄炮は三百梃を用意できるという。代金は納入する際に支払うと決まり、惣兵衛はとりあえず安堵した。

　この時、惣兵衛は騙し人たちに誑《たぶら》かされているとは夢にも思っていなかった。

　国友の平鍛冶衆が報酬の分配で不満を持っている話は嘘。夜中、密かに鉄炮を造って年寄衆に秘密で売りたいというのも嘘。密造した鉄炮を通常の半値で売る話も嘘八百である。

　国友では村一丸となって織田家に鉄炮を差し出している。それが現実であった。それゆえ鶴が惣兵衛の名で事前に十五梃を織田家に献上したのは国友の鉄炮ではなく摂津の桜町鉄炮だった。

鍛冶場には、かならず火の神様として稲荷《いなり》の小社が祀《まつ》られている。鉄炮鍛冶の家では十一月八日を鞴祭《ふいごまつり》として稲荷に添え物をする習わしになっていた。火の魔性を抑えるため、鍛冶たちは京都の愛宕《あたご》神社の火伏せ札を貼り、汚い物を燃やして火が汚れるのを恐れた。伏見稲荷のお火焚《ひたき》のこの日、十一月八日、諸国の鍛冶師は鞴を清めて祝い、仕事は休む。それゆえ鍛冶師たちは鍛冶場にはいない。特に夜など鍛冶場はがら空きとなる。その隙を突いて、元斎の仲間たちがこっそり侵入し、あたかも鍛冶職人であるかのような振りをして鉄炮造りをしているように見せかけて騙したのだ。

惣兵衛を平鍛冶に逢わせる日を十一月八日に決めたのはそのためであった。

鶴は滞《とどこお》り無く惣兵衛を騙せたことに満足していた。

だが、帰路の道すがら惣兵衛はとんでもないことを言いだした。

「私は堺で育った商人です。伊勢はまだ不案内。今後、伊勢や安土で商いをする際、丹羽長秀様に後ろ楯になっていただければ幸いです。出来ますれば丹羽様に直接、お目通りをいただき、私の顔などを覚えていただきたいと存じます」

惣兵衛は探るような狡賢《ずるがしこ》い眼を向けた。

「丹羽殿は何かとお忙しい身、ゆえに某《それがし》を使いに出されたのだ。おぬしのような一介の商人が逢えるようなお方ではない。身分をわきまえろ」

　野々村役の弦太が居丈高に返すと、惣兵衛は食い下がった。

「私とて命を張って伊勢にやってきたのです。伊勢で一旗上げねば、堺の商人たちに顔向けができません。ここはぜひとも願いを叶えていただきとうございます」

「無礼な！　手打ちに致すぞ」

　弦太が刀の柄に手をかけた。

「野々村！　やめなさい‼」

　鶴が厳しい声で制し、悲しい顔をして惣兵衛を見た。

「惣兵衛、わざわざわたくしが出向いたわけをそなたはわからぬとみえる」

「丹羽長秀様ともあろう偉いお武家様の姫様が出張ったわけとは？」

　惣兵衛は今までずっと疑問を抱いていたに違いない。

　鶴は騙しの核心を話す時だと思った。

「それは……」と、口を開くと、

「姫さま、某が話しましょう」

　弦太が制して語り始めた。

「今、信長様のご命令で丹羽長秀殿は安土城の普請を成されておる」

丹羽長秀は信長から城普請総奉行を任されていた。

城普請とは石垣や土居や堀を築く土木工事のことである。城づくりは外敵から護る土木工事が大切だ。これに対して城門や櫓《やぐら》や御殿を建てるのを作事といった。

「城や館の作事は着々と進んでおる。だがな、普請は遅々として進んでおらぬ。いきなり石垣が崩れたり、雨で土塁の土砂が流れたり、予期せぬ事故が多発したからだ。しかも普請職人たちへの支払いが滞り始めている。あらかじめ信長様から与えられた普請の銭は激減しておるのだ」

弦太は溜め息をついて続けた。

「むろん寄せ集められた職人たちには銭を与えなくともよい。課役として働くのだからな。だが、安土には浮浪の土民たちも数多く集っておる。その者たちの就労の負担が大きすぎる。怪我をする者、疲労で倒れる者などが続出しておる。土民たちは不平を漏らし、作業は捗《はかど》らぬ状況だ。土塁などに火薬を仕掛けて邪魔をする不届き者さえ現れる始末だ。安土城の普請奉行、木村次郎左衛門殿は困り果てておられる。この現状を信長様に報告するわけにもいかぬ。丹羽殿は配下の木村殿の悩みに苦慮しておられる。それをお知りになられた阿茶殿は少しでも銭稼ぎにお役に立てればと、今度の仕儀を考えられたのだ」

「と、申しますと？」

思わぬ話に惣兵衛は戸惑ったようだ。

「三百梃の鉄炮を買う織田家はおぬしに六掛け分を支払う。だが、帳簿上では通常価格で買ったことにする。商人ならわかるであろう。さすれば四掛け分の銭が浮く。それを普請の費用に充てようと阿茶殿は思われたのだ。それゆえ極秘なのだ」

弦太の話を鶴は補った。

「家臣が困り果てている。それを知った父上の苦悩を見るに偲《しの》びなかったのです。たとえ些細な額でもお役に立ちたい。そう思い出過ぎた真似をしているのです」

丹羽長秀の娘がこの件で動いているわけを惣兵衛は少しだけわかったようだ。

「惣兵衛、おぬしはこの秘密の話を知り過ぎた。妻女と焼栗が好きな三人の児がつつがなく暮らせるよう気を配らねばならんぞ」

妻と娘二人、息子一人がいることを調べられたと知り、惣兵衛は怯えている。

「野々村、惣兵衛を脅してはなりません」

「御意。ですがこの男、図《ず》に乗りすぎておる。それが許せぬ」

「怒りはもっともです。これ惣兵衛、欲心もほどほどにするがよいぞ」

鶴が睨み付けると、惣兵衛は二度と丹羽長秀に会いたいとは言わなかった。

鶴が隠れ家に戻ると、元斎は鍛冶師に化けた仲間たちを引き連れてすでに国友村から戻っていた。木箱が十五箱、さらに献上用の二個の朱塗り箱が用意されていた。献上用の二つの朱塗り箱と他の三つの木箱の上部には本物の桜町鉄炮が五梃ずつ詰められている。だが、後はすべて失敗作の鉄炮や鉄屑、中には石の塊を詰めた箱もある。三百五十梃のうち優れ物の鉄炮はほんの三十梃ほどに過ぎなかった。

「鶴、惣兵衛は丹羽長秀という武将に逢えないことを納得したのかしら？」

梅が訊くと、鶴は明るく応えた。

「初めから安土の城の外で偽の丹羽長秀殿を会わせるつもりでいました」

「偽の？」

「すでに策は整えてあります。偽の丹羽長秀殿を演じるのは末吉《すえきち》という男です」

末吉とは新たに見つけた中年の騙し人だ。色黒で筋骨逞《たくま》しく、歴戦の猛者《もさ》と見紛《みまが》う容貌をしていた。鎧小袖を着て大刀を持てば大武将の風格を漂わせる男だった。

「惣兵衛は丹羽長秀殿に逢ったことがありません。末吉が多くを語らなければバレずに済みましょう。末吉には〝子細は娘の阿茶から聞いた。このたびのおぬしの働き痛み入る〟とだけ言ってもらえばよいのです」

「末吉という者、信じるに足る男なのか？」

元斎が不安そうに尋ねると、弦太は自信ありげに応えた。

「はい。誘いをかけたら大乗り気でした。今までも名のある武将のふりをして人を謀《たばか》り、銭を掠《かす》め取ってきた騙し人です。うまく演じてくれるでしょう。変装用の支度金と手付けで一貫文を渡したところ意気込んでおりました。事が成就した暁には、さらに五貫文を渡すと言いますと大いに喜んで……」

弦太が言い終わらぬうちに、事態が急変した。

「末吉が逃げた」

仲間の一人が血相を変えて飛び込んできたのだ。

「早朝から姿が見えない。先ほど小屋を確かめたら末吉の荷物がどこにもない。鎧小袖、下袴《したばかま》、脛巾《はばき》、足袋、烏帽子、籠手《こて》、鉢巻など変装用の一式を入れた麻袋もなければ、大小の刀も見当たらない。八方手を尽くして探したが……」

和やかな空気が一変した。

「末吉の阿呆んだれめ。恐れを成して逃げ出したか！」

弦太が歯噛みすると、梅が茶化すように言った。

「初めから支度金と手付け金を騙し取ろうとしてたのよ。鶴、詰めが甘いわね」

鶴はぐうの音も出なかった。

偽の丹羽長秀を惣兵衛に会わせる作戦は取りやめるしかなかった。

それから幾日か過ぎ、惣兵衛宅に行くと、織田家から使者が来て〝明日までに鉄炮三百梃を納めよ〟と、命令されたと言う。

——明日⁉

その夜、急いで元斎にその旨を報告した。

末吉の逃亡。織田家からの急な命令。思い描いていた計画が少し狂い始めている。滑らかに回っていたはずの歯車が嚙み合わずに音を立てて軋《きし》んでいる。

鶴はすきま風が心の隅に吹き込むような不安を抱いた。

八

翌朝早くに鶴たちは伊勢を発った。天正四年十一月二十五日のことであった。

阿茶に扮した鶴、野々村長清役の弦太、そして侍女役の梅たちは惣兵衛と小間使いの男と共に安土山下へと続く街道を進んでいた。

鶴は丹羽長秀の娘とも商人女とも思えるきらびやかな小袖を着ていた。

伊勢から安土へ向かうまでは四方輿に乗った。

惣兵衛の前では丹羽長秀の娘を演じ続けなければならないからだ。

途中に国友村の市左衛門こと元斎と鉄炮鍛冶に扮した男たちが待っていた。傍《かたわ》らには木箱を積んだ二台の荷車が置いてある。

「お約束の三百梃です。二十梃ずつを詰めて十五箱。それにこの度は初めてのお取引きゆえ五十梃を特別にお譲りさせていただきます。あなた様と織田家とのお取引きにお役立てくださいますよう織田様にご献上してくだされば幸いでございます」

元斎は荷車の上に置かれた朱塗りの二箱を指し示した。

思わぬ五十梃の鉄炮がタダで手に入ることを惣兵衛は喜んだようだ。

肚の裏では国友の平鍛冶たちの狡賢さを感じていることだろう。闇で密造した鉄炮である。買い取ってくれる商人だけではなく、国友鉄炮と知りながら受け入れてくれる織田家にも黙認して欲しい。平鍛冶衆はそう願っている。それで五十梃を献上すると言いだしたのだろう。欲だけしか心にない惣兵衛はそう思うに違いない。それを見越しての元斎の挨拶だった。

「鉄炮を確かめさせていただこう」

野々村役の弦太が一つの箱から鉄炮を取り出した。黒光りした鉄炮が陽光で鈍く輝いた。弦太は手にした鉄炮をしげしげと見つめて感嘆の吐息をついた。

「流石《さすが》は国友鍛冶衆、見事な出来ばえ。いつ見ても優れ物の鉄炮である」

弦太が持ったのは桜町鉄炮だ。だが、惣兵衛には見分けがつかないようだった。

「通常一梃五貫文、半値で一梃二貫五百文、三百梃ですから七百五十貫文です」

元斎が言うと、惣兵衛の小間使いが麻袋を差し出した。中にタラコ型の延べ銀で七百五十貫文分が入っている。元斎はそれを確かめた。

「密造した鉄炮です。売る処を年寄衆にバレたらまずい。私どもは退散します」

そう言うと元斎たちは早々に引き上げて行った。

梅が小声で鶴に囁いた。

「まずは無事に銭を騙し取れたわね。もうこれでいいんじゃないの？　あとはスタコラサッサと逃げるべきよ」

だが、鶴は首を横に振った。侍に媚びる商人を騙したが、侍そのものを騙さなければ満足できない。戦を繰り返し、市井の人々を苦しめる武将たち。人々を虫けらのように殺す憎むべき織田信長。鶴の真の目的は信長の象徴である安土の城で織田家を騙すことだ。

「比叡《ひえい》などの山並みの雪景色を見たいものです」

阿茶役の鶴はわがまま振りを発揮して輿を降りた。

織田家には伊勢の商人だと嘘をついている。輿に乗るのは不自然だからだ。

輿を担いでいた男たちは代わる代わるに二台の荷車を牽《ひ》き始めた。

「惣兵衛、織田家の侍に逢った際、迂闊に余計な話をしてはなりませんよ。すべてはわたくしの裁量で取引きを進めます」

惣兵衛は〝生意気な小娘だ〟と、苦々しく思っているに違いない。それがわかりながら丹羽長秀の娘だと信じ込ませるために、わがままな姫の振りを演じ続けた。

「くどいようだが、織田家の武将の前での口上、今一度言うてみろ」

弦太が念を押すと、惣兵衛は自信あり気に頷《うなず》いた。

「この度の御築城、つつがなく御普請が進みおめでたく存じます。わたくし、伊勢志摩で商いを営む日比屋惣兵衛と申します。織田様にお役に立てばと、鉄炮を格安でお分けさせていただきたく存じます。この度は三百梃でございますが、今後もご用命くだされば、幾梃でもご用意させていただきとう存じます」

惣兵衛は教えられた口上を澱みなく語った。

「よかろう。すべて阿茶殿が仕切られる。いっさい口を挟むでないぞ」

「心得ております」

騙しの鉄則は〝カモをすっかり煙に巻いてしまうまで注意を怠るな〟である。

安土山下の百々橋を渡ると、大手道まであと少しだ。

〝暗い迷路に誘い込むのじゃ。闇に迷い込めばカモはひたすら出口を探す。出口に通じる一本の明るい道を示してやれ。それこそが地獄に通じる門になるのじゃ〟。

元斎の声が風に乗って聞こえてくるような気がした。鶴は下海道の左手側にある澱んだ沼を見ながら一歩一歩を踏みしめて大手口めざして進んで行った。

多くの工夫たちが持籠《もつこ》で土砂を運んでいる。寒風が吹く中、汗みどろになって斜面を掘る者がいた。曲輪《くるわ》の中に通じる虎口を造っているのだ。その作業現場近くで若侍の菅屋勝次郎が待っていた。勝次郎は鶴の姿を認めると、おもむろに近づいて労《ねぎら》いの言葉をかけてきた。

「阿茶、遠路はるばるご苦労である。こちらにまいれ」

先日渡した饅頭の下に置いた金貨が功を奏したのだ。

だが、惣兵衛は一瞬、訝しげな顔をして鶴を見た。間髪入れずに梅が囁いた。

「呼び捨てにするなど無礼でしょう。でも、勝次郎さまは幼い頃より阿茶姫さまとお遊びになられていたのです。それゆえ気さくな態度を取られるのです」

惣兵衛は梅の言葉を信じたようだった。

鶴たちは勝次郎の後に続いて大手口より安土山の麓に進んで行った。

鶴たちが案内されたのは、なんと丹羽長秀の屋敷の庭であった。

「ここで待て。まもなく丹羽の殿様がお見えになられる」

勝次郎の言葉に鶴は度肝を抜かれた。まさか織田家の重臣、丹羽長秀が現れるとは夢にも思っていなかったからだ。弦太も梅も青ざめて震えている。

ただ一人、惣兵衛だけが満面に笑みを湛え、鶴に囁いた。

「さすがは阿茶姫さま。私の望みを満たすようご配慮くださったのですね。お父上君にお逢いできるなど光栄の至りでございます」

周囲を見ると、十数人の侍たちが取り囲み、身構えている。

鶴はこの時ばかりは神仏にご加護を願った。

その時、屋敷の襖が開き、濡れ縁に武将が現れた。丹羽長秀に違いない。歳の頃なら四十四、五。丸顔で穏やかそうな顔をしている。

〝丹羽長秀は歴戦の勇士、織田家では柴田《しばた》勝家《かついえ》に並び称せられる将である〟。元斎から聞かされていたので筋骨隆々で獰猛《どうもう》な虎のごとき男を想像していた。ところが眼こそ細く鋭いものの人の良さそうな立ち居振る舞いを見せている。

丹羽長秀は十五、六歳の若き頃より気性の荒い信長に仕え、信長の我意に背かず、臨機応変に処してきたと聞いている。その忍耐強さが身体から滲み出ていた。

山風に庭の土砂が舞い上がった。鶴たちはその場に跪《ひざまず》いたまま平伏した。

この頃、安土築城の総奉行である丹羽長秀の役割はほとんど終わっていた。今は普請奉行と作事奉行がそれぞれの役目を担って職人たちを指揮している。それゆえ丹羽長秀は作業が滞りなく進んでいるかどうか、見回っているだけなのだ。

惣兵衛は何やらモゴモゴと口の中で呟いている。教えられた口上を必死に繰り返しているに違いなかった。

鶴は予期せぬ事態に震え上がった。いつも唱えていた騙しの極意を心に思い浮かべた。
一、騙し人はいかなる手を使っても相手の信頼を勝ち取るべし。
一、騙し人は嘘がバレそうになった時、安心すべき証《あかし》を相手に示すべし。
一、騙し人はおのれの心さえも騙すべし。
鶴は肚《はら》を括《くく》り、意を決して丹羽長秀をまっすぐに見据えた。

丹羽長秀は濡れ縁の高みから鶴たちを見回し、おもむろに口を開いた。

「伊勢志摩で商いを営む日比屋惣兵衛とは？」

「ははあ、私めにございます」

惣兵衛は地に触れんばかりに頭を下げた。

「使いの者は阿茶とか申したな。面《おもて》をあげい」

――まずい！

鶴は硬直した顔をあげた。惣兵衛には丹羽長秀の娘だと嘘をついている。

――このままではバレてしまう。

鶴は混乱し、助けを求めて弦太を見た。だが、弦太は震えているばかりだ。

鶴はごくりと唾を呑み込み、開き直った。

「お父上さま、ご機嫌麗しうございます」

思わず口をついて出た。

「父だと？　女、某《それがし》は父と呼ばれる筋合いはない」

丹羽長秀は面食らったようだ。

「そうですか、父と呼ぶことをいまだに許してはくださらないのですね」

「何を世迷い言を……某を父と呼ぶなど断じて許さぬ」

丹羽長秀が繰り返し、拒むように言った。

「お怒りを解いてはくださらないのですね」

「当然だ」

二人のちぐはぐな遣り取りに惣兵衛は戸惑っているようだ。

その時、侍女を演じていた梅が小声で惣兵衛に囁いた。

「阿茶姫さまはお屋形様のご勘気をこうむっておられるのです」

「なに？」

「それゆえ父と呼ぶことを許されずに……」

「それはまたいかなる仕儀で？」

地に頭を伏せたまま惣兵衛が小声で梅に聞いている。

「阿茶姫さまは、お屋形様が整えましたご縁談話を無謀にもお断りなられたのです。それゆえお屋形様は、姫さまをご勘当なさり〝娘とは思わぬ、父と呼ぶな〟と、お怒《いか》りなのです」

惣兵衛は合点したようだ。

阿茶は父の苦悩を知り、奉仕しようとする娘ではなかったのだ。父の勘気を解くという打算が働き、動いているに過ぎない。そのように理解し、納得したようだ。

弦太は間髪入れず、口上を述べるよう惣兵衛の尻を突ついた。それを察したのか、物兵衛は平伏したまま声を発した。

「こ、こ、この度の御築城、つ、つつがなく御普請が進みおめでたく存じます。わたくし、伊勢志摩で商いを営む日比屋惣兵衛と申します。織、織、織、織田様にお役に立てばと、鉄炮を格安でお分けさせさせさせていただきとう存じます。この度は三百梃でございますが、今後もご用命くだされば、幾梃でもご用意させていただきます」

物兵衛は身体を強張らせながら口上を述べた。

「大儀である」

丹羽長秀は悠然と応えた。

鶴は背筋に流れる冷や汗を感じながらも、ホッと安堵の溜め息をついた。

丹羽長秀は見も知らぬ女に〝父上〟と呼ばれたことを憤慨し、〝父と呼ばれる筋合いはない〟と、不快な顔をした。

一方、惣兵衛は勘当した娘から〝父上〟などと呼ばれたくはないと丹羽長秀が怒っている。そのように錯覚した。

惣兵衛に対しては丹羽長秀の娘を装い、長秀の前では惣兵衛の雇われ女を装う。

鶴はまさに一人二役を演じたのだ。薄氷《はくひょう》を踏む思いの演技だった。

それを補ってくれたのは梅だった。鶴は梅の機転に感謝した。

一人二役は鶴だけではない。梅も惣兵衛の前では阿茶姫の侍女、織田家の前では惣兵衛の付き添い女を演じた。弦太も同様で野々村長清役と惣兵衛の付き添い役を見事に演じ分けている。

弦太と梅を見ると、二人も緊張が少し和らいだかのように顔を緩ませている。

惣兵衛は丹羽長秀に逢い、顔と名を覚えてもらえて満足したようだった。


同時刻、安土山の繁みに分け入っている男がいた。

作事人足姿の偽三郎と仲間の男だ。

「鶴の奴、生意気にも俺様を出し抜いて騙しやがった。ぶっ殺してぇ気分だぜ」

偽三郎は誰に言うともなく独りごちた。

「あの女、何を企んでやがるのか、俺にはわかってるんだ。箱の中は鉄炮の紛い物が詰まってる。武将たちの前で暴いて面の皮をひっぺがしてやりてぇ」

「偽三郎、何をグダグダ言ってる。急げ！」

仲間の声に頷き、偽三郎は悪態を吐きつつ繁みの小道を進んで行った。

偽三郎が安土山にいるなどまったく知らぬ鶴は騙しの核心に移った。

「上様へのご献上の鉄炮、五十梃をご用意させていただきました」

弦太と運搬してきた男たちが朱塗りの二箱を差し出した。

朱塗りの箱の一部の端の板が開いている。板の間から鉄炮の銃口が見えていた。

「菅勝、撃ってみよ」

丹羽長秀は菅屋勝次郎に試し撃ちを命じた。

勝次郎は朱塗り箱から鉄炮を取り出した。弦太が皮の小袋を差し出す。小袋の中には鉄炮を撃つための一式が整えられている。

勝次郎は小袋の中から三十匁の弾を取り出した。三十匁玉を込め、油紙を詰め、口火の処に火薬を入れた。淀みのない手慣れた一連の動作である。一呼吸置いて、勝次郎は火縄に火をつけた。チリチリと火縄が燃えていく。腰を屈め、左足を前にして射撃体勢に移った。傍に置かれた大箱に銃身をあてがっている。発射した際、鉄炮がぶれないように固定したのだ。勝次郎は銃身の手前の元目当から中目当、そして先目当を確かめて庭石の前に置かれた板の標的に向けて銃口を合わせた。

次の瞬間、引き金が引かれた。

ズガーン！　と、大音響がして硝煙が舞い上がり、板の的が割れて砕けた。

「よかろう。それなりの桜町鉄炮だ」

丹羽長秀は満足したように頷いた。

桜町鉄炮と聞いて惣兵衛が訝しげな顔をした。

だが、これは想定内である。梅はすかさず惣兵衛に囁いた。

「この鉄炮は国友の平鍛冶衆が内密に造った物です。丹羽のお殿様はすべて承知しておりいます。家臣の前で国友の鉄炮とは言えません。それで見事な桜町鉄炮であると仰せられたのです」

商いで酸いも甘いも知り尽くした惣兵衛はすぐに裏事情を了解したようだ。

中鉄炮は六掛けで一梃三貫文の約束だ。織田家としては悪くない取引きである。三百梃で九百貫文。タラコ型の黄金と延べ銀が式台に載せられて出された。永楽銭で九十万枚となる膨大な額である。弦太は黄金と延べ銀の数をさりげなく確かめた。

「ありがたく頂戴させていただきます」

弦太は用意した麻袋に黄金と延べ銀を納めた。後は立ち去るだけだ。

騙しは成功したかに思えた。

その時、丹羽長秀が予測もつかぬことを言いだした。

「皆の者、すべての鉄炮を直ちに吟味せよ」

鶴の身体は総毛立った。一難去ってまた一難。梅も弦太も蒼白となっている。

その場で三百梃すべてが調べられるとは夢にも思っていなかった。

二十梃入りの十五個の箱を三段に積んでおいた。上段の箱の上には精巧に造られた鉄炮が入っている。調べられるとしても上の段の箱だけだと考えていた。下に詰めたのは傷物や紛い物の鉄炮である。しかも更に下は鉄屑や石ころばかりなのだ。

──まさか、よりによってすべての箱をこの場で⁉

鶴は騙しが失敗に終わったと観念せざるを得なかった。

ふと気づくと、丹羽長秀の屋敷を望む小高い繁みの一角に男の姿が見えた。それは偽三郎だった。薄ら笑いを浮かべて眺めている偽三郎に鶴は愕然《がくぜん》となった。

いきなり近くで耳をつんざくばかりの爆発音が起こった。

取り囲んでいた十数人の侍たちが訝しげな顔で轟音の方を見上げた。

ドガ～ン！　ドガ～ン！　ドガガガガ～ン！　と、山のあちこちでさらに激しい爆発の音が高鳴った。

「何ごとだ」

眉を曇らせ、丹羽長秀が呟いた。鶴にもわけがわからない。

爆発音のした山の繁みのあちこちから火焔《かえん》が立ちのぼった。

その時、侍の一人が庭に駆け込んできた。

「申しあげます。各所が爆破！　曲者が火薬を仕掛けたと思われます」

「ただちに賊を見つけろ。見つけ次第、引っ捕らえろ！」

丹羽長秀が叫ぶと、勝次郎と十数人の侍たちは我先にと庭を飛び出して行った。

山風に煽られて黒い煙と火薬の焦げた匂いが濛々《もうもう》と流れてくる。

「この機を逃すな！」と、誰かの叫ぶ声が聞こえた。元斎の声だと鶴は悟った。

弦太もそれと知ったのか、黄金の入った麻袋を背中に担いだ。四人の仲間の男たちや惣兵衛とお付きの小間使いも慌てて立ち上がり、大手道に向かって走り出した。

・

大手口では各所の爆発に脅え、多くの商人や職人たちが逃げ出そうとしていた。

五人の門衛が押し止め、騒ぎになっている。鶴たちも人々の中に割って入った。

惣兵衛は人々を突き倒し、押し退けて門衛に訴えた。

「鉄炮の商いで来た伊勢の商人でございます。ここを通してください」

「騒ぎがおさまるまでは一歩も外へは出せぬ」

「私は織田家の御用商人だ。ここを通せ。通さねばお前たちを！　お前たちを！」

惣兵衛は興奮して門衛たちに食ってかかった。だが、門衛五人は槍を持ったまま両手を広げて立ち塞がり、一歩も通さないと身構えている。

その時である。梅がいきなり門衛の眼の前で着物の帯紐を解いた。ぱらりと着物がはだけて梅のふくよかな乳房と下肢の繁みが露わになった。門衛たちの眼が思わず梅のふたつの乳房と下肢の繁みに吸いよせられた。

その一瞬の隙を弦太が突いた。ひとりの門衛の鳩尾《みぞおち》に鉄拳を見舞ったのである。

「ウゲッ！」と、門衛が悶絶する。間髪入れず弦太は二人目に飛びかかり、あっという間もなく殴り倒した。これを機に仲間の四人が他の三人の門衛を気絶させた。

「今だ！」

弦太が叫ぶと同時に鶴、梅、惣兵衛とお付きの小間使いが脱兎のごとく走り出した。

騒いでいた商人や職人たちも混乱に乗じて我先にと表道に駆けだした。

梅は着物をはだけたまま大股で走っている。輿を担いできた仲間の四人は弦太に何ごとか囁くと虎口から安土山に向かって走り去って行った。

――侍から大量の銭を騙し取った。しかも天下人の織田家から……。

鶴は人々に混じって大手口から一目散に逃げ出した。

――やった！

心を躍らせながら下海道を走った。

その時、予測もつかぬ新たな事態が湧き起こった。

百々橋方面から下海道を一頭の馬が物凄い勢いで走り来た。

馬上の侍は道行く人々に向かって声を張り上げている。

「上様、ご帰還！　上様、ご帰城！」

上様とは織田信長であるのは明らかだ。鶴たちは思わず顔を見合わせた。

鉄炮五十梃献上の話を惣兵衛にされたらたまったものではない。今まで仕組んだ騙しがバレてしまう。信長は村井貞勝の家臣の野々村長清を知っているに違いない。弦太が偽者とわかったら最後、すべてが水の泡と帰する。

鶴も弦太も梅もさすがに青ざめた。

九

元斎の部下からの事前の報告に寄れば、信長は十一月四日、申《さる》の刻（午後四時）に入京したようだ。公家衆や都鄙《とひ》の者までを含めて二千人に出迎えられたらしい。信長はしばらく京都に滞在し、妙覚寺に寄宿した。二十一日には朝廷より正三位内大臣に叙任され、その後、二十三日に京を発し、今は近江の石山に逗留しているはずだった。二十五日の今日、このように早く安土に帰ってくるとは誰も予測していなかった。

――この場に留まっていてはまずい。逃げなければ！

鶴は逸る心を抑えながら弦太と梅と足を速めた。

惣兵衛と小間使いの男は訝しげに鶴たち三人を見ている。

彼方遠くに土煙が見えた。騎馬の一団が近づいてくるとわかった。

弦太は歩みの鈍い惣兵衛を見て苛立たし気に詰《なじ》った。

「愚図愚図するな。おぬし、支払われた九百貫文が取り上げられるぞ」

「え？　どう云うことですか？」

「愚か者。わからぬのか。上様がこの場で某を見たらどう思われる？　某は村井様の命を受けて内密に来ておるのだ。〝野々村、なぜ安土におる？〟そう上様に問われたら某はなんと申せばよい？　〝上様に内密で国友鉄炮の買いつけに動きました〟などと応えられると思うか？　織田の家臣たちが安土城普請の不足金を補うため、六掛けで買い、正規の値で買ったように帳簿を誤魔化す。それを上様に知られたらどうなると思う。丹羽様ばかりか、加担した多くの者。お前さえも処罰されるのだぞ」

惣兵衛の顔が俄《にわか》に青ざめた。

「来い！」

弦太は惣兵衛の手を強く引き、堀となった沼とは反対側の草むらに飛び込み、枯れた葦の繁みの奥へと逃げ走った。鶴も梅も惣兵衛の小間使いも繁みに飛び込んだ。

一陣の寒風が吹き、枯れた葦がざわざわと揺れている。

その間にも騎馬の一団が疾駆してくる。

鶴は波打つ葦の繁みの中から先頭を走る馬を見た。馬上にはビロード地の陣羽織を身につけた武将がいた。陣羽織には金糸で龍と木瓜紋《もっこうもん》が描かれている。

――京都で見た時と同じ……。

先頭の武将は織田信長だ。あの時、鶴は恐ろしさで身動きが出来なかった。

――今は違う。違うはずだ。

罪のない人々を情け容赦なく殺す織田信長が眼の前にやって来る。

――恐れて眼を閉じていてはいけない。

鶴は立ち竦んだ。ふいに魔物に囁かれたような気がした。

〝天下人の信長とじかに話してみたくはないか？〟

心の片隅に得体の知れぬ魔物が憑依《ひょうい》したように感じた。

その時、ふいに身体の下肢に暖かい滑《ぬめ》りを感じた。体内に異変が起こったのだ。着物の裾をたくし上げて見ると、腿《もも》を伝って一筋の赤い血が流れ落ちていた。初潮。生まれて初めての月の物だった。瞬時、戸惑ったが、次の瞬間、ずっと燻《くすぶ》っていた黒い塊が弾けたような気がした。

──大人の女のひとつの証《あかし》を得た……わたしは女！

鶴の心は高鳴り、身体が歓びに打ち震えた。

葦毛の馬はみるみる近づいてくる。

──神仏のいたずらか。いや、違う。神仏が機を与えてくれたのだ。

──この機会を逃したら信長に二度と逢えることはない。

鶴は咄嗟に身体の向きを変え、今、走り来た下海道へと踵《きびす》を返した。時を稼いで少しでも遠くへ弦太や梅たちを逃がしたい。そんな思いもあったのかもしれない。だが、本心ではないような気がした。

鶴は覚悟を決め、魔物に導かれるまま葦の繁みから下海道へと飛び出した。

織田信長は葦毛の馬をドウッと停めた。ふいに葦の繁みから出てきた娘を訝し気な顔で見た。その眼光は鋭く、京都で見た時と同じく恐ろしき龍のようであった。

──魔の化身……。

信長の非情な冷酷さが身体から溢れ出ている。鶴の背筋に悪寒《おかん》が走った。

——わたしは何をしようとしているの？

無限の闇を透視するかのような信長の眼光に鶴はたじろいだ。鋭く虚空を裂くような信長の眼は何を見ているのか、漠として捉えることが出来ずに恐れを抱いた。しかし、逆にその恐怖の魅力に陶酔する自分を発見して歓びを感じた。これが生きている証なのだと思った。

「無礼者！　邪魔だ。どけ！」

一人の侍が馬から降りて鶴を睨み付けた。

「某、上様の馬廻り湯浅甚介《ゆあさじんすけ》である。女、何用だ？」

湯浅甚介は長島一向一揆攻めなどで戦功を挙げた勇猛果敢な猛者である。

「道を開けろ！」

恫喝《どうかつ》に背筋が凍る思いがしたが、鶴はおもむろに髪を後ろで束ねた白い元結《もとゆい》を解き始めた。懐から取り出した小刀で長い髱《かもじ》をバサリと切った。鶴の髪型が禿髪《かむろがみ》に変貌していく。

長く伸ばす髪から逸脱した禿髪は粗野でバサラの趣《おもむき》がある。

バサラ髪になった鶴の白い顔が陽を浴びて輝き、妖艶《ようえん》な美しさを醸しだした。

古代より黒髪は神の依り代《よりしろ》であり、霊魂の宿るところとして大切に扱われている。

髪は女の命に等しい。女が長い髪を切るのは死を覚悟した証でもある。切って束ねた黒髪を鶴は左手で摑んで大地に曝《さら》し置いた。

鶴のいきなりの奇抜な行為に興を催したのかもしれない。信長は鋭い視線を向けた。

半年近く前、大手口の前で出逢ったが、鶴のことを信長は忘れているようだ。鶴には問いかけたいことが幾つもあった。

――なぜ、戦をする？　他国に攻め入る？　なぜ、罪のない人々を殺す？

だが、鶴は問いかけをひとつだけに絞って訊ねた。

「信長様、日夜、汗して働く人が穏やかに暮らせる日々は来るのでしょうか？」

信長は即座には応えない。鶴は信長が口を開くのを待った。

やがて信長は微かな笑みを浮かべて応えた。

「予が天下を治めたならばな」

傲然《ごうぜん》と言い放ったが、鶴には信じられない。

今も安土築城のために多くの人々が駆り出されている。過酷な労働を強いられ、病や疲労で倒れたり、怪我人は無用な者として塵芥《ちりあくた》のごとく捨てられている。これからも多くの人が戦に駆り出され、巻き込まれて殺されるのだ。

鶴は冷徹に光る信長の眼が何を見ているのかに気づいた。その眼はおのれ自身の心のうちを凝視している。それは憤怒、憎悪、恐怖、嫉妬、欲望、懐疑、孤独、煩悶、絶望など刻一刻と湧き出てくる多種多様な負の思いだ。信長は心に宿る闇の多くを冷徹な眼で見据え、自ら吹き払い消し去っているのに違いない。

——魔の化身に挑んでみたい。

不思議な感情が湧き上がり、熱い血潮が体内を駆けめぐった。

突如、加茂《かも》の競馬で見事に走り勝ったという信長愛用の葦毛の馬が一声嘶《いなな》いた。

その嘶きを契機に、騙しの誘惑が焔《ほむら》のごとく燃えあがった。

「わたくしは木村次郎左衛門の娘でございます」

「なに？　天守普請の奉行の娘だと？」

湯浅甚介が訝しげに鶴を見た。

丹羽長秀の妻は信長の兄信広《のぶひろ》の娘だと元斎から聞かされていた。信長は丹羽長秀の家人や親類縁者と親しく顔を見知っているに違いない。それゆえ鶴は咄嗟に丹羽長秀の娘と名乗るのをやめ、木村次郎左衛門の娘と嘘をついたのだ。

「ご無礼の段、承知致しております。父は知らぬこと。娘の私が身勝手にまかり出ました。お手打ちは覚悟のうえです。恐れながらお願い致したき儀がございます」

湯浅甚介が振り向いたが、信長は黙ったまま虚空を見つめている。

鶴は間髪入れずに続けた。

「父は安土築城のため日夜働いております。幸いお城作事は総棟梁の岡部又右衛門様を中心に京都、堺、近江の棟梁のお働きにより滞りなく進んでいます。ですが、悩みの要《かなめ》はお普請でございます」

「普請がどうした？」

湯浅甚介は思わず話につられたのか、問いかけてきた。

「はい。なにぶん料足《りょうそく》がかさみ、石奉行の西尾様、小沢様、吉田様、大西様が四苦八苦致されております。追加の銭をお出しいただくことは出来ないでしょうか？」

安土城を訪ねた折りに石奉行が西尾小左衛門、小沢六郎三郎、吉田平内という名の武将であることを聞き知った。大西という奉行の名まではわからなかった。それゆえこの場は名を省き、四人の姓だけを告げたのだ。

「ならば石奉行たちが直々に申し出ればよいことだ。ましてや木村次郎左衛門殿の娘とはいえ女の分際で余計な口出しは無用だ！」

湯浅甚介に恫喝された。

「ですが……」

鶴は返答に窮した。

「無礼な、女ごときの出る幕ではない」

湯浅甚介はさらに声を荒らげた。

――女ごとき？

鶴は吐き気を催すような不快を感じた。女はいかなる時でも男の背後にかしずかなくてはならないのか。とかく男は女の働きを認めようとはしない。劣った者として女を卑しめる。見下して支配しようとする。それが許せなかった。

「父は上様の御為《おんため》と励んでおります。ですが、土居《どい》、堀、搦手道《からめてどう》などの土木工事が遅れ、父の下で働く普請奉行の方々が日夜、心を悩ませております。それゆえ、差し出がましいと思いましたが、娘のわたくしが勝手に言上させていただくのでございます。今のままでは安土城縄張りの完成が遅れるばかりでございます。なにとぞ幾ばくかの銭をお普請のために！」

「そこを退け！」

湯浅甚介は眉をひそめ、さらに声を荒らげた。

「死罪は厭《いと》いません」

鶴は切った黒髪の束をぐいっと湯浅甚介の前に差し出した。

「斬るぞ！」

湯浅甚介が刀の柄に手をかけた。

──私は何をしようとしているのか？

心の片隅に現れた好奇という名の魔物が恨めしく思えた。初めて体験した月の回《めぐ》りに気持ちが異様に昂《たかぶ》ったのかもしれない。その一方で信長を間近に見て、じかに話が出来たという満足感もあった。人は常に迷っている。しかし、迷っているからこそ生きる証を求めるのだ。

湯浅甚介が抜刀すると、刃先が陽光にキラリと鈍く光った。

冬の風が鉄の錆びたような匂いを運んでくる。

鶴は死を覚悟し、手にした小刀の切っ先を自らの喉元にあてがった。

幼き日に見た父母の死骸、村が焼かれ、累々《るいるい》と転がっていた村人たちの姿が網膜に映った。それは阿鼻叫喚《あびきようかん》の地獄絵に似ていた。

ふいに元斎が折に触れて唱えていた和讃が心に浮かんで口に出た。

〝魂《たましい》独り、去らん時、誰か冥土《めいど》へ送るべき、親類眷族《けんぞく》あつまりて、屍《しかばね》抱きて叫べども、業にひかれて迷いゆく、生死の夢はよもさめじ〟。

鎌倉時代、漂泊の旅を続けた一遍《いっぺん》上人の和讃である。戦乱で死んだ多くの霊たちの行列に混じって、自らも黄泉《よみ》の国に向かおうと決意して鶴は唱えた。

その時、馬上の信長はかすかに沈鬱《ちんうつ》な表情を浮かべて湯浅甚介を制した。

「待て、甚介」

湯浅甚介は困惑したように振り向き、信長を見上げた。

信長は物憂い眼差しで鶴を見下ろし、やがて笑みを浮かべて眼を閉じた。

しばしの沈黙が続いた。

「世も地獄、心も地獄か……」

信長はボソリと呟き、それから眼を開いて鶴を直視した。

「次郎左の娘とやら」

「はい」

鶴は馬上の信長の顔を真っ直ぐに見上げた。眼が炯々《けいけい》と光っている。だが、一瞬、信長の顔に人懐っこい笑みが浮かんだように思えた。

「明日、午《うま》の刻（真昼）、百々橋のたもとへ来い！」

甲高《かんだか》い声を発した。

「甚介、その娘の望むかぎりにしてやるがよい」

それから大空を仰ぎ見て声高に叫んだ。

「鶴が飛んでおる。鶴は吉兆のあかしぞ。はっははは……」

高々と笑った後、信長の顔に凛《りん》とした威厳が戻った。

鶴は大空を見上げたが、飛ぶ鳥などはいなかった。

直後、信長は孤絶した高みに至ったかのように、鐙《あぶみ》に置いた足で葦毛の馬の脇腹を蹴って流星のごとく走り去った。

十

さすがの元斎も驚きの声をあげた。

「なんと！　一千貫文じゃと？」

信長に命ぜられたまま、鶴が午の刻に百々橋のたもとで待っていると、湯浅甚介が現れた。湯浅甚介は〝おまえの父、木村殿には内密にしてある〟と言って、ずっしりと重みのある紫の袱紗《ふくさ》を鶴の手にじかに渡してくれたのである。

隠れ家に戻って袱紗を解いてみると、銭一千貫文に値する黄金が入っていた。

「凄え！　この膨大な銭を信長から騙し取ったとは⁉」

弦太が叫んだ。

鶴も他の仲間たちも黄金を見て震えおののいた。

「濡れ手で粟のぶったくりね。鶴、どんなふうに信長を騙したのよ？」

梅に呆れ顔で見られたが、鶴はうまく応えられない。

「いきなり信長の前に飛び出した時は肝を潰す思いであったぞ」

元斎は物陰で見ていたようだ。

「あまりにも無謀な所業、何を考えていたのじゃ？」

鶴は応えられない。魔物が身体に憑依したとしか思えなかった。

信長は安土城に戻った際、伊勢商人から買った鉄炮の多くが紛い物だと知ったはずである。鶴が化けた木村次郎左衛門の娘にどのような思いを抱いたかわからないが、翌日に大量の銭を渡す心境になるのだろうか。もしかすると、織田家の家臣たちは爆発の混乱ゆえに鉄炮の箱を開けぬまま武器蔵に納めたのか。それとも家臣たちは紛い物の鉄炮を掴まされたと知ったが、失態を信長に言えずに隠したままでいるのか。

鶴にはまったくわからなかった。

「騙しを成就させるために不可欠な要因が三つある。第一に戦略、二割。第二に運が一割。そして第三の七割は何か、それは度胸じゃ。これらがうまく噛み合えば騙しは成功する。鶴は戦略もなしに織田信長を騙した。これは一割の運と残り七割の度胸があったればこそじゃ。おまえは天下人の信長を騙した天下一の騙し人じゃ。だが、慢心するな。身を滅ぼす基《もとい》となる」

「肝に銘じておきます」

鶴は昨日の恐ろしさを思い起こし、今更ながら全身に鳥肌が立った。

「それにしても信長が銭を出すなんて信じられなぁい」

梅はなおも興奮している。

「死に挑んでおのれの持ちうる極限にまで達しようと鶴は覚悟を決めた。命を賭した一か八かの心意気が功を奏したのかもしれぬな」

元斎は嗄《か》れた声を響かせて笑った。

「わからない。まるでわからない」

納得できずに繰り返す梅に向かって助七が呟いた。

「信長様は思ったより心優しいお方かもな。父のため、普請奉行たちのために死を賭して訴えた小娘の熱き思いに心を動かした。乱世を生き抜いてきた信長様は常に死を覚悟して刻一刻を生きているに違いない。それゆえ木村次郎左衛門の娘の心意気と熱き思い、いや、鶴の焔のごとき気概を感じ取ったのかもしれないな」

「信長は築城が遅れるのを嫌ったのであろう。五日前、信長は朝廷より正三位内大臣に叙任された。それゆえ機嫌がよかったのかもしれぬ」

元斎は吐き捨てた。

昨日、鶴は信長を間近で見た時、その心の奥底に蠢《うごめ》く闇を感じた。

鶴は思った。

信長は多くの人々を殺し、夥《おびただ》しい数の死者の幻を心に刻みつけている。今は乱世である。数々の戦いを経て、敵味方にかかわらず多くの死骸を見てきた。幾多の地獄を体感してきた。信長は乱世の惨禍を真《しん》に受け止めているに違いない。

鶴が唱えた和讃は地獄の闇とじかに接した者だけにしかわからない。鶴は幼い頃、紅蓮《ぐれん》の炎に包まれた中で地獄を見た。信長はおのれと同じ地獄の闇を心に秘めた娘がいると、一瞬にして見抜いたのに違いない。鶴の唱えた和讃は信長の琴線《きんせん》に触れたのかもしれない。

〝世も地獄、心も地獄か……〟。

信長の声が鶴の心にいつまでも消えずに残っている。

何よりも目の前に控えた娘が半年前に大手口近くで出逢った鶴であると最後の最後

に信長は悟ったのだ。それにもかかわらずわざと騙されたふりをした。

その信長の心根《こころね》がわからない。

「織田信長という武将、人並みはずれた度量の持ち主。摩訶不思議な人物だな」

弦太が感慨深げに言うと、元斎は眉間《みけん》を曇らせた。

「いや、あの男は……魔の化身じゃ」

その時、ふらりと偽三郎が入ってきた。

「鶴、今後、俺を騙したらただじゃ置かねえぞ」

「仲間ですものね。お互いに、騙し騙されないよう心がけましょう」

鶴は皮肉を込めながらはぐらかした。

安土の各所に火薬を仕掛け、爆破したのは元斎の部下たちだった。偽三郎もそれを手助けした一人であると鶴は後から知った。あの時、小高い繁みの一角に立ち、時宜《じぎ》を計って爆破の合図をしてくれたのだ。偽三郎は伊勢の惣兵衛屋敷の近くに〝騙し人〟の書き札を立てられ、縛られていた。行き交う人や子供たちに礫《つぶて》を投げられて死ぬ思いをしたらしい。それを助けたのが元斎だった。元斎は〝二度と裏切るな〟という約束で仲間に引き戻したのだ。偽三郎は元斎には逆らえないと覚悟を決めたようである。それで元斎の部下と一緒に安土山の各所を爆破し、混乱を巻き起こした。危険な仕事を自ら進んで手伝い、元斎への忠誠を示したようだった。

鶴たちが危機に陥る。それを予測した元斎が逃走のきっかけを仕組んでくれた。

やはり元斎がいなければ、騙しの成功はおぼつかない。

鶴は元斎の細心の注意と周到な企ての凄さを改めて悟った。


その日、伊勢商人の日比屋惣兵衛に騙しのすべてを打ち明けた文を送った。

『このまま伊勢に居たら織田家の武将がやって来て家族皆殺しに会う。早く逃げたほうがよい』と伝えたのだ。騙し人は殺しを好まない。惣兵衛家族が処刑されるのを見るに忍びなかったからだ。惣兵衛から巻き上げた七百五十貫文と織田家から騙し取った鉄炮代金の九百貫文はいつも通り元斎の裁量で各自に配分された。

鶴も報酬を与えられた。鶴は拒まなかった。これからは元斎の保護を受けずに一人前の騙し人として生きていく。その決意を固めたゆえに受け取ったのだ。

「これで野々村長清の役を演じるのも終わりだな。鶴、楽しかったぞ」

弦太はにやりと笑った。

いつの日か、京都所司代の家臣である野々村長清は呼び出されるに違いない。

騙しに関わった若侍の名が野々村長清だと知れ、村井貞勝に詰問されるのは疑いない。野々村長清は名を騙られたと知って地団駄踏んで悔しがるだろう。

だが、黄金を騙し取られたと知った信長は悔しがるだけでは済むまい。鶴は龍の逆《げき》鱗《りん》に触れてしまったのだ。信長が草の根分けても探し出そうとするのは明らかだ。顔を覚えられた鶴がまずは追われる身になったのだ。

「小さな穴でもひとつ水漏れが起こればやがては大きな穴となる。鶴、腹を括るしかない。いかなることがあっても逃げおおすのじゃ。すぐに五畿内から離れるのじゃ」

元斎の指示に次いで弦太が言った。

「騙しも逃亡も迅速を旨とする。それが何よりも肝要」

「善は急げよ、悪も急げね」と、梅も茶化しながら呼応した。

鶴たちは信長から掠め取った一千貫文を皆で均等に分け、散り散りに旅立った。

終章

天正五年（一五七七）六月のある夜、鶴は元斎とともに濃尾《のうび》平野を南に流れる長良《ながら》川の岸辺に佇《たたず》んでいた。夜の川に幾つかの篝火《かがりび》が見えた。鵜匠が篝火をたいて鮎《あゆ》を寄せ、飼い馴らした鵜を使って漁をしているのだ。

この年の二月、織田信長は紀伊の国雑賀《さいか》を攻めた。前年に毛利水軍に協力し、石山本願寺に兵糧米を運び込んだ本願寺門徒の雑賀衆を討ったのである。

信長は天下布武《ふぶ》を着々と推し進めていた。

「わしはな、織田信長を憎む。桶狭間の戦いは今川家が滅びるはずみになった。強いものが勝ち残り、弱いものが滅びる。わしが流浪の旅をせねばならんのは、敗れた今川家の家臣として生まれ育ったおのれの運命。それは致し方がない」

篝火の明かりに照らされた元斎の顔は苦悩に歪んでいるように見えた。

「多くの侍たちは力のある武将になびき、弱った主家を裏切って寝返る。これも致し方のないことじゃ。だが、わしはそれが嫌で主家の三浦家が氏真殿を裏切り、武田に寝返ることに異議を唱えた。評定の席で〝主君の今川家を裏切ることはできない〟と最後まで言い張り、罵倒したのじゃ。それゆえ我が斎藤家は三浦の城を追われた。忠実な家臣たちを路頭に迷わせてしまった。家臣たちのために斎藤家を再興させねばと思っておるのじゃ」

鶴は侍としての元斎を身勝手だと思った。

戦《いくさ》で多くの人々が苦しみ、犠牲を強いられている。それは侍の所為《せい》である。

「三浦家は武田になびいた。忘れもせぬ、永禄十一年の十二月十二日だ。武田軍は富士川沿いに南下して駿府に攻め入った。駿府の町の人々は家を焼かれ、家財を略奪され、逃げまどった。まさに阿鼻叫喚《あびきょうかん》の地獄絵じゃった」

鶴の脳裏に幼い頃の光景が鮮明に甦った。

永禄十一年と言えば今より九年前。鶴が七歳の時である。突然、村が襲われ、家が焼かれ、父も母も殺され、兄と姉たちは行方知れずになった。鶴は雑兵《ぞうひょう》の一人に追われ、必死に逃げて川へ飛び込んだ。そして気がついた時、村中すべてが紅蓮《ぐれん》の炎で真っ赤に焼けていた。恐怖で震える身体を抱きしめてくれたのが元斎だった。

「じゃがな、鶴。御家再興は言い訳かもしれぬ。人の心の奥深くには得体の知れぬ闇が燻《くすぶ》っている。時として闇が蠢《うごめ》きだし、悪の活力の渦となって噴き上がる。そして人を悪の道に駆り立てる。理屈では推し量れぬ心の闇。それが人の業《ごう》じゃ」

「それを避ける手だてはないのですか？」

「無駄じゃ。人の罪を罰する怒りの神に身を委ねて地獄に落ちるか、人の罪を許す慈悲の仏が助けてくれるか、選ぶすべはない」

鶴にはよくわからない。

「人は欲の塊じゃ。心に宿る欲の妄執《もうしゆう》を取り除きたい。わしはつねに思っておる。じゃがな、残りの人生を費やしても、欲の妄執を取り除くことは出来ないであろう」

元斎は淋しげに笑った。

もしかしたら元斎は、斎藤家を再興しても騙し稼業を止めないのかもしれない。

いずれにせよ元斎と一緒に旅が出来る。鶴はうれしかった。

人を騙して銭を巻き上げるのは悪い仕儀である。それは充分にわかっている。

草津で宿の主人を騙し、銭を払わず湯に入り、料理を食べて逃げた後、鞭崎神社で心の臓に奇妙な冷たさを感じたことがあった。今の鶴にはあの時の虚しさのわけがわかっている。それほど強欲ではない人を騙した際の罪の意識からくる寂寥感だ。

だが、今は違う。武威で民を圧する武将たちを見事に騙し終えた時の爽快感。それが無上の歓びとなっていた。鵜飼の篝火を見て、前に元斎から教わった梁塵秘抄《りょうじんひしょう》の歌謡の一節が心に浮かんだ。

儚《はかな》きこの世を過ぐすとて、海山稼ぐと、せし程に、万《よろず》の仏に疎《うと》まれて、後生我が身を如何にせん。

これは魚を殺生《せっしょう》する鵜匠の歌だ。

殺生こそしないが、人を騙し続けて罪悪を働く身である。罰を受ける心は同じようなものだと思った。自らの来世は仏に疎まれ、地獄へ落ちるに違いない。それでも良い。いつ死ぬかわからない身である。この世に常なるものなど何一つない。人は生きて、やがては死ぬ。しょせん一期《いちご》は儚い夢のようなもの。今をただ狂って生きよう。罪業《ざいごう》を背負って生き続けるしかないのだ。

鶴はそう覚悟を決め、闇の川にちろちろと光る篝火をいつまでも見つめていた。

《参考書籍》

「信長公記」奥野高広・岩沢愿彦＝校注　角川文庫
「信長公記を読む」堀　新＝編　吉川弘文館
「偽文書学入門」久野俊彦・時枝務＝編　柏書房
「銭の歴史」岡田稔　大陸書房
「貨幣の日本史」東野治之　朝日選書
「近世京都町組発達史」秋山國三　法政大学出版局
「中世の借金事情」井原今朝男　吉川弘文館
「雑兵たちの戦場」藤木久志　朝日新聞社
「有職故実」（上・下）石村貞吉　講談社学術文庫
「風呂と湯の話」武田勝蔵　塙新書
「クロニック戦国全史」講談社
「信長と石山合戦」神田千里　吉川弘文館
「戦国水軍の興亡」宇田川武久　平凡社新書
「織田信長　石山本願寺合戦全史」武田鏡村　ベスト新書
「日本人と浄土」山折哲雄　講談社学術文庫

「近江商人と北前船」サンライズ出版　編著
「陰陽五行と日本の天皇」吉野裕子　人文書院
「絵解き」日本の古典文学３　有精堂出版
「日本の絵解き」林雅彦　三弥井書店
「和船Ⅰ」「和船Ⅱ」石井謙治　法政大学出版局
「今川義元」有光友學　吉川弘文館
「詐欺とペテンの大百科」カール・シファキス著　鶴田文訳　青土社
「詐欺師入門」デヴィッド・W・モラー著　山本光伸訳　光文社

この作品は二〇一一年十月廣済堂出版より刊行された『戦国の娘詐欺師　信長を騙せ』を改題し、大幅に加筆・修正をしました。

信長を騙せ

一〇〇字書評

切り取り線

購買動機（新聞、雑誌名を記入するか、あるいは○をつけてください）	
□（　　　　　　　　　　）の広告を見て	
□（　　　　　　　　　　）の書評を見て	
□ 知人のすすめで	□ タイトルに惹かれて
□ カバーが良かったから	□ 内容が面白そうだから
□ 好きな作家だから	□ 好きな分野の本だから

・最近、最も感銘を受けた作品名をお書き下さい

・あなたのお好きな作家名をお書き下さい

・その他、ご要望がありましたらお書き下さい

住所	〒				
氏名		職業		年齢	
Eメール	※携帯には配信できません	新刊情報等のメール配信を 希望する・しない			

この本の感想を、編集部までお寄せいただけたらありがたく存じます。今後の企画の参考にさせていただきます。Eメールでも結構です。

いただいた「一〇〇字書評」は、新聞・雑誌等に紹介させていただくことがあります。その場合はお礼として特製図書カードを差し上げます。

前ページの原稿用紙に書評をお書きの上、切り取り、左記までお送り下さい。宛先の住所は不要です。

なお、ご記入いただいたお名前、ご住所等は、書評紹介の事前了解、謝礼のお届けのためだけに利用し、そのほかの目的のために利用することはありません。

〒一〇一－八七〇一
祥伝社文庫編集長　坂口芳和
電話　〇三（三二六五）二〇八〇

祥伝社ホームページの「ブックレビュー」からも、書き込めます。

http://www.shodensha.co.jp/bookreview/

祥伝社文庫

信長《のぶなが》を騙《だま》せ　戦国《せんごく》の娘《むすめ》詐欺師《さぎし》

平成29年12月20日　初版第1刷発行

著　者　富田《とみた》祐弘《すけひろ》
発行者　辻　浩明
発行所　祥伝社《しょうでんしゃ》
東京都千代田区神田神保町3-3
〒101-8701
電話　03（3265）2081（販売部）
電話　03（3265）2080（編集部）
電話　03（3265）3622（業務部）
http://www.shodensha.co.jp/
印刷所　堀内印刷
製本所　ナショナル製本
カバーフォーマットデザイン　中原達治

 ISBN978-4-396-34381-1 C0193

〈祥伝社文庫　今月の新刊〉

佐藤青南
たぶん、出会わなければよかった 嘘つきな君に
嘘だらけの三角関係。それでも僕は恋をあきらめたくない。純愛ミステリーの決定版！

菊池幸見
走れ、健次郎
国際マラソン大会でコース外を走る謎の男!?「走ることが、周りを幸せにする」――原　晋氏

早見　俊
居眠り狼《おおかみ》　はぐれ警視 向坂《さきさか》寅《とら》太郎《たろう》
奴が目覚めたら、もう逃げられない。絶海の孤島で起きた連続殺人に隠された因縁とは？

小杉健治
夜叉《やしや》の涙　風烈廻り与力・青柳剣一郎
剣一郎、慟哭す。義弟を喪った哀しみを乗り越え、断絶した父子のために、奔走！

芝村涼也
楽土　討魔戦記
一亮らは、飢饉真っ只中の奥州へ。人が鬼と化す江戸怪奇譚、ますます深まる謎！

富田祐弘
信長を騙《だま》せ　戦国の娘詐欺《さぎ》師
戦禍をもたらす信長に、一矢を報いよ！少女が挑んだのは、覇王を謀ることだった！

吉田雄亮
新・深川鞘番所
同心姿の土左衛門。こいつは、誰だ。凄腕の刺客を探るべく、鞘番所の面々が乗り出すが。